CLONANDO
A JESUCRISTO

Sonia Harrison Jones

CLONANDO A JESUCRISTO

Erser & Pond

Publicado en Canada por Erser & Pond Publishers, Ltd.
1096 Queen St., Suite 225, Halifax, N.S., Canada B3H 2R9

Traducción por Sonia Harrison Jones
Corrección de galeradas: Maite Azúa Blanco y Montserrat Bonache
Diseño de cubierta por Benjamin Beaumont
Imagen de los pies de los bebés © iStockphoto/EvelinElmest

Library and Archives Canada Cataloguing in Publication

Jones, Sonia
[Cloning Jesus. Spanish]
    Clonando a Jesucristo / Sonia Harrison Jones

Translation of: Cloning Jesus
ISBN 978-0-9810470-1-0

I. Title II. Title: Cloning Jesus. Spanish

PS8619.O54C5613 2012   C813'.6
C2009-907012-X

A mi madre,
Heather Harrison,
quien me aseguró que yo podría
creer en Dios a pesar de lo que
pudieran pensar los académicos

La ciencia sin religión es coja;
La religión sin ciencia es ciega.

Albert Einstein

NOTA PRELIMINAR

En febrero de 1953, el famoso biólogo molecular Francis Crick apareció en la taberna llamada *The Eagle Pub* en Cambridge, Inglaterra, y les anunció a sus amigos que él y su colega, James Watson, habían descubierto el secreto de la vida. Se refería a la doble hélice donde se encuentra el ADN que representa el patrón biológico de todos los organismos del planeta.

Treinta y cinco años más tarde, en el mes de junio del año 1988, aparecí yo en el granero donde mi marido ordeñaba las vacas, y le anuncié con tanto entusiasmo como Crick que yo también había descubierto el secreto de la vida. Me refería a un pasaje de la Biblia donde Jesucristo nos visita a cada uno, diciendo:

> *He aquí, yo estoy a la puerta y llamo;*
> *si me oyes la voz y abres la puerta,*
> *entraré en tu casa y comeré contigo,*
> *y tú también conmigo.*
> *Apocalipsis 3:20*

Está a la puerta el Hijo de Dios, esperando con paciencia a que le abramos la puerta para ofrecernos una abundante vida nueva. No pude resistirme a su invitación tan humilde y a la vez tan extraordinaria e increíblemente generosa.

En esta novela intento explorar dos aspectos de lo que significa el don de la vida – uno se percibe por el cerebro, y el otro por el corazón. Uno nos propone las preguntas *¿qué?* y *¿cómo?* (¿qué es la doble hélice, y cómo funciona?), y el otro aspecto de la cuestión tiene que ver con las preguntas *¿quién?* y *¿por qué?* (¿quién nos creó, y por qué?).

En enero de 1993, me matriculé en una clase llamada *Jurassic Park* ofrecida por Calvin College en Grand Rapids, Michigan, y enseñada por los catedráticos Al Koop y Clarence Meninga. Nos presentaron una visión fascinante del ADN y de cómo funciona ese diseño o patrón biológico de la vida. Un día, después de nuestra clase, fui al laboratorio de microbiología en Calvin College y secuencié el ADN de una parte muy pequeña de una cebolla. Creo que Calvino hubiera estado muy orgulloso de mí.

Las cosas empezaban a secuenciarse un poco también en mi propio cerebro. Las ideas iban arremolinándose dentro de mi cabeza – ideas que conectaban mi profundo interés en la lingüística con el misterioso lenguaje del ADN. Mis estudios me animaron a investigar los rastros genéticos de las antiguas migraciones de los seres humanos, y a pensar en las nuevas conclusiones que saqué de ellos sobre el origen de los idiomas. Me puse a pensar también en el gran potencial que tiene la clonación terapéutica para aliviar el sufrimiento humano, y en las cuestiones éticas implícitas en el concepto de la clonación reproductora, así como en la gran sabiduría que se vislumbra en las páginas de la Biblia en lo que concierne a la vida humana. *Jurassic Park* me había abierto muchas puertas.

Pero hubo cierta puerta de la cual no me podía olvidar. Me la imaginé tal como fue representada por el artista William Holman Hunt en su pintura llamada *Luz del Mundo,* donde nos muestra a Jesucristo llamando a una puerta cubierta de malas hierbas. Lo interesante es que la puerta no tiene cerrojo, así que sólo se puede abrir desde el interior. Le toca a cada uno responder a la llamada tal como le parezca bien.

Hace dieciséis años, pues, que burbujea en mí esta novela, desde que asistí a aquella memorable clase organizada en Calvin College. La ciencia descrita en estas páginas es veraz y exacta según mi leal saber y entender, pero la interpretación es muchas veces idiosincrática y refleja sólo la opinión de los personajes. (Hay una parte de información que es puramente especulativa, pero no quiero revelar la conclusión.)

Finalmente, quisiera agradecer a Maite Azúa Blanco y a Montserrat Bonache la corrección de las galeradas. Da la casualidad de que hay una montaña con el nombre de ésta… ¡que no se angustien los lectores!

Sonia Harrison Jones

PERSONAJES

Peli: bedel del Convento de la Sagrada Cruz en Mayagorry, País Vasco (Euskadi)

Pierre Piedmont: vigilante en la Catedral de Santiago de Compostela en Galicia, España

Lisa Maxwell: candidata para el Doctorado en Lingüística de la Universidad de California en Berkeley

Carmen: madre de Manolo, Josetxu, y la pequeña María

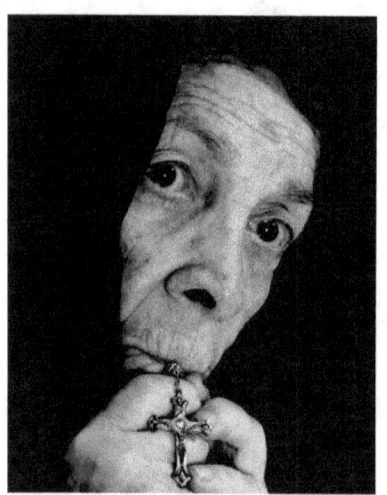

Doña Pascua: dueña de la posada El Palomar, en Mayagorry

Andoni Chiriboga: Doctor en Bioquímica de la Universidad de Columbia en Nueva York

Paskal Sarazúa: empresario y Director General del Laboratorio para las Investigaciones Ovinas (el LIO) en Mayagorry

Marko: ayudante de laboratorio en el LIO

Sor Mikele: Madre Superiora del Convento de la Sagrada Cruz en Mayagorry

Teresa: novicia del Convento de la Sagrada Cruz

Zigor Etxemendi: encargado principal de seguridad del LIO

© iStockphoto.com/anouchka

Marta Vandenberg: encargada de seguridad, Catedral de Oviedo

© iStockphoto.com/Maliketh

Dr Lorenzo Montevecchio: pediatra de los hijos de Carmen

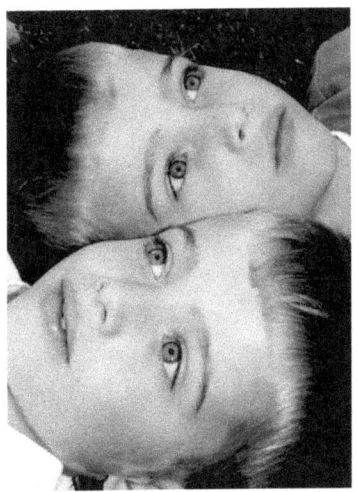

© iStockphoto.com/ABCRounds

Hijos de Carmen: Manolo (4) y Josetxu (3 años)

© iStockphoto.com/aldomurillo

María, hija de Carmen (6 meses)

CAPÍTULO UNO

S iete autobuses turísticos estaban alineados en el parking de la Catedral de Santiago de Compostela en Galicia, situada en la parte noroeste de España. Una multitud de visitantes estaba agrupada cerca de los guías, esperando el momento de poder entrar en la famosa catedral. Nadie hizo caso al joven nervioso de pelo moreno rizado que merodeaba alrededor de la muchedumbre. Iba vestido enteramente de negro, desde la boina hasta los zapatos. Si algún turista hubiera notado su presencia entre ellos, tal vez habría pensado que era algo extraño que estuviera esperando dar una vuelta por la Catedral de Santiago de Compostela cuando parecía estar vestido para asistir a un funeral.

Cuando la última guía invitó a los miembros de su grupo a que la siguieran dentro de la catedral, el joven vestido de negro recogió su mochila y acompañó al tropel. Una vez dentro, los turistas levantaron los ojos, admirando la altura de la catedral y el diseño armonioso de los arcos y pilares.

La guía gallega hablaba muy bien el inglés, pero era un inglés algo idiosincrático y a veces difícil de entender.

"La Catedral de Santiago de Compostela tiene dentro de ella la sepultura de San Diego el Mayor, medio hermano y apóstol de Jesucristo," dijo en tono mecánico. "Siguiendo las persecuciones de los romanos contra los cristianos españoles," continuó, "la sepultura de San Diego fue abandonada, pero fue redescubierta en el año 814 por Pelayo el ermitaño, que notó unas luces sugestivas en el cielo. Más tarde se concluyó que estas luces fueron un milagro, así que el rey Alfonso Segundo en el siglo nueve ordenó que construyeran un relicario en este sitio, y el rey fue el primer peregrino en visitarlo. Desde entonces, El Camino de Santiago se ha hecho un camino muy apreciado por los peregrinos que vienen aquí desde los tiempos de la Edad Media hasta hoy día. Muchos de ellos viajan a pie por el norte de España, quedándose en las posadas situadas en el camino, el cual termina aquí en el Pórtico del Paraíso. Por eso el Camino de Santiago es el camino más famoso de España. ¿Hay preguntas, por favor?"

El joven vestido de negro se mantuvo al margen del grupo, mostrando un interés fingido en lo que contaba la guía. Esperaba con impaciencia mientras ella indicaba los rasgos distintivos de los cruceros, y escuchaba exasperado mientras explicó con una lentitud inaguantable la posición del altar y de los asientos del coro en el ábside. Cuando por fin el grupo de turistas salió de la catedral, el joven pasó furtivamente por el deambulatorio, desapareciendo luego dentro de una de las capillas donde su ropa oscura hizo que fuera casi invisible.

Se asomó, cauteloso, desde su escondite un poco después de medianoche, deslizándose por la nave lateral hasta llegar a un nicho donde se guardaba un relicario tras una verja de hierro. Entonces, echando un vistazo furtivo hacia atrás para asegurarse de que estaba solo, sacó una colección de utensilios de su mochila y se puso a trabajar. Le costó sólo unos diez minutos romper la cerradura, abrir el osario, y quitar los artículos necesarios para completar la tarea. Colocó los bienes robados en su mochila y estuvo a punto de recoger sus instrumentos cuando sintió en el hombro una mano fuerte y pesada.

"¿Qué diablos haces aquí?" le preguntó una voz profunda.

El joven se volvió precipitadamente, encontrándose cara a cara con un hombre alto y calvo de unos cuarenta y tantos años, vestido todo de negro él también, aparte de su camisa blanca. Como parecía ser un encargado de seguridad, el joven decidió que su mejor defensa era pasar al ataque.

"¡Esto es lo que hago aquí!" exclamó, atacándole con una de sus herramientas.

La reacción del guarda fue más rápida que un relámpago. En seguida le asió el brazo al joven mientras con la otra mano le arrancó la herramienta. Entonces con un movimiento decisivo retorció al asustadísimo ladrón, torciéndole el brazo detrás la espalda. Así lo tuvo apretado mientras le pegó una pistola contra las sienes. Todo eso ocurrió con tanta rapidez que el ladrón sintió más sorpresa que temor.

"Ahora," pronunció el guarda con mucha calma, "me parece que me debes una explicación, ¿verdad?"

"Necesito una reliquia de Santiago," repuso el intruso.

"¿Nada más que eso? Entonces te pido perdón por haberte molestado. Debieras habérmelo dicho antes. Pero ¿quién te ha mandado aquí?"

El ladrón no contestó nada.

"Te hice una pregunta," dijo el guarda, empujando hacia arriba el brazo del ladrón hasta levantarlo de puntillas.

"¡Basta!" aulló la víctima, chillando de dolor. "Déjeme ya, y se lo contaré todo."

Pero tan pronto como aflojó el guarda la presión, el ladrón se calló otra vez, mirándole con resentimiento.

"Es obvio que voy a tener que ser más persuasivo," dijo el guarda con serenidad.

Su meliflua voz tenía una calidad tan calmante que el intruso no estaba preparado para lo que sucedió después. El guarda le tiró del brazo, haciéndole girar violentamente, y en un instante le apretó el cuello y le mantuvo contra el cerrojo de hierro, siempre con la pistola contra las sienes.

"¡Ay! ¡Suelte!" gritó de nuevo.

"Me parece que te he preguntado algo. Estoy esperando la respuesta," le dijo el guarda con una sonrisa amistosa.

"¿Dónde aprendió usted?" gorjeó el joven ladrón, los ojos saltones. "¿Las Operaciones Especiales?"

"Las preguntas te las hago yo," le recordó el guarda, apretándole el cuello al infeliz con más fuerza.

"Bueno, bueno. Suélteme ya."

"Háblame, pues," le dijo, apretándole menos el cuello.

"¿Qué me preguntó?"

"¿Quién es tu jefe?"

"Ni idea. Me mandan textos para decirme lo que tengo que hacer, y nunca les pregunto nada."

"No te creo. ¿Y dónde aprendiste tú? ¿En una escuela para actores? Dime cómo se llama tu jefe."

"¿Yo qué sé? No soy nadie. Nadie me dice nada."

"Tú, ¿cómo te llamas entonces?"

"No tiene importancia."

"Tu nombre," repitió el guarda.

"¡Jo...! ¡Suélteme el cuello!"

"Tu nombre."

"Me llamo Peli," repuso de mala gana, frotándose el cuello. "No soy nadie. Ya se lo he dicho. Usted está perdiendo el tiempo conmigo."

"Peli. Es un nombre vasco, ¿verdad?"

"¿Y qué?"

"¿Qué hace tu patrón?"

"Cría ovejas. Pasa todo el tiempo en su laboratorio."

"¿Qué hace en el laboratorio?"

"¿Yo qué sé?"

El guarda volvió a apretarle el cuello.

"Contará a sus ovejas, ¿qué sé yo? Tiene muchísimos ordenadores y todo tipo de aparatos extravagantes."

"¿Y la ciudad?"

"¿Qué ciudad?"

"No te hagas el tonto. Me refiero a la ciudad donde trabaja tu jefe."

"Los que crían las ovejas no viven en las ciudades," le dijo, dando un bufido irónico y burlón. "Mi jefe vive en un pueblecito que se llama Mayagorry. Tiene una población de trescientos o trescientos cincuenta habitantes. ¿Quién sabe? Nadie ha oído hablar de Mayagorry. No es más que una granja de ovejas allá en los Pirineos. Ni está en el mapa."

"¿Cómo se llama tu jefe?"

"¿Cuál?"

"El que te mandó aquí. El que trabaja en un laboratorio y no cría las ovejas."

"Ya se lo dije, yo no sé su nombre ni el de nadie. Hago lo que me mandan nada más, y me dejan el dinero en un sitio cada vez distinto. No sé más que eso, se lo juro."

"No tienes que jurar." El guarda le soltó el cuello, pero mantuvo la pistola apuntando a la cabeza. "Vacía tu mochila sobre la mesa."

Peli se frotó el cuello e hizo lo que le mandó el guarda.

"Ese jefe tuyo debe ser un hombre muy religioso," dijo el guarda, revisando los instrumentos de Peli y recogiendo un pequeño pedazo de hueso. "Has robado un hueso de San Diego, el hermanastro de Jesucristo, pero tu jefe es un imbécil. No puede venderlo en el mercado negro sin papeles que prueben su autenticidad. Sin papeles lo que tienes aquí no vale más que un hueso de pollo."

"De eso no sé nada," dijo Peli. "Yo hago lo que me mandan, y no pregunto nada a nadie."

El guarda se encogió de hombros y marcó un número en su móvil.

"Piedmont aquí," dijo. "Tengo al ladrón aquí conmigo. Pregónalo desde la montaña, desde el pico más alto. Ven a verme más tarde y hablaremos."

Piedmont se quedó un momento contemplando al joven Peli. Entonces puso la pistola en la pistolera y le agarró por el brazo.

"Has sido muy cooperativo, Peli. Gracias por la ayuda. Puedes irte ahora. Y a propósito, te espera una recompensa."

"¿Una recompensa?" dijo Peli, sonriendo. "¿Cuánto?"

"Dime cómo se llama tu jefe."

"¿Cuándo me darán la recompensa?"

"Primero tienes que decirme cómo se llama."

El intruso contempló al guarda por unos momentos.

"Sarazúa," le dijo finalmente. "Se llama Paskal Sarazúa."

"Debí haberlo adivinado," se dijo Piedmont, ofreciéndole a Peli un puñado de billetes. "Ahora lárgate de aquí. Anda."

Peli cogió el dinero y se lo metió en el bolsillo derecho, y entonces salió corriendo, muy contento de poder escaparse.

Piedmont sacó el móvil y marcó un número. "Está en el camino," dijo a su interlocutor. "Tardará un par de minutos, nada más. Lleva tu recompensa en el bolsillo derecho."

El guarda contempló los instrumentos que se le habían olvidado a Peli con la expresión cínica y cansada de un padre que está acostumbrado a los adolescentes descuidados.

Mientras Peli se apresuraba por una calle oscura que llevaba a la Rúa de Fonseca, un hombre corpulento abrió de repente una puerta y agarró a Peli por detrás. Después de una corta riña el cuerpo de Peli se desplomó y su agresor lo arrastró hasta el interior del oscuro edificio. El único testigo del silencioso secuestro fue un búho sentado en una puerta forjada de hierro, esperando capturar a alguna rata vagabunda.

Un minuto más tarde sonó un disparo dentro del edificio. Se encendieron unas luces en las ventanas a lo largo de la Rúa de Fonseca, pero después de algunos minutos les pareció a los ciudadanos que Santiago de Compostela en aquel momento dormía tranquilamente, así que se estiraron, bostezaron, y volvieron a dormir. Ya no se oía nada más que el ladrar insistente de un perro vecino y las alas del búho que golpeaban el aire del cielo lúgubre de la noche oscura.

CAPÍTULO DOS

Los Pirineos constan de una serie de ásperos picos y valles que marcan la frontera entre España y Francia. Por la parte oeste de la cordillera, donde las montañas terminan en el Mar Cantábrico, los Pirineos están habitados por los vascos, un pueblo compuesto de individuos vigorosos – una raza anciana que ha vivido en este terreno montañoso desde tiempos prehistóricos. Los vascos han formado una comunidad independiente de marineros, de criadores de ovejas, y de fabricantes de acero, quienes a través de los siglos han defendido con ferocidad y determinación al País Vasco contra los romanos, los godos, los moros y muchos otros que intentaron establecerse en aquella verde y agradable tierra.

La historia y la cultura de los vascos hacen que ellos prefieran considerarse como una nación aparte, un pueblo con un destino propio. En su lengua nativa se refiere a su patria como *Euskadi*. Su idioma, que llaman *Euskara,* es un enigma que ha desconcertado desde siempre a los eruditos en todas las partes del mundo. No hay ninguna conexión entre la lengua vasca y otros idiomas conocidos. El *Euskara* tiene, por lo tanto, la distinción insólita de ser una lengua que se ha perdido en las tinieblas del tiempo, sin historia, sin origen conocido, y sin interpretación lingüística que explique su existencia.

Los vascos llevan sus vidas normales sin preocuparse por la falta de raíces de su lengua ni por sus misteriosos orígenes, pero el efecto de este fenómeno lingüístico en la comunidad académica internacional es incalculable. Motivados por la ambición, la curiosidad intelectual, los requisitos de las tesis doctorales, o simplemente por el deseo indómito de subir la escalera académica, han logrado invadir el territorio de los vascos multitudes de eruditos, mientras en el pasado muchos ejércitos más grandes y mejor abastecidos tuvieron que sufrir derrotas ignominiosas.

Una de estos académicos se llamaba Lisa Maxwell, una estudiante de doctorado en lingüística de la Universidad de California en Berkeley. Era una rubia con una disposición despreocupada cuya única falta, según su padre, era que ya tenía veintiséis años y todavía recibía de él una mensualidad. El pobre Sr. Maxwell no llegaba a comprender qué tenían de atractivo esos cursos de posgraduado tan áridos y aburridos. ¿Por qué no buscaba Lisa un trabajo práctico y juicioso en vez de matricularse en una serie interminable de seminarios con profesores muy eruditos, mientras que él trabajaba como un esclavo para luego entregar una gran parte de su sueldo a su hija?

Al Sr. Maxwell le hubiera gustado suspenderle la paga a Lisa mucho antes, pero ella le persuadió que continuara hasta que se doctorase, porque si no ¿cómo iba a encontrar un puesto importante en una universidad y así liberarle de sus obligaciones? El Sr. Maxwell, por fin, se puso de acuerdo con su hija en que él continuaría financiando esta inversión muy dudosa si Lisa le prometía conseguir su doctorado lo antes posible para que él pudiera jubilarse en Canadá donde quería ir de pesca antes que se extinguieran los salmones. Al fin y al cabo le pagó el viaje a Vascongadas para que pasara el verano en busca del origen de su lengua. Si eso era lo que tenía que hacer para facilitar a su hija una carrera académica, pues nada, así tendría que ser. Lisa le había dado un abrazo muy fuerte, y él había respondido con un golpecito paternal en el trasero.

Lisa Maxwell se encontró en la pequeña aldea de Mayagorry en el mes de junio, llevando una camiseta verde con letras blancas que decían: *"Dios está muerto – Nietzsche"* en el delantero, y *"Nietzsche está muerto – Dios"* en la parte de atrás. Su llegada llamó la atención de los aldeanos porque era la primera mujer que jamás había visitado el pueblo sin ir acompañada. De vez en cuando aparecía un turista o algún montañero caminando a pie, pero nunca una chica, ni mucho menos un individuo tan misterioso como la estudiante graduada que de repente apareció en medio de ellos.

No se trataba únicamente de belleza física lo que les hacía volver la cabeza a los hombres de Mayagorry – era el sentido de competente suficiencia y de libertad personal que emanaba de la persona de esa extranjera. Las mujeres vascas que vivían en las aldeas remotas de esas montañas no habían alcanzado la independencia que hacía mucho tiempo las mujeres en California daban por hecho. Así que la muchacha norteamericana, vestida con pantalón corto y camiseta verde, formó un gran alboroto en la calle central de Mayagorry.

Pero Lisa, por su parte, no se dio cuenta de nada. Tenía ganas de encontrarse con algún aldeano que pudiera ayudarla con la pronunciación de ciertos vocablos vascos cuyos sonidos tenían gran interés para ella en cuanto a la redacción de su tesis doctoral. Su disertación, que se titulaba *Fonemas y alófonas en Euskara y las lenguas Ibero-Caucásicas*, se basaba en la suposición de que el idioma vasco era semejante a ciertas formas antiguas de las lenguas caucásicas. Si pudiera llegar a probar esta hipótesis, su reputación como lingüista de primera categoría estaría asegurada, al igual que su futuro en el mundo académico.

Había preparado una lista de palabras que quería utilizar en sus investigaciones, y ahora no le faltaba más que buscar unos asesores para el grupo experimental y el grupo de control. Esperaba que las dos declaraciones que aparecían en el dorso y en la delantera de su camiseta atrajeran la atención de los aldeanos que supieran un poco de inglés y que tuvieran sentido de humor. Pensaba que entonces tendrían ganas de hablar con ella y luego ayudarla con las cuestiones lingüísticas que le preocupaban. Pero por desgracia la camiseta no tenía el efecto que había deseado. En Mayagorry la gente no era así.

Sin embargo Lisa Maxwell no era la clase de mujer que se desanimaba por poca cosa. Se dirigió al centro del pueblo, donde esperaba encontrar un ayuntamiento o tal vez alguna biblioteca donde poder hablar con alguien que comprendiera su proyecto y le ofreciera un poco de ayuda, pero al llegar allí sólo encontró una iglesia, una taberna, un puñado de tiendas, varias casas particulares de piedra, y un edificio que parecía ser una posada – todos dando a una calle muy estrecha y empedrada. La posada tenía un letrero encima de la puerta en el cual se leía *El Palo,* pero estaba manchado y descolorido por el tiempo, y Lisa no llegó a adivinar lo que significaban las letras que faltaban.

"*El Palo*" se dijo, pensativa. "¡Qué nombre más raro para una posada!"

La calle mayor terminaba en una barrera de seguridad desde la cual Lisa pudo gozar de una vista espectacular de las montañas que rodeaban la aldea. Las praderas estaban punteadas de ovejas blancas que apacentaban pacíficamente entre un convento en el noreste y un edificio moderno blanco y azul, situado hacia el sudoeste. La estructura solitaria despertó su curiosidad, puesto que era sin duda alguna el edificio más notable y llamativo de la región.

En aquel momento apareció una mujer morena y delgada que llevaba puesto un vestido de algodón rojo que cubría su vientre abultado. Sus frágiles espaldas estaban cubiertas con un chal negro que la protegía de las brisas frescas del atardecer. Al ver a Lisa inclinó la cabeza hacia ella y estaba a punto de acelerar el paso cuando de repente se detuvo por un momento y sonrió tímidamente.

"Kaixo," le dijo Lisa amistosamente, saludándola en lengua vasca.

"¿Hablas Euskara?" le preguntó la jovencita morena, muy sorprendida.

"Pues sí. ¡Hola! Me llamo Lisa Maxwell."

"Yo soy Carmen. ¿Qué tal?"

"Bien, gracias," respondió Lisa, dándole la mano con un fuerte apretón. "Hay una vista maravillosa desde aquí, ¿no te parece? ¿Es un monasterio lo que hay allá en la cuesta de la montaña?"

"No, es un convento."

"Ah. Y ese edificio blanco y azul, ¿qué tipo de trabajo se hace ahí dentro?"

"Es el Laboratorio de Investigaciones Ovinas. Todo el mundo se refiere a él como el LIO."

"El LIO, que gracia," repuso Lisa, sonriéndose. "Y, ¿cuáles son los líos que traman en el LIO?"

"No traman líos, sino todo lo contrario. Los científicos que trabajan allí hacen importantes investigaciones en el campo de la genética. Utilizan la tecnología más avanzada que existe hoy."

"No me digas. Pero en este caso me extraña que hayan escogido un lugar tan aislado como Mayagorry para crear una institución como ésa. ¿Por qué no se instalaron en un lugar que estuviera más cerca de otras instituciones científicas del mismo calibre?"

"No quieren tener ningún contacto con el mundo de fuera. Hacen unos trabajos muy importantes."

"Pues claro," dijo Lisa amistosamente. "Pero me gustaría mucho conocer a algunos de los científicos que trabajan allí," añadió. "¿Conoces a alguien tú?"

"No, no conozco a nadie," contestó bruscamente. "Yo jamás he estado allí."

"¿Crees que me permitirían visitarlos algún día sin haber sido presentada?"

"No, ¡qué va! Eso sería imposible."

Lisa se mordió la lengua, sabiendo que era presuntuoso por su parte pensar que le permitirían hablar con los científicos del LIO sin siquiera saber quién era ella.

"Tienes razón" murmuró Lisa, contemplando fijamente el edificio tan impresionante.

Cuando no le contestó Carmen, Lisa se volvió hacia ella a mirarla. Carmen tenía los ojos clavados en la calle estrecha detrás de ella.

"¡Dios mío!" exclamó Carmen con una voz que reflejaba su angustia. Se cubrió con el chal negro, como si temiera que el color de su vestido rojo llamara la atención. "Aquel hombre, ¿lo ves? ¡Ese hombre me está siguiendo!"

Lisa miró en la dirección indicada por Carmen, pero no había nadie en la calle.

"¿Qué hombre? ¿De quién hablas?"

"Ha desaparecido por detrás de aquel edificio en la esquina de la calle," le dijo con voz temblorosa. "No es de Mayagorry," añadió. "Le enviaron aquí."

"¿Cómo? ¿Lo mandaron aquí para buscarte... a *ti?*"

"¡Ay por favor!" murmuró Carmen, revolviendo el contenido de su bolsa en busca de algo. "Tengo que largarme de aquí. No puedo quedarme ni un minuto más."

De repente sacó un objeto muy pequeño de su cartera y se lo dio a Lisa. Le cerró los dedos alrededor y la obligó a hacer un puño.

"No puedo confiar en nadie más que en ti, porque eres la única persona aquí a quien no conozco."

Se acercó a Lisa y le habló en un susurro. "Se me ha olvidado tu nombre."

"Lisa. Lisa Maxwell."

"Escúchame pues," le dijo. "Escúchame como si tu vida dependiera de ello.

"¿Cómo?"

"No digas nada," le dijo Carmen, mirando furtivamente alrededor de ella. "Me queda muy poco tiempo. Guarda lo que te he puesto en la mano hasta el día en que nos volvamos a ver. No digas nada a nadie. No se lo muestres a nadie. Guárdalo bien. Pronto me pondré en contacto contigo."

"¡Un momento! ¿Cómo sabrás dónde buscarme?"

"Te quedarás en el Palomar," declaró Carmen con voz ominosa.

"Pero…"

"Escúchame," dijo entre dientes. "Es la única posada en Mayagorry. Dile a Doña Pascua que te mandé yo."

Entonces, mirando nerviosamente hacia la calle, se echó el chal negro por lo hombros y se marchó apresuradamente.

Lisa fijó los ojos en Carmen hasta que desapareció. Entonces abrió el puño para examinar el tesoro que hizo que tuviera tanta prisa su nueva amiga, pero en la mano no encontró nada más que un pedacito de madera ordinaria. La única cosa que la distinguía de cualquier otro pedazo de madera era el hecho de que alguien se había tomado la molestia de barnizarlo.

Era casi de noche cuando llegó Lisa al Palomar. Llamó con fuerza a la puerta de la posada, pero no contestó nadie. Cuando estuvo a punto de llamar otra vez se entreabrió la puerta y se asomó una anciana tan curtida y apergaminada como el portal del mesón. Iba vestida toda de negro, y su pelo gris estaba entremezclado con un moño postizo colocado de modo precario encima de la cabeza. Su cuello marchito y su arrugada frente estaban adornados con varios rabos de pelo que se habían escapado de aquel nido de filamentos de origen dudoso.

"¿Sí? ¿Qué quiere usted, Señorita? ¿Para qué ha venido usted aquí?" le preguntó la propietaria con voz áspera.

"¿Se llama usted Doña Pascua?"

"Sí. ¿Quién me lo pregunta?"

"Me llamo Lisa. Lisa Maxwell."

"¿Qué es lo que busca?"

"Busco un cuarto," repuso Lisa.

"¿Quién la ha enviado a usted aquí?" le preguntó, con franca curiosidad.

"Una chica que se llama Carmen. No sé su apellido, pero me dijo que me presentara a usted."

Doña Pascua de repente lanzó una carcajada muy poco amable.

"Esa mujer es una fulana," declaró con satisfacción. "¿No se dio usted cuenta de que estaba embarazada?"

"No me fijé," dijo Lisa, poco dispuesta a dejarse llevar por esos caminos. "¿Podría entrar, por favor?"

Doña Pascua no dijo nada, pero abrió un poco más la puerta, y hasta se apartó bastante para dejarla entrar. Al pasar Lisa hasta las tinieblas del interior, sintió que la anciana le daba en el esternón con el dedo.

"¿Usted cómo se llama?" le preguntó Doña Pascua.

"Lisa. Me llamo Lisa Maxwell."

"Bueno, Señorita Maxwell. Dígame una cosa. ¿Cómo es posible que no se haya fijado usted en Carmen?" le preguntó, dando unas risotadas malintencionadas. "¿No notó lo abultada que tenía la barriga? En cualquier momento se le sale el crío."

Lisa se vio obligada a dar un paso atrás para alejarse un poco de la anciana, cuyo aliento olía a carroña.

"Esto no es asunto mío," dijo Lisa, retrocediendo más. "Lo que busco es un cuarto, si es que le queda alguno."

"Por qué está usted aquí en Mayagorry?" le preguntó Doña Pascua, sin hacer caso a la referencia al cuarto.

"Estoy aquí para hacer unas investigaciones lingüísticas."

Doña Pascua la miró con interés.

"¿Es maestra de escuela?" le preguntó, con un toque de respeto.

"Soy profesora, más bien," contestó Lisa.

"¿Profesora de universidad?" dijo la anciana, imitándola con ironía. "Pues a mí no me parece muy lista usted, a juzgar por la gentuza con la que trata. La profesora y la zorra esa. ¡Vaya!"

A Lisa le sacudió una profunda indignación al oír las acusaciones tan injustificadas de la vieja, pero Doña Pascua siguió hablando sin darse cuenta de nada.

"Ya tiene *dos* hijos – sin contar el otro que está a punto de nacer – y nadie tiene la más mínima idea de quién es el padre. Nadie sabe ni siquiera dónde está. Se estará escondiendo, como debe ser. Estará casado, digo yo, porque si no, ¿por qué esa vida tan secreta? En fin, es un escándalo infame, ¡y pensar que todo eso está sucediendo aquí mismo en Mayagorry!"

"Mire, he venido aquí a buscar un cuarto…"

"Me aterroriza la idea de que haya hombres casados que anden sueltos por el pueblo sin pensar en nada más que en echar a perder a las mujeres," declaró Doña Pascua. "¿Sabe usted lo que haría yo si viniera aquí un don Juan de esos para deshonrarme?" le dijo a Lisa en tonos íntimos. "Yo le echaría agua hirviendo en el sitio donde le pudiera hacer más daño."

Doña Pascua soltó a Lisa y le sirvió una taza de café con la expresión triunfante de una mujer que está acostumbrada a defender su honra.

"Doña Pascua," dijo Lisa con firmeza, deseosa de terminar cuanto antes esa insoportable conversación, "tengo que pedirle que me alquile un cuarto ahora mismo, porque si no, tendré que buscar otro lugar donde alojarme."

"Ahora, *ahora mismo…* Ustedes los jóvenes no saben más que eso, ¿verdad?" gruñó. "Pues tendrá que hacerse a la idea de pasar algunos días aquí en el Palomar, porque no hay otro sitio donde pueda quedarse en Mayagorry."

De muy mala gana Doña Pascua se levantó de su silla y, cogiendo una lámpara cuyo cristal estaba ennegrecido por el humo, le indicó por fin a su huésped que subiera con ella las crujientes escaleras hasta el segundo piso.

El cuarto olía a moho mal disfrazado con espliego, pero el suelo estaba pulido y la cama parecía limpia. Estaba cubierta con una manta azul claro adornada con palomas blancas. Algunas volaban al aire libre mientras otras estaban atrapadas en una complicada red tejida en la fábrica de la manta por una habilidosa mano.

"¿A que el cuarto es más agradable de lo que esperaba?" jadeó la vieja, sin aliento a causa de las escaleras.

"Está muy bien, gracias," dijo Lisa, abriendo la ventana de par en par. Allá en la cuesta de la montaña se hallaba el extraño edificio blanco y azul, donde trabajaban los zoólogos que se dedicaban a las ovejas, que en aquel momento se movían a través de los prados como un pequeño ejército sin enemigos. El sol se ponía por detrás de las montañas, y el mundo se preparaba para gozar de una noche de paz en la tierra.

"Es una vista muy bonita, ¿verdad?" le preguntó de repente Doña Pascua.

"En efecto, es precisamente lo que estaba pensando yo también. Voy a estar muy a gusto aquí, estoy segura."

La vieja propietaria lanzó una breve carcajada con la voz chillona de un búho que cae en la presa. Entonces de repente recobró la sobriedad.

"Nadie puede decir que no somos buena gente los que vivimos aquí en Mayagorry. Voy a misa todos los domingos. ¿Usted también?"

"No soy católica."

"Pues ¿qué es usted, entonces?" le preguntó Doña Pascua, señalando su camiseta verde con las letras blancas. "¿Es usted pagana?"

"Nunca se me ocurrió eso," le dijo Lisa. "Pero le aseguro que no aúllo al lobo en luna llena, ni tampoco me arrodillo ante los ídolos, ni nada de eso."

"Puede ser que no, pero según la camiseta que lleva, usted cree que Dios ha muerto, ¿no es así?"

"Yo no, ¡en absoluto! Es Nietzsche el que cree que Dios ha muerto. Yo estoy de acuerdo con Dios," le dijo, dándose la vuelta para que viera la camiseta por detrás. ¿Ha visto usted lo que dice?"

"Bueno, no hay que buscarle tres pies al gato. Yo no sé quién es Niche, pero le diré una cosa, señorita, y quiero que me escuche con mucho cuidado. Se lo voy a decir bien claro, y no lo voy a decir dos veces. Insisto en que usted se porte bien mientras resida bajo mi techo. Aquí no se puede fumar, y tampoco se permite que los hombres suban a los dormitorios."

"Haré todo lo posible para acordarme de sus reglas," le dijo Lisa.

"Entonces no tendremos problemas," le contestó Doña Pascua mientras salía de la habitación, cerrando la puerta.

Lisa miró a su alrededor, buscando un lugar adecuado donde esconder el trocito de madera barnizada que le había entregado Carmen. Encontró un tablón corto en el suelo cerca del armario que le pareció bien. Cuando lo levantó descubrió un hueco pequeño debajo que le pareció un sitio perfecto para guardar la madera de Carmen. Entonces colocó la maleta en la cama y se puso a deshacerla.

Las sombras del crepúsculo se alargaban mientras Lisa se inclinó contra el alféizar de la ventana, mirando la cuesta de la montaña y reflexionando sobre los acontecimientos del día. Mayagorry le parecía un lugar ideal para llevar a cabo sus investigaciones. El pueblecito constaba de unos trescientos habitantes, suficientes para que tuviera una base adecuada de informantes para poder hacer sus cálculos. También había un convento cerca de la aldea, donde tal vez las monjas pudieran ofrecerle algunos datos interesantes.

Se puso a pensar otra vez en Carmen. A Lisa le gustaba, a pesar de su personalidad nerviosa. Se sentía decepcionada, sin embargo, de no conocer a nadie que trabajara en el LIO. Le hubiera gustado mucho que ella le presentara a algún científico de allí que la pudiera ayudar a buscar una entrada a esa fortaleza azul y blanca frente al convento.

"Carmen es una mujer bastante extraña," pensaba Lisa, alzando los ojos hacia la cuesta de la montaña. "¿Por qué le habrá dado tanto miedo ese hombre que vio por la calle? ¿Quién creía que era?"

Seguía inclinándose contra el alféizar, contemplando el edificio impresionante que albergaba el LIO y que brillaba bajo el sol del atardecer.

"Debe haber muchas personas allá en el LIO con las que podría comunicarme," pensaba nostálgicamente, mirando la arquitectura utilitaria del misterioso edificio. Tenía un aspecto muy hermoso, sin embargo, a pesar de su exterior imponente. Las ventanas de cristal brillante, por ejemplo, hacían juego con el color azul del cielo, y las paredes blancas eran del mismo color que las ovejas que se movían tan tranquilamente por los prados.

Mientras Lisa miraba ociosamente a los animales que apacentaban en la verde hierba, se le ocurrió de repente que eran las ovejas más blancas que había visto en toda su vida. Ni una mancha ni una sola imperfección en el rebaño. Sus vellones largos y peludos resplandecían con una luminiscencia pura y blanca que brillaba bajo los rayos dorados del sol de poniente.

Entonces Lisa arqueó la espalda y miró fijamente a una figura humana que avanzaba hacia el edificio blanco y azul. La figura tenía sólo el tamaño de un sello, pero Lisa pudo ver con gran claridad que llevaba un vestido rojo con un chal negro envuelto muy ceñido alrededor de sus hombros.

CAPÍTULO TRES

Andoni Chiriboga era el orgullo de Mayagorry. Él había ganado todos los premios ofrecidos por su escuela, y le respetaban todos sus maestros y sus compañeros de clase también. Sor Mikele, que le había enseñado la mayor parte de las asignaturas, tenía grandes esperanzas para el joven, porque fue el primer estudiante de Mayagorry en matricularse en la Universidad Complutense de Madrid, en la Facultad de Ciencias Biológicas. Sor Mikele estaba muy orgullosa de su joven protégé, porque Andoni obtuvo un *sobresaliente* en todas sus clases en la Universidad de Madrid. Este logro marcó el principio de una carrera académica deslumbrante. Andoni había mantenido un interés muy vivo en la clonación y su aplicación a la crianza de los animales, así que decidió conseguir un grado en biología molecular con énfasis en genética.

Estaba sorprendido pero también muy contento cuando le aceptaron en la Universidad de Columbia en Nueva York. Era la primera vez en la historia de Mayagorry que un aldeano había dejado su hogar y se había ido al extranjero para sacar un grado superior en una universidad de primera categoría.

Después de sacar el doctorado, Andoni se puso a buscar empleo. Los representantes de las corporaciones más famosas del mundo visitaban los campus de las universidades de la *Ivy League* para identificar a los estudiantes de más talento y que conocieran el desarrollo más avanzado de la tecnología y de las teorías científicas.

Después de presentarse a varias entrevistas donde le describieron unos trabajos interesantes con sueldos apetitosos, recibió una invitación personal del Director General del Laboratorio para las Investigaciones Ovinas (el LIO) en Mayagorry. Jamás había oído hablar de un laboratorio de investigaciones biotecnológicas en su pequeño pueblo natal. Se le ocurrió que hacía mucho tiempo que estaba fuera de su patria chica.

En la carta le invitaron a juntarse con un tal Dr Paskal Sarazúa, el director general de la corporación, y se le prometió una entrevista sobre un tema de mucho interés para un joven científico vasco como él. Esta carta misteriosa e inesperada le picó la curiosidad, así que arregló una cita con el Dr Sarazúa. La entrevista iba a tener lugar en el Club de la Universidad de Yale, al lado de Grand Central Station en Manhattan.

Cuando llegó el día de la entrevista, Andoni se puso su único traje, anudó su única corbata, y tomó el metro al centro. Una vez dentro del prestigioso Club Yale, fue acompañado a un salón privado donde estaba un señor muy distinguido y de mediana edad revisando los periódicos en una mesa de caoba. Tenía un perfil clásico, con una nariz recta y el cabello gris.

"¿Dr Paskal Sarazúa?" le preguntó Andoni.

El Dr Sarazúa se volvió hacia él y le miró detenidamente de arriba abajo.

"¿Andoni Chiriboga?"

"Sí, señor."

"Me agrada mucho que haya venido, Dr Chiriboga," dijo el Dr Sarazúa, tendiéndole la mano. "Siéntese, por favor," añadió, indicando un sofá tapizado cerca de la chimenea.

Andoni se sentía un poco incómodo en ese ambiente de hombres prestigiosos y conservadores que tomaban sus copas de vino añejo y fumaban sus puros cubanos. Aunque el salón se había modernizado, a Andoni le recordaba los años de antaño, sacados de los *happy golden years* descritos en la canción tan conocida de la Universidad de Yale.

"¿Le puedo llamar yo por su nombre?" Paskal Sarazúa le preguntó, hablando con el joven científico en Euskara.

"Si, cómo no, señor," dijo Andoni, muy contento de poder defenderse en su lengua materna después de pasar cinco años en el extranjero.

"Buen día, Sarazúa," le saludó un señor muy distinguido que pasaba cerca.

"Ah, muy buenos días, Señor Ministro," repuso Sarazúa, en un tono de voz muy respetuoso. "¿Cómo está la familia?"

El ministro echó un vistazo a Andoni y, tomándole por un estadounidense, se puso a hablar en inglés para ser cortés.

"My son is in jail," le dijo, muy orgulloso.

Paskal Sarazúa se sintió confuso, sin saber qué decir. Fue Andoni quien le sacó del apuro cuando de repente se le ocurrió lo que quería decir el ministro.

"Enhorabuena, Señor Ministro. Yale es sin duda alguna una de las universidades más destacadas del mundo."

El ministro sonrió, inclinó levemente la cabeza, y se fue.

"Te debo una," le dijo Sarazúa, haciendo un gesto con la mano como si se quitara el sudor de la frente. "¿Quieres un aperitivo?"

"Sería un placer," dijo Andoni, notando el uso del tuteo de parte del Dr Sarazúa.

"A mí me apetece un *kir* con *Bourgogne Aligoté*. ¿Qué te parece?"

"Me parece muy bien, señor. Muchas gracias."

"Bueno, ahora vayamos al grano. ¿Sabes algo de mí o de mi empresa, El Laboratorio de Investigaciones Ovinas? Lo llamamos el LIO, pero no te asustes. No armamos muchos líos, que sepa yo."

"Me alegro," dijo Andoni, con una sonrisa. "Pero para contestar a su pregunta, noté en el membrete que el laboratorio de usted está en Mayagorry. Sucede que soy de esa aldea, pero aun así, yo nunca he oído nada ni de usted ni del LIO."

"Aprecio tu candor, Andoni. Generalmente un ejecutivo de una corporación importante se sentiría muy desilusionado al saber que no se conocía su compañía, pero en este caso yo estoy muy contento. Verás, el trabajo que hacemos en los laboratorios es secreto, secreto en el sentido de que tratamos de proteger nuestros descubrimientos técnicos e industriales hasta que tengamos la patente del producto."

"Perdón, pero ¿qué hacen ustedes en sus laboratorios?"

"Pues ya sabes que nosotros los vascos tenemos un interés muy profundo en nuestro animal nacional, la oveja. Ya sabes que nuestros pastores y nuestras ovejas tienen fama de ser los mejores del mundo. Los hemos exportado a todas partes del planeta. Los vascos hemos emigrado desde Euskadi para ocuparnos de las ovejas en los Estados Unidos, en Australia, y en Nueva Zelanda, para nombrar algunas de las naciones donde nuestras ovejas son archiconocidas."

"No cabe duda que nuestras ovejas se destacan mucho en todo el mundo," dijo Andoni.

El Dr Sarazúa se detuvo por un momento para pedirle los aperitivos al camarero discreto que se había acercado a él.

"A mi manera de ver, nos han encomendado a nosotros los vascos una gran comisión – predicar el evangelio de la oveja vasca a todas las naciones – y creo que puedo decir que hemos tenido mucho éxito en esta tarea. El reciente auge económico vasco en esta área del negocio internacional es directamente atribuible al trabajo del LIO. ¿Te sorprende?"

"Pues sí, tengo que confesarlo. Pero me alegro saber que mi pueblo pequeño se encuentra en el mapa ahora."

"Es un hecho muy conocido, en el campo de la ciencia y en la comunidad global de los negocios, que mi corporación ha generado algunos programas que han creado unos carneros y ovejas incomparables. Durante muchos años los rebaños del mundo han sido mejorados por el empleo de los genes ovinos que hemos desarrollado. La inseminación artificial ha sido el método más apreciado, y el éxito que hemos tenido como proveedores de semen congelado explica por qué mi empresa ha llegado a ser la más destacada en este campo."

"Lo que me cuenta es muy interesante, Dr Sarazúa. Y ¿cómo cree usted que yo podría ayudarle en el desarrollo de sus planes para el futuro?"

"Verás. Nuestro éxito ya no es tan seguro a causa de la competencia del Reino Unido. Desde que clonaron a la oveja Dolly, la experimentación con los genes de los animales ha crecido de una manera exponencial en todas partes del mundo. Ahora, si no se mantiene el LIO al mismo ritmo, nuestro negocio se verá gravemente perjudicado. La crianza natural ya no es lo suficientemente rápida. Tenemos que concentrar todos nuestros esfuerzos en el proceso de la clonación, porque como ya sabes muy bien, es la dirección que va a tomar la crianza en el nuevo milenio.

"Tiene usted razón," dijo Andoni, sorbiendo el aperitivo.

"Estoy preparado para ofrecerte la oportunidad de estar a cargo de la investigación genética para el laboratorio del LIO. Todo lo que te pido es que te abstengas de preguntarme nada sobre el objetivo de mis proyectos, y que hagas todo lo que puedas para mantener al LIO a la cabeza de la investigación internacional de la clonación."

"Puedo asegurarle que no tendré la más mínima dificultad con la primera petición. Usted es el dueño del laboratorio, y claro, usted tiene derecho a no divulgar el tema de las investigaciones. En cuanto a la segunda petición, le puedo prometer que haré cuanto pueda para mantener al LIO a la cabeza de la competencia. Me halaga mucho el que usted me considere adecuado, señor, teniendo en cuenta mi falta de experiencia como director de laboratorio."

"Pues ten en cuenta que eres el único vasco que conozco con la educación y la credibilidad necesarias para dirigir las investigaciones del LIO."

"Pero este trabajo, ¿por qué lo quiere ofrecer sólo a un vasco? Hay muchas personas con excelentes calificaciones que podrían hacer este trabajo igualmente bien."

"¿No estás orgulloso de ser un vasco?" Sarazúa le preguntó, mirándole con cuidado.

"Desde luego."

"Sabrás que los vascos han sido una raza aparte desde los principios de la historia. En este momento vivimos dentro de las fronteras de Francia y España, sin que nadie nos identifique como pueblo. Se nos trata como españoles de segunda clase en mi caso y en el tuyo, y sin ningún futuro propio. Pedimos nada más que una sola cosa: que nos dejen ser independientes. No es pedir demasiado. ¿Cómo es posible que un lugar tan pequeño como Andorra, por ejemplo, pueda ser todo un país en sí, o Lichtenstein también, o Mónaco – pero Euskadi no?"

"Pues, yo…"

"Te lo explico yo," le interrumpió Sarazúa, poniéndose más cómodo y cruzando las manos, "es porque nosotros los vascos somos un pueblo inteligente y trabajador, y fuimos nosotros los que construimos la mayor parte de la infraestructura industrial de España. Los españoles siempre han tomado lo que deseaban de las otras civilizaciones – primero de los árabes, y luego de los pueblos indígenas del Nuevo Mundo, y ahora quieren aprovecharse de nosotros. Es obvio que España no puede vivir sin nosotros, pero nosotros podríamos defendernos muy fácilmente sin España. Los españoles nunca han logrado nada por su propia cuenta. Hasta su arte y su literatura, como lo sabes muy bien tú, se basan en gran parte en las obras de los conversos – los judíos que fueron obligados, bajo pena de muerte, a convertirse durante los tiempos de la Inquisición."

"Comprendo muy bien lo que usted me está explicando," le dijo Andoni, demasiado cortés para mencionar los fuertes argumentos que pudieran montarse en defensa de la cultura y de la civilización españolas.

"Tenemos que crear unos verdaderos héroes," continuó Sarazúa, "para que podamos mantener la dignidad y cultivar el respeto que merecemos por las contribuciones fundamentales que hemos brindado al desarrollo de la cultura y civilización españolas. Y no me refiero tan sólo a lo que hemos logrado hoy. Tú estás al tanto de todo lo que hemos conseguido en el pasado, ¿verdad?"

"Pues ha habido varios…"

"En efecto," repuso Sarazúa, levantando la voz. "Fuimos los primeros en construir los megalitos, y no es improbable que fuéramos los que construimos los de Stonehenge también. Fuimos los únicos en tener la destreza y la capacidad científica para lograr eso en aquel lugar y en aquel momento. Teníamos un sistema extraordinario de medida basada en el número siete, y también estábamos mucho más avanzados que los romanos en lo que se refiere a la navegación. Teníamos un sistema de cálculo muy sofisticado que nos permitió llegar al Nuevo Mundo antes que Colón y aún antes que los vikingos."

"Pero, ¿eso cómo se puede saber?"

"El registro de la aduana," dijo Sarazúa, con una sonrisa enigmática. "Los registros de los ingleses de los siglos catorce y quince indican que los vascos importaban pieles de castor de América mucho antes de que se llamara América."

"¡No me diga!" exclamó Andoni. "Nunca he oído hablar de tal cosa. ¿Por qué no se conoce?"

"¿Piensas tú que los italianos o los escandinavos van a darnos el crédito por haber descubierto el Nuevo Mundo?" le preguntó Sarazúa. "Claro que no, pero me importa un bledo. Tenemos cosas mucho más importantes que hacer. Estamos a dos pasos de lograr unos adelantos tecnológicos asombrosos, pero necesitamos héroes que se hagan cargo de todo ello. Tenemos que identificar a una nueva generación de científicos brillantes y creadores, y además, tienen que ser valientes. No, todavía más. Tienen que ser intrépidos."

"¿Intrépidos, señor?"

"Sin duda alguna. Tendrás que navegar río arriba y encontrar el ánimo y la energía de ir en contra de la corriente y enfrentarte a la crítica y la envidia, y quizá aún a las amenazas contra tu vida. Sé que eres capaz de ser un héroe vasco, Andoni. Ahora tienes que volver a casa y utilizar tus talentos en Euskadi para devolvernos nuestra posición legítima en el mundo, para que así podamos ubicarnos una vez más en la parte más adelantada de las nuevas ideas y de las nuevas invenciones.

"No sé si tengo las calificaciones de un héroe, señor."

"No quiero que me contestes con opiniones negativas, ni quiero que me demuestres falsa modestia. Si vamos a cumplir nuestro destino y lograr las gloriosas metas que tengo en mente, entonces nosotros los vascos tenemos que ser un pueblo libre. No queremos vivir de rodillas ante unos burócratas que nos digan lo que tenemos que hacer y cómo debemos hacerlo – ni mucho menos ante funcionarios orgullosos con apellidos españoles y franceses. Lo que nosotros tenemos que hacer es escribir nuestra propia *Marseillaise,* basada en las mismas ideas inspiradoras que expresaron los franceses al animar a sus ciudadanos a que se defendieran contra la tiranía."

Andoni le miró con ojos pensativos, preguntándose lo que pudo significar ese repentino estallido de patriotismo vasco que salía de los labios de ese extraño ejecutivo que expresaba ideas básicamente quijotescas.

"Ya sé lo que estás pensando," le dijo Paskal Sarazúa, "pero estás muy equivocado. No soy ni miembro de la ETA ni de ningún otro grupo de terroristas vascos. El levantar la tapa de los sesos a la gente es un disparate que atrae sólo a los fundamentalistas que no tienen la imaginación necesaria para ver otro remedio a los problemas. Pero yo te estoy hablando del heroísmo – del verdadero heroísmo que no se nota mucho hoy día. Nosotros para recobrar nuestro lugar debido en los anales de la historia, necesitamos distinguirnos por el valor y por la inteligencia. Tenemos que hacer un esfuerzo para volver a ser un pueblo admirado por nuestras cualidades nobles. Y por eso dependo de ti. Te veo como un héroe de la nación. Te veo como un gran líder con laureles que te adornan la frente, como lo hubiera dicho Homero."

"Usted cree que soy más importante de lo que soy."

"No, mi joven amigo, tienes que hacer un esfuerzo para comprender lo que es tu destino. Tu generación representa el futuro de nuestro pueblo. La generación del nuevo milenio, pongámoslo así. No te puedo dejar desaparecer en el éter de la mediocridad. Hace mucho tiempo que te espero. Reconocerás que te ofrezco la oportunidad y la libertad necesarias para que desarrolles tu carrera. Tu patria ahora te está esperando. Te está llamando, mejor dicho, y te toca a ti responder a la llamada como es debido."

Andoni se sentía tan desconcertado por toda esta clase de conversación que se quedó sin saber qué decir. Le parecía obvio que el Dr Sarazúa esperaba cumplir sus propios sueños de crear un teatro de científicos locos o tal vez de terroristas aspirantes, ofreciéndole a él un papel de actor principal. A pesar de todo, veía en este hombre tan misterioso algo que le emocionaba mucho. O era un genio con la cabeza en las nubes, o estaba más loco que una cabra. En cualquiera de los dos casos le parecía que la vida compartida con este personaje tan carismático no dejaría de ser una gran aventura. A Andoni le agradaba la idea de gozar de un poco de drama en su vida después de tantos años de tediosos procedimientos en el laboratorio. Si era verdad lo que decía Paskal Sarazúa sobre la necesidad de mantener secretos todos los aspectos de las investigaciones del LIO, entonces no corría el riesgo de perder la reputación profesional o su futura carrera si optara por trabajar para este loco en un laboratorio perdido allá en una aldea minúscula.

"¿En qué estás pensando?" le preguntó de repente Paskal Sarazúa, quien le había estado contemplando con muchísimo interés mientras reflexionaba sobre esas grandiosas ideas.

"Le agradezco mucho la oportunidad de distinguirme en la carrera," dijo Andoni. "Pero, ¿qué quería decir usted hace unos minutos cuando me dijo que había estado esperándome, señor? ¿Me estaba esperando a mí personalmente, o esperaba a alguien que se parecía a mí en algún aspecto? No acabo de comprender exactamente lo que quería decirme con eso."

"Hablaba específicamente de ti. Mira, yo siempre me he dedicado a identificar el talento de los individuos que me interesan. Yo he sabido de ti desde que eras niño, cuando eras el alumno más destacado de la clase de Sor Mikele. Te seguí los progresos muy de cerca hasta que llegaste a ser mayor, y entonces fui yo quien te arregló la beca para estudiar en la Universidad Complutense de Madrid. ¿No se te ocurrió nunca que era muy extraño que un chico vasco fuera elegido para obtener una beca de tanta importancia? Es cierto que fuiste un estudiante de mucho talento, pero el ganar otra beca más para continuar los estudios en la Universidad de Columbia es una cosa francamente excepcional. Para un joven vasco de una aldea como Mayagorry, yo llegaría a decir que es un caso único. Eso simplemente no ocurre sin la ayuda de una persona en una posición de cierta importancia," añadió, en un tono que reflejaba una humildad algo falsa.

Andoni le miraba sin saber qué decir ni cómo reaccionar ante estas noticias. Se sentía agradecido por la ayuda que él le había proporcionado, pero al mismo tiempo se sentía también muy incomodado por el hecho de haber sido manipulado de tal manera por su mentor secreto. Decidió, sin embargo, concederle el beneficio de la duda.

"¿Cómo puedo verificar que el laboratorio esté equipado como hace falta para que yo lleve a cabo las investigaciones avanzadas que usted requiera?" le preguntó Andoni, buscando una postura más cómoda en el sofá.

"Tu laboratorio carece de equipo. Yo soy un empresario y no un científico. Yo te compraré todo lo que necesites, pero tendrás que equipar el laboratorio tú mismo. Si me das una lista del equipo que necesitas, arreglaré todo sin retraso. El único instrumento que tendrás que compartir con los demás es el microscopio electrónico, desde luego, porque es demasiado caro para el uso exclusivo de una sola persona. Aparte de eso, todo el equipo que me pidas será para tu uso personal."

"Me parece estupendo, Dr Sarazúa."

"No te faltará nada. El arreglo físico del espacio es típico de todos los laboratorios modernos, con bancos de trabajo, ordenadores, luz de arriba, gas central, refrigeración, y todos los otros servicios que convengan."

"¿Cuándo querría usted que le comunique mi decisión?"

"Si no hay decisiones que hacer. Aquí tienes un billete de primera clase desde Nueva York a Madrid, con conexión en Bilbao. Tu contrato de trabajo está en este sobre. Fírmalo por favor y tráelo cuando vengas al avión. Me encontrarás en el asiento al lado del tuyo, así que podremos discutir tu futuro con calma durante el vuelo transatlántico."

"Pero señor, yo…"

"No hay nada que agradecerme," le dijo Sarazúa con una sonrisa simpática. "Me gustaría quedarme aquí para charlar más detenidamente contigo, pero me quedan unos negocios importantes que hacer antes de volver a Europa. Me juntaré contigo en el avión el viernes."

Con eso Paskal Sarazúa se levantó del sillón, le ofreció la mano al joven científico atónito, y salió del salón sin mirar hacia atrás.

Al recobrarse de la sorpresa, Andoni abrió el sobre sellado y se puso a leer el contrato. Estaba escrito sencillamente, sin frases hechas para enterrar términos irrazonables en letra pequeña. Pero a pesar del sueldo interesante y de la promesa de una libertad intelectual sin límites, Andoni seguía con los mismos escrúpulos de antes. No le gustaba nada la manera en que el Dr Sarazúa daba por supuesto que cumpliría sin vacilar con lo que le pidiera. Hablaba con mucho entusiasmo de la lucha para ganar la libertad, pero tenía indudablemente su lado tiránico. Andoni se preguntó si llegaría el momento en que tendría que tragarse su orgullo. Sin embargo si era verdad todo lo que le había dicho Sarazúa, Andoni sabía de sobras que acababa de recibir una oferta que no se debía rehusar sin pensarlo muy bien. Sacudió la cabeza y sonrió al meditar un poco más en lo irónico de la situación. Jamás se le hubiera ocurrido que encontraría un trabajo tan interesante en un pequeño rincón escondido allí en las montañas que yacían, pensativas y silenciosas, en la frontera entre Francia y España.

Después de pensarlo tanto tiempo como le fue posible en aquel elegante salón del Yale Club, decidió echar todos los escrúpulos a los cuatro vientos y ponerse a trabajar por una temporada en el laboratorio tan inverosímil que se encontraba en el mismo Mayagorry donde había nacido hacía veintisiete años. Después de todo, se dijo Andoni, se es joven sólo una vez en la vida. No tenía ni mujer ni hijos ni otra familia por la que preocuparse, así que si no iban bien las cosas, buscaría un trabajo más sensato en un laboratorio conocido que gozara de una reputación ya muy sólida.

Buscó una posición más cómoda en el sofá y sorbió las últimas gotas del kir que le quedaban en el fondo de la copa. Iba a ser muy divertido trabajar para Paskal Sarazúa. Le daba la impresión de ser uno de esos empresarios creativos que encontraban dos ideas nuevas cada tres minutos, la mayoría de las cuales estaban destinadas al limbo. Perdería seguramente mucho tiempo escudriñando esas innumerables ideas para encontrar una que mereciera un vistazo más detenido, pero lo peor era que tendría que ocuparse del desengaño inevitable de Sarazúa cuando llegara el momento de decirle que sus ideas no se podían realizar por razones complejas y difíciles de explicar a ese hombre tan colérico e impaciente.

"Pues nada," se dijo Andoni, levantándose del sofá y dirigiéndose hacia la puerta. "Si no resulta bien la situación actual, buscaré otro trabajo."

Andoni Chiriboga no podía saber que los empleados del LIO nunca renunciaban a sus puestos sin el permiso explícito de Paskal Sarazúa. Tendrían que morirse primero, o si no, tendría que morirse el mismo Sarazúa.

CAPÍTULO CUATRO

A ciertas personas les pudiera parecer que el LIO (Laboratorio de Investigaciones Ovinas) dominaba el pueblecito de Mayagorry, pero los que trabajaban allí preferían pensar que el LIO les ofrecía a los aldeanos algo a lo que aspirar. En esta región del mundo el edificio reflejaba la psicología de los constructores previos, cuyas obras fueron inventadas para proteger al pueblo de sus muchos enemigos, sobre todo de los invasores moros. El afán de Paskal Sarazúa por tener un edificio seguro fue satisfecho con la imponente construcción azul y blanca que los bromistas de la aldea llamaban reformatorio.

Cerca de la entrada principal del LIO, había un helipuerto en la que día aterrizaron Paskal Sarazúa y Andoni Chiriboga después del vuelo desde Madrid hasta Bilbao. Los aldeanos de Mayagorry vigilaban las actividades del Dr Sarazúa teniendo en cuenta las idas y venidas de su helicóptero. Los que criaban palomas en las azoteas maldecían la máquina infernal que periódicamente las asustaba, haciéndolas volar hacia el cielo. Justo antes de la llegada del helicóptero a la pista de aterrizaje, las plumas despegadas de las palomas espantadas avisaban a todos que "el carcelero" ya había regresado de uno de sus múltiples viajes aéreos.

Descendiendo del helicóptero después de que éste hubiera revuelto suficientemente el aire por encima y alrededor de Mayagorry, Paskal Sarazúa condujo a Andoni al interior del edificio blanco y azul para que conociera a sus colegas, e inspeccionara su nuevo ámbito laboral. Sarazúa le presentó a su asistente Marko – un joven simpático y enérgico que se comportaba con elegancia y respeto.

"Encantado de conocerte, Marko," dijo Andoni.

"El placer es mío," repuso Marko, con una sonrisa.

"El Dr Chiriboga estará encargado de tu sección," le dijo Sarazúa. "Asegúrate de que él tenga todo lo necesario para hacer los descubrimientos científicos que llevarán al LIO a los primeros niveles de la investigación genética. Enséñale el laboratorio y preséntale a los otros."

"Con mucho gusto, señor."

"Bueno, Andoni, yo tengo muchísimo que hacer," le dijo Sarazúa, dándole la mano. "Por favor, haz lo necesario para orientarte. Habla con el personal, familiarízate con todo el equipo. Nos veremos otra vez la semana próxima."

"Muchísimas gracias," gritó Andoni tras la figura del atareado empresario mientras desaparecía rápidamente por los grandiosos pasillos del LIO.

Andoni no podía evitar fijarse con interés en el temor que se reflejaba en el rostro de Marko mientras miraba a Sarazúa doblar la esquina. Su expresión inquieta hizo a Andoni preguntarse cómo sería trabajar con Sarazúa, quien le daba la impresión de ser un individuo bastante ostentoso y vanidoso. Hasta aquel punto todo iba bastante bien, pero ¿qué pasaría después la luna de miel? A juzgar por la actitud nerviosa de Marko, Andoni sospechaba que un día podría encontrarse en una situación desagradable.

"¿Qué le gustaría ver primero?" le preguntó Marko.

"Tal vez me podrías enseñar nuestro laboratorio," le dijo Andoni. Esperaba que Marko se fijara en que le había dicho "nuestro" laboratorio.

Así empezó el primer vistazo que echó Andoni Chiriboga al moderno local que era el LIO. Estaba, en efecto, muy impresionado con la calidad de la empresa. Constaba de un equipo de unos treinta empleados entrenados en bioquímica, biología molecular, ingeniería del ADN, la informática de alto nivel, y la instrumentación.

"El LIO está desarrollando instrumentos analíticos muy complejos que nos ayudarán a interpretar muchos tipos de información," le dijo Marko orgullosamente. "Tendremos la capacidad de interpretar datos, conjuntar genomas, anotar y comparar secuencias, y montar estudios de asociaciones."

"Esto es fantástico," dijo Andoni, contemplando el equipo más moderno y actualizado del mundo. "Ustedes tienen la capacidad de cambiar la manera en que aprendemos la base genética de la salud y de las enfermedades. Los médicos y otros especialistas van a cambiar el futuro de la medicina. No tengo duda alguna que estamos a punto de ver un adelanto absolutamente único en la tecnología de hoy."

"Así lo esperamos," dijo Marko.

"A mi manera de verlo," Andoni continuó, "el LIO podría combinar su tecnología patentada de cuarta generación que se dedica a secuenciar el ADN con su alta capacidad de hacer cálculos para crear un nuevo servicio que se dedique a secuenciar genomas a un costo muy bajo y de una calidad sin precedentes. Este laboratorio tiene que ser uno de los más grandes del mundo en cuanto a la capacidad de secuenciar los genomas – y ¡todo está aquí mismo en Mayagorry! Podríamos ayudar a los clientes en los campos de biotecnología y de farmacéutica a realizar estudios del genoma humano en una escala enorme, y así podríamos identificar el origen genético de muchas enfermedades muy complejas."

"Debería usted invertir algún capital en la corporación. A lo mejor acabaría haciéndose millonario."

"Así lo haría, si sólo tuviera un poco de dinero en el bolsillo," dijo Andoni con una sonrisa irónica.

"Dentro de un año tendrá el bolsillo lleno de dinero, créeme," dijo Marko. "Cuando llegue a conocer un poco mejor al Dr Sarazúa, verá que es cierto lo que le digo. Ese hombre no para nunca. Viaja a todas partes del mundo buscando capital para el LIO, pero no revela a nadie dónde nos ubica-mos ni qué hacemos aquí. Se esconde detrás de una docena de compañías fantasmagóricas, pero nadie se queja de eso porque ofrecen ganancias muy atractivas."

"Bueno, pues espero que no sean demasiado atractivas," repuso Andoni. "Paskal Sarazúa podría dar la impresión a las autoridades de que está montando un chanchullo como el de Ponzi."

"No creo que tenga mucha dificultad con eso, con tal que pague sus impuestos a tiempo y que les mantenga contentos a los inversionistas."

"Es cierto."

"Ahora le voy a enseñar su apartamento," le dijo Marko, pasando una tarjeta por la muesca de la puerta de metal. "Pase, pase," añadió, después de abrirle la puerta.

Andoni se encontró en un pasillo que se parecía a los que hay en los hoteles de lujo. Marko pasó delante de él y se paró cerca de la tercera puerta a la derecha. Pasó otra tarjeta por la muesca y abrió la puerta.

"Aquí tiene usted su tarjeta y su nuevo apartamento," le dijo Marko, apartándose para dejar entrar a Andoni. "Me voy al laboratorio ahora. Su equipaje ya está en el dormitorio, por aquella puerta ahí en el fondo. El Dr Sarazúa me pidió que le dijera que descanse hoy. ¡Que aproveche! Puede ser que sea la última vez que descanse por el resto del año."

A Andoni el apartamento le parecía adecuado en todos los sentidos de la palabra. Estaba decorado en los alegres colores primarios que prefieren los escandinavos. Desde las enormes ventanas se veía un conjunto de ricos prados y de bosques rodeados por las imponentes montañas. Tenía una bella vista hacia el pueblecito de Mayagorry desde la ventana del salón, y desde el dormitorio se veía el convento de la Sagrada Cruz en la colina opuesta, donde había estudiado hace años con Sor Mikele. Le gustaban mucho estas vistas tan familiares. Valió la pena sacar un doctorado, pensó con gran satisfacción, para poder gozar de una vista tan estupenda como aquélla.

Los vascos que viven en el lado español de los Pirineos han adoptado las horas tradicionales españolas para el trabajo del día, arregladas para minimizar el efecto del calor de mediodía. Así que el día se divide en dos partes: el trabajo empieza por la mañana muy temprano y se termina a mediodía, cuando empieza un intervalo de dos o tres horas para que tomar un almuerzo caliente, después del cual se echa la siesta. El resto del trabajo del día concluye hacia las seis de la tarde, culminando con otra comida caliente hacia las once de la noche. Los que viven en las aldeas se han acostumbrado al paseo de la tarde, hora en que se saludan los vecinos y pasan el tiempo conversando en los parques o en las tabernas, donde toman cerveza o vino con una gran variedad de tapas, o *pintxos* como dicen los vascos. Se animan mucho los aldeanos durante el paseo, y muchas veces surgen romances entre ellos.

Cuando Andoni Chiriboga hubo logrado todo lo que podía hacer en un solo día, salió de su apartamento para juntarse con la gente que iba de paseo. Se preguntó si después de haber pasado tanto tiempo fuera de casa llegaría a reconocer a algún antiguo compañero de la escuela de Sor Mikele. Inclinó la cabeza hacia Zigor Etxemendi mientras salía del edificio, luego se dirigió a través de los prados hasta la calle principal de Mayagorry, donde se había reunido un grupo de jóvenes.

Entró en la taberna que había frecuentado años atrás. Andoni se acordó del patrón, y sonrió amistosamente. Luego pidió una cerveza fría y sardinas preparadas a la manera que a él le había gustado de joven.

Mientras se tomaba la cerveza en la barra, se dio cuenta de que estaba sentada a su lado una rubia muy atractiva que llevaba puesta una camiseta verde. Dirigió una mirada discreta al mensaje en letras blancas que decía: *"Dios está muerto – Nietzsche,"* luego apartó en seguida los ojos. Cuando por fin se animó a mirarla de nuevo, vio con gran alivio que le estaba sonriendo.

"Me desconcierta tu acento," le dijo ella en vascuense, mirándolo de cerca. "¿De qué parte de Euskadi eres?"

"Del mismo Mayagorry," repuso Andoni, "pero acabo de volver después de pasar varios años en el extranjero."

"Ah, ahora veo. Me llamo Lisa Maxwell, y soy lingüista. Por eso te pregunté por tu acento."

"Mucho gusto, Lisa. Soy Andoni Chiriboga. Eres estado-unidense, a juzgar por tu propio acento. ¿Es vasca tu madre?"

"No, pero el nombre tuyo es vasco, sin duda alguna. Soy especialista en los orígenes de las lenguas, y el origen de la lengua vasca, como sabrás, es un gran misterio."

"Conoces muy bien tu campo de especialización."

"Estoy escribiendo una tesis doctoral sobre la estructura y el origen de la lengua vasca, así que me interesan mucho todos los temas que tengan que ver con la idea central."

"Acabo de recibir un doctorado en bioquímica y genética de la Universidad de Columbia."

"Excelente. Y ¿aquí que haces, entonces? ¿Estás haciendo una visita familiar?"

"No. Ya no tengo familia. Trabajo aquí."

"¿Trabajas aquí en Mayagorry?"

"Así es. ¿Te sorprende?"

"Es que Mayagorry no me parece un sitio muy interesante para un hombre como tú que tiene un doctorado de una de las mejores universidades del mundo. Estás muy bien cualificado para trabajar en los límites de la ciencia."

"Gracias por el obsequio, pero resulta que uno de los laboratorios bioquímicos más importantes del mundo está aquí mismo en Mayagorry. Se encuentra en el edificio blanco y azul en la cuesta un poco más allá de la aldea," dijo, mirando de soslayo una vez más al obituario pregonando la muerte de Dios en la camiseta de su compañera. ¿Por qué insistían tanto los estadounidenses en publicar sus ideas de esta manera tan peculiar? Por lo menos el anuncio le dió la oportunidad de mirar por un rato sus atractivos contornos.

"¡Qué extraño!" declaró Lisa. "Tuve una discusión sobre ese mismo tema con una mujer con quien me encontré en la calle esta tarde. Lo llamaba el LIO, o sea, el Laboratorio para las Investigaciones Ovinas. Me contó que allí trabajan unos científicos que hacen investigaciones de primer orden. ¿Estás tú por casualidad entre esos científicos tan geniales, Andoni?"

"Yo trabajo allí, sí."

"Entonces eres criador de ovejas, ¿no? Me fascina eso."

"Confieso que a mí también me fascina," le dijo Andoni, devorando una sardina frita.

"Siempre me ha gustado la genética," declaró Lisa. "A lo mejor un día me invitarás a dar una vuelta por el laboratorio."

"Con mucho gusto. Cuando quieras."

"¿Digamos… mañana?"

"¿Mañana?" repitió Andoni, sorprendido.

"¿Demasiado pronto? ¿Prefieres la semana próxima?"

"No, está bien… sí, está muy bien."

"Bueno, pues ¡hasta mañana! Y gracias."

"¿Ya te vas?" le preguntó Andoni, un poco ansioso.

"¿Quieres que me quede?"

"Pues claro. Tienes que probar los calamares en su tinta. ¿Quiere probar éste?"

Andoni pinchó un calamar y se lo ofreció.

"Mmm, "¡qué bueno!" exclamó Lisa.

Lo observaba de soslayo mientras se comía el calamar, pensando que era un excelente ejemplo de virilidad vasca con su corto pelo castaño, sus ojos azules, su cuerpo atlético, y su manera a la vez burlona y respetuosa.

"¿Dónde haces los estudios para el doctorado?"

"En Berkeley," le dijo Lisa, tragándose el calamar y limpiándose los labios. Le molestaba ver que había dejado manchas negras en la servilleta.

"Jamás hubiera esperado conocer a una lingüista de California aquí en Mayagorry," declaró Andoni, fingiendo no darse cuenta de la mancha negra. "Pero ¿por qué tuviste que venir aquí al País Vasco para continuar tus investigaciones? Debe haber muchos inmigrantes vascos en California."

"Claro, pero lo que buscaba era un ejemplo de formas lingüísticas recogidas de muchos respondientes vascos, y no de un sólo grupo homogéneo," le explicó.

"Comprendo."

"¿Podrías recomendarme a alguien que pudiera servir de respondiente para mis investigaciones?"

Andoni le echó una mirada prolongada. Su pelo rubio y reluciente, su nariz fina y sus labios gruesos le recordaban a una joven Meryl Streep. Le gustaba que no se pareciera a las mujeres estadounidenses típicas, con sus caras de niña y sus expresiones vacías.

"Creo que la mejor persona para ti sería Sor Mikele. Es la madre superiora del convento de la Sagrada Cruz," le dijo por fin Andoni. "Sabe mucho de etimología y de gramática vasca. Fue mi maestra en la escuela, y te aseguro que es muy estricta en cuestión de hablar la lengua vasca como es debido."

"Pues gracias por el consejo, Andoni. ¿Puedo mencionar tu nombre como referencia?"

"¡Cómo no! ¿Dónde te alojas durante tu temporada aquí en Mayagorry?"

"Estoy en el Palomar."

"Vale. ¿Sigue de gerente Doña Pascua?"

"Sí. Todavía está encargada de todo."

"Ten mucho cuidado con lo que dices delante de ella si no quieres que se entere el pueblo entero. Se sabe que Doña Pascua es muy chismosa."

"Bueno, de acuerdo," dijo Lisa, recogiendo la mochila y poniéndose de pie. "Me gustaría quedarme aquí contigo, pero tengo que hacer. Gracias por las tapas."

"De nada. ¿Volveremos a vernos pronto?

"Me gustaría mucho visitar tu laboratorio."

"No hay problema."

"Entonces hasta la próxima vez."

Andoni miraba a la atractiva lingüista mientras salía de la taberna. Sonrió cuando vio el dorso de su camiseta, donde se leía la corta respuesta que Dios le había dado a Nietzsche cuando anunció su muerte. Mark Twain hubiera añadido que eran muy exagerados los rumores de su muerte.

Sor Mikele estaba a punto de cerrar la puerta de su oficina cuando por poco la tira al suelo una joven novicia que llegaba corriendo desde el pasillo de al lado. Las asustadas mujeres se agarraron de los brazos para sostenerse la una a la otra.

"¿Qué te pasa, Teresa?" dijo Sor Mikele con voz chillona, esforzándose para mantener el equilibrio.

"Lo siento mucho, Sor Mikele, pero ¿no ha oído usted las últimas noticias? ¡Lo han hecho otra vez!

"¿Quién ha hecho qué otra vez?" le preguntó Sor Mikele, limpiándose el hábito con movimientos bruscos e irritados. "¿De qué estás hablando?"

"Han robado otra reliquia, Sor Mikele, y ¡esta vez es de la Catedral de Santiago de Compostela!" exclamó Teresa con voz sofocada. "¡Esta es la décima reliquia que han robado, Madre! Robaron diez pedazos de la cruz de Jesucristo durante los últimos años. ¿Quién estará haciéndolo? ¿Y por qué? Y pensar, Madre, que nadie sabe quién es el ladrón, ni dónde se ha escondido. Se acerca cada día más a nosotros."

Sor Mikele contempló con leve disgusto la angustiada cara de la joven Teresa. Se le ocurría pensar que Teresa nunca estaba contenta a no ser que se sintiera atormentada al mismo tiempo.

Teresa estaba tirándole de la manga. "¿Qué piensa usted, Madre? ¿Empezarán los ladrones a robar reliquias en otros países también cuando se cansen de robarlas de las catedrales de España?"

En ese momento Teresa tenía una expresión tan inquieta que Sor Mikele casi no podía ocultar una sonrisa.

"No te pongas melancólica, Teresa," le dijo, dándole unas palmaditas cariñosas en el brazo. "Todo va a salir bien, ya verás. Santiago de Compostela está muy lejos de nosotros. Galicia se encuentra en el otro lado del país, así que no hay de qué preocuparse."

"Pero Madre," insistió Teresa, "¡Aquí en el convento de la Sagrada Cruz tenemos la reliquia más auténtica de toda Europa! Cuando se dé cuenta de eso el ladrón aparecerá por aquí, ¡no cabe la más mínima duda!"

"Teresa," dijo Sor Mikele con una paciencia forzada, "piensa en lo que dices. ¿Cómo es posible que una reliquia sea *la más auténtica* de todas? Es como si dijeras que Fulano de Tal fuera el hombre más casado de Mayagorry. De igual manera, algunas reliquias son auténticas, y otras no."

"Nuestra reliquia es *muy* auténtica entonces," dijo Teresa, intentando complacer a Sor Mikele mientras ésta miraba al cielo con resignación.

En ese momento las dos mujeres se asustaron al oír el sonido brusco de la campana de la puerta principal. Teresa parecía aterrorizada, como si ahora fueran a realizarse todas sus pesadillas más espantosas.

"Cálmate, Teresa, y vete a ver quién llama a la puerta," le dijo Sor Mikele con firmeza.

"Sí, Madre," murmuró la chica con una expresión herida, y sin decir una palabra más huyó a lo largo del pasillo. Abrió apresuradamente los picaportes de hierro, esperando que el visitante fuera su amigo Peli. El Dr Sarazúa le había mandado a Santiago de Compostela para hacer un recado, y Peli le había prometido a Teresa comprarle una *torta gallega*, una especie de pastel hecho de almendras y que le gustaba mucho a la novicia.

Al abrir la puerta principal, Teresa miró con asombro a la mujer alta, rubia, y de ojos azules que estaba en el portal.

"Buenos días" dijo la visitante. "Me llamo Lisa Maxwell. ¿Podría hablar con Sor Mikele, por favor?"

"Me parece que sí," balbuceó Teresa, dudando.

"Pues, ¿está aquí?" Lisa le preguntó.

"Sí, claro, Señorita," dijo Teresa, arreglándose el hábito. "Sígame, por favor."

Teresa la condujo por el claustro y llamó a la primera puerta a la derecha. Sor Mikele abrió la puerta sonriendo, esperando a que Teresa hiciera las presentaciones y ofreciera una explicación. Pero en vez de eso, Teresa hizo una pequeña reverencia y luego huyó por el pasillo. Sor Mikele puso los ojos en blanco y se volvió hacia la extranjera, deshaciéndose en disculpas por la manera de comportarse de la novicia.

"Buenos días," le dijo a Lisa, en un tono de voz acogedor. "Soy Sor Mikele. Entre, entre por favor. Disculpe a la novicia, por favor. Está pasándolo muy mal esta mañana. Es una recién llegada, y todavía no conoce el protocolo."

La oficina de Sor Mikele tenía unos humildes muebles de madera, fabricados a mano hace mucho por unos monjes. Las paredes eran de piedra, como el resto del convento, y tenían tres ventanas muy altas que dejaban entrar unos fuertes rayos de luz que iluminaban el pequeño cuarto.

"Siéntese por favor," le dijo Sor Mikele, indicándole una silla de madera al lado de una mesa iluminada por la luz de las ventanas.

"Mil gracias," dijo Lisa mientras Sor Mikele se sentó a su lado. "Me llamo Lisa Maxwell," continuó. "Estoy escribiendo una disertación doctoral sobre el idioma vasco, y esperaba que usted pudiera ayudarme un poco."

"No sé," repuso Sor Mikele, algo sorprendida. "No soy experta en eso. ¿Cuál es el tema de su tesis?"

"Pues estoy intentando descubrir los orígenes del idioma. No es nada fácil, desde luego, como usted sabrá. Nadie sabe cuáles son los orígenes de la lengua. De hecho, parece que es el único idioma del mundo cuyas raíces se desconocen por completo, pero como lingüista, tengo que confesar que me fascina el misterio de sus orígenes. Es una de las cuestiones de más interés para los lingüistas en todas partes del mundo."

"Me alegra mucho saber que nuestra lengua es de tanto interés para los lingüístas," repuso Sor Mikele amablemente, preguntándose qué planes tenía Lisa para que la ayudara.

"Aunque los vascos hayan logrado preservar un alto grado de pureza étnica," continuó Lisa, "el idioma vasco ha perdido mucho de esa pureza en el mundo moderno debido a los MMS, twitter, y el tweet que se hace por medio del ordenador y del móvil y los otros métodos que tenemos de comunicarnos hoy en día. La mensajería de texto es uno de los mejores ejemplos de analfabetismo que existe hoy, todo en nombre de la velocidad y de la conveniencia."

"Entiendo lo que me está diciendo, pero eso tiene que ser verdad en el caso de todas las lenguas modernas, ¿no?"

"Tiene razón, pero es el idioma vasco el que más me importa. Estoy intentando estudiarlo en su forma más pura, antes de que se contamine completamente con la jerga y las expresiones familiares que invade la lengua desde fuera – o sea, desde el extranjero, para ser más específica."

"Pero con todo el tiempo que se gasta y sigue gastándose en el estudio del idioma vasco, alguien ya habrá sugerido algunas ideas muy concretas sobre sus orígenes, ¿no es así?"

"Sí, absolutamente. Hoy se dice que puede ser que derive de las lenguas antiguas que se hablaban hace mucho tiempo en la región general de las montañas del Cáucaso. Mi disertación doctoral se titula *Los Fonemas y los Alófonos en Euskara e Idiomas Ibero-Caucásicos,* y se basa en la hipótesis que dice que la lengua vasca tiene sus orígenes en los antiguos idiomas caucásicos, especialmente en el kartvelio antiguo. Todavía no tengo muchos informes – sólo una lista muy corta de palabras que sugieren algunas semejanzas entre el vasco y los idiomas caucásicos – pero sirve para iniciar el proyecto."

"Entonces lo que usted quiere es que eche una ojeada a esa lista y le diga lo que me parece, ¿verdad?"

"Pues sí. En pocas palabras, así es."

"Bueno, estudiaré su lista, pero no soy experta en lo que concierne la lingüística."

"No es necesario," le aseguró Lisa. "El vasco es su lengua materna, así que usted tendrá sin duda una fina intuición para las conexiones que han encontrado los lingüistas, y podrá juzgar si son verosímiles o no. Es fácil que los hablantes que no sean nativos no vean las sutilezas. También es fácil que nos dejemos llevar por nuestras propias teorías favoritas."

"No cabe duda," declaró Sor Mikele. "Haré todo lo que pueda para ayudarle con su lista. Mientras tanto, creo que sería prudente investigar otras maneras de enfocar el problema.

Puede ser que la lingüística sea una manera muy buena para explorar el origen del idioma vasco, pero valdría la pena tomar en cuenta otros enfoques, como por ejemplo las antiguas leyendas vascas."

"¿De cuáles habla usted?"

"Según las leyendas tradicionales, el idioma vasco era la lengua que se hablaba en el jardín del Edén."

"Es una historia encantadora," observó Lisa. "Pero aún si fuera verdad, no me ayudaría mucho, puesto que por desgracia nadie sabe dónde estaba el Edén."

"Según aquellas mismas leyendas, el Edén estaba entre los ríos Tigris y Éufrates. Pero esa idea también se saca de la tradición folklórica, desde luego."

"Pues por lo menos la leyenda coloca la lengua vasca en la región general correcta según mi hipótesis," le dijo Lisa. "Pero sería difícil averiguarla con certeza, puesto que hasta ahora nunca se ha vinculado la lengua vasca con ninguna otra lengua del mundo."

"Por eso creo que usted debería verlo como un problema no sólo lingüístico sino antropológico también. Creo que acabará creyendo que vale la pena investigar un poco más el tema folklórico y las antiguas leyendas."

"Me parece muy buena idea. ¿Hay otra evidencia que usted conozca que indique que los vascos hubieran podido llegar hasta aquí desde la región general del Iraq moderno?"

"Eso no lo puede saber nadie, puesto que todo este tipo de evidencia fue destruida durante el diluvio. Pero en general, los vascos estamos de acuerdo en que descendemos de Tarsis, el bisnieto de Noé, quien llegó aquí después del diluvio desde el famoso Monte Ararat."

"Esto coincide perfectamente con mis investigaciones. El Monte Ararat está en la parte oriental de Turquía, cerca de la orilla sudeste del Mar Negro. Así que no queda muy lejos de la región caucásica."

"En efecto. Y además, los Nakh y los Vascos son ambos gente de las montañas."

"Es verdad," le dijo Lisa con entusiasmo. "A lo mejor los primeros inmigrantes a los Pirineos creían que lo que vieron y encontraron aquí era muy agradable porque les recordaba su patria."

Después de una hora emocionante durante la cual las dos mujeres hablaron de la etimología, las leyendas y las teorías de las migraciones humanas, Lisa y Sor Mikele empezaron a sentirse como si se conocieran desde siempre. Ambas estaban muy ilusionadas por la lista, que parecía establecer unas conexiones posibles entre la lengua vasca y el antiguo kartveliano que Lisa no había notado antes.

De repente sonaron unos ruidosos golpes en la puerta. Las asustadas mujeres se miraron brevemente, entonces Sor Mikele se puso de pie y abrió la puerta. Allí estaba Teresa, limpiándose las manos en el delantal y con una expresión angustiada, como siempre.

"¿Sí, Teresa? ¿Qué te pasa?" le preguntó Sor Mikele.

"Estoy muy preocupada, Sor Mikele."

"Ya lo veo," dijo Sor Mikele con impaciencia. "¿Qué es lo que te preocupa tanto esta vez?"

"Es mi amigo, Peli."

"Sí, ¿y qué?"

"Me dijo que se iba a Santiago de Compostela, y prometió traerme una torta gallega. Sabe muy bien que me gustan mucho estos pasteles de almendras. Usted sabe a qué me refiero, ¿verdad, Sor Mikele?"

"Sí. Sí, claro. Entonces, ¿cuál es el problema?"

"Pues que todavía no ha vuelto Peli, y estoy muy preocupada. ¡Debería de haber estado de vuelta ayer!"

CAPÍTULO CINCO

Después de trabajar tres o cuatro horas para preparar la próxima sesión para su serie de discusiones con Sor Mikele, Lisa decidió aceptar la invitación de Andoni, quien había prometido mostrarle el Laboratorio de Investigaciones Ovinas. Pero resultó que no pudo ponerse en contacto con él porque su móvil no funcionaba en Mayagorry, puesto que era un lugar muy remoto. Además, tampoco tenía el número de teléfono de Andoni. Pero a Lisa no le molestaban nada estas pequeñas inconveniencias. Se puso las botas y se dirigió con determinación hacia el edificio azul y blanco.

Dudó por unos momentos mientras se acercaba al local porque no veía una puerta principal ni encontraba ningún otro punto de acceso. No le quedaba más remedio que dar la vuelta al edificio para buscar la entrada. Estaba muy contenta con sus botas, porque no había senderos en el terreno alrededor del edificio para facilitar el acceso a los peatones. ¿Qué tipo de arquitecto diseñaría un edificio al que fuera tan difícil acceder? La estructura se parecía más a una fortaleza que a un tranquilo lugar de trabajo para los investigadores.

De repente Lisa recibió un golpe fuerte en la espalda, y en seguida se encontró cara abajo en la hierba. Tenía los brazos sujetos por detrás mientras la ataban por las muñecas. Dio un grito de dolor cuando la pusieron de pie dos guardas de seguridad vestidos de negro.

"¡Ay, cuidado!" exclamó Lisa. "¡Que me hacen daño!"

Los guardas no le hicieron caso alguno. Uno de ellos la sujetaba firmemente con las manos mientras el otro sacó el móvil.

"Hemos detenido a la intrusa, señor," dijo, muy satisfecho de sí mismo. "Sí, es una mujer. En seguida la llevamos a su oficina, señor." El guarda con el móvil hizo una señal con la cabeza hacia la pared. El otro guarda abrió una entrada secreta en la pared con un mando a distancia que tenía en la mano. Cuando la rendija estaba a un metro y medio de altura, los dos guardas forzaron a Lisa a que entrara, siguiéndola a continuación. El guarda con el móvil se puso a hablar con el mismo individuo que antes.

"Ya llegamos, señor," le dijo. "No, todavía no le hemos preguntado nada, señor. Eso se lo dejamos a usted."

Los guardas empujaron a Lisa por un pasillo hasta llegar a una puerta abierta. Un hombre de unos cuarenta años – grueso y mal afeitado – estaba sentado en una mesa en medio del cuarto, ocupado con trabajos administrativos en un ordenador. Ni siquiera levantó los ojos cuando los tres entraron en su oficina y se pusieron delante.

"La encontramos merodeando por fuera," dijo el segundo guarda, deseoso de que le reconocieran el mérito de haber capturado a la sospechosa.

"No estaba *merodeando*," dijo Lisa con indignación.

Zigor Etxemendi, el jefe de seguridad para el LIO, alzó la cabeza por fin y echó una mirada a la ultrajada prisionera. Estaba sentada al otro lado de la mesa, desmelenada y con un guarda a cada lado.

"¿Ah, no? Entonces ¿qué estaba haciendo?" le preguntó Etxemendi.

"Estaba buscando la entrada principal del edificio para visitar al Dr Andoni Chiriboga. Me invitó a que pasara por aquí a cualquier hora del día."

Etxemendi siguió escribiendo algo en el ordenador.

"No me ha dicho nada," repuso, sin alzar la cabeza.

"Claro que no. No sabía que llegaba esta mañana."

"Quítale las esposas," le mandó al primer guarda.

El guarda hizo lo que le mandó su jefe.

"Muchas gracias," dijo Lisa sarcásticamente, frotándose las muñecas.

"Bueno, pueden retirarse," dijo Etxemendi a los guardas.

"Ya era hora," dijo Lisa con resentimiento, yéndose hacia la puerta.

"¡Usted no!" vociferó el jefe. "Usted se quedará aquí."

"No puede mandarme que me quede aquí. Yo no soy su prisionera. ¿Bajo qué autoridad actúa usted?"

"Siéntese en aquella silla," gritó, indicando el asiento al lado de la mesa. Lisa le obedeció a regañadientes. "Ahora, ¿tiene algún documento que acredite su identidad?"

"¿Qué tipo de documentación?"

"Lo que tenga. Puede presentarme cualquier documento con fotografía: identificación laboral, carnet de conducir, pasaporte, certificado de nacimiento... Lo que sea."

Lisa puso los ojos en blanco y empezó a explorar el contenido de su mochila. Etxemendi la contempló por unos momentos, y luego volvió al trabajo.

"No tengo identificación," dijo Lisa por fin. "No la he traído. No sabía que iba a necesitarla."

"No me sorprende," le dijo Etxemendi. "Los individuos que aparecen aquí sin permiso generalmente no vienen con buenas intenciones, así que claro, no quieren proporcionarle a la policía información que pudiera ayudarla a identificarlos y luego detenerlos."

"¡Esto es completamente absurdo! Usted ha sacado unas conclusiones muy precipitadas. ¿Por qué hace usted esto?"

Etxemendi siguió trabajando sin molestarse en ofrecerle una respuesta.

"Llame al Dr Chiriboga. Él le dirá quien soy."

"¿Vio él algún documento de identificación?"

"¡Claro que no! No tenía por qué pedírmelo."

"Entonces tampoco sabe él quién es usted. Así que o me muestra usted sus documentos, o bien tendrá que nombrar un testigo que la haya visto."

"Pues llame a Doña Pascua. Me alojo en su posada. Ella vio mis documentos cuando me registré."

"Ella no cuenta. Es una chismosa archiconocida. No es un testigo en el cual se pueda tener confianza."

"Esto es ridículo. Llame a Sor Mikele si quiere, en el convento de la Sagrada Cruz."

"¿Vio ella sus documentos?"

"No. Yo no tenía por qué enseñárselos."

"Entonces tampoco ella sabe quién es usted."

"Si le importa tanto a usted que le muestre alguna prueba de identificación, tendrá que dejarme volver al Palomar a buscarla."

"¿Cómo se llama usted?"

"Lisa Maxwell."

"No le voy a dejar a usted escaparse así tan fácilmente, Señorita Maxwell," le dijo Etxemendi, volviendo al trabajo.

Lisa esperó un momento, y luego se puso de pie.

"¡Esta situación no podría ser más absurda!" exclamó con disgusto. "No quiero perder el tiempo pasando todo el día aquí mirándole a usted mientras escribe en su ordenador."

"Hay dos cosas que usted puede hacer, Señorita Maxwell. Puede permanecer sentada en aquella silla, o puede sentarse en un banco en nuestra sala de detención. O eso o nada. Tengo el derecho legal de detener a cualquier persona que traspase los límites del LIO."

"No traspasaba nada. Como se lo expliqué antes, estaba buscando la entrada principal, pero por lo visto ustedes prefieren que no la encuentre nadie."

"¿Opina usted de verdad que nosotros debiéramos poner grandes anuncios de neón delante del LIO para facilitarles el paso a los espías industriales? Más vale entregarles todos los resultados de nuestras investigaciones para liberarles de la molestia de robarnos."

"Ah, ahora veo. Usted cree que soy una espía industrial. Pero usted se equivoca. Soy lingüista, no soy espía."

"¿Lingüista? Usted es aún más divertida que yo. Pronto me va a decir que está aquí para dar lecciones de gramática a las ovejas."

"Puedo probarle a usted que soy lingüista," dijo Lisa, muy exasperada. "En primer lugar, usted no es un verdadero vasco. Puede ser que descienda de los vascos a juzgar por su apellido, pero usted no nació aquí. Su lengua materna es el catalán, y usted es de Barcelona. Su apellido quiere decir *casa de la montaña*, y su acento es de la región del Monte Tibidabo. Es muy apropiado, además. *Tibi dabo* en Latín quiere decir *Te daré*, o sea, *Te daré todo el poder del mundo si te postras en la tierra en un acto de alabanza*. Eso se lo dijo el Diablo a Jesucristo cuando intentaba tentarle en el desierto."

Le sorprendió mucho a Lisa que al oír sus palabras el jefe de seguridad se pusiera tan pálido. La miró muy nervioso, cogió el móvil e hizo una llamada.

"Dr Chiriboga, su invitada está aquí conmigo en mi oficina… Sí, así es. La Señorita Maxwell… Mis guardas la encontraron más o menos perdida fuera del edificio, buscando la entrada principal… Tuve que interrogarla, señor. Tenemos que ser muy cuidadosos, usted ya lo sabe. Sí, señor… Puede pasar por mi oficina cuando quiera… No hay problema. Pero la próxima vez hágame el favor de avisarme de antemano de las visitas que pueda estar esperando. Y cuando ella se vaya a marchar, señor, enséñele por favor dónde está la puerta principal. No, señor. No hubo ningún inconveniente… La señorita lo ha tomado muy bien."

Después de colgar el teléfono, Etxemendi sirvió a Lisa una taza de café. Abrió una caja de pasteles y colocó unos cuantos en un plato. Cuando estaba a punto de ofrecerle este pequeño detalle, de repente agarró uno de los pasteles y se lo comió, masticándolo con una expresión de gran satisfacción.

La Catedral de Oviedo está en la comunidad autónoma de Asturias al norte de España, a medio camino entre Galicia y el País Vasco. Esta catedral guarda una de las reliquias más importantes de la nación – el tejido que se usó para cubrir la cabeza de Jesucristo mientras yacía en la tumba de José de Arimatea. La reliquia, que se conoce por su nombre latino de *sudarium* o sea *sudario,* se guarda en la Cámara Santa, una capilla cuya entrada está protegida con fuertes cerrojos de hierro desde el suelo hasta el techo. Estas barras han protegido este tesoro contra ladrones y vándalos desde el momento en que se colocó en la Cámara Santa en el año 1075. El sudario es muy conocido por las autoridades de la Iglesia y por cualquiera que se haya familiarizado con el pasaje en la Biblia (San Juan 20:6-7), donde se describe el sudario que se había quedado en la tumba después de la resurrección.

Algunas horas después de que Etxemendi le ofreciera a Lisa Maxwell un café con pasteles, una figura vestida de negro estaba holgazaneando cerca de la entrada a la Cámara Santa en la Catedral de Oviedo, esperando la oportunidad de abrir la cerradura de las barras de hierro con su llave maestra. El horario de esta operación oculta había sido preparado por su jefe, un hombre con la pericia y los recursos para salir bien de una operación de esa magnitud. El intruso no tenía que hacer nada más que seguir las instrucciones que tenía en la mano, y luego pedir su paga después de concluir la tarea.

Marta Vandenberg, una joven guarda de seguridad, fuerte y bien entrenada, que hacía el turno de noche en la Catedral de Oviedo, se sentía soñolienta. Hacía mucho calor aquella noche, y en dos o tres ocasiones se había dormido brevemente. Decidió refrescarse la cara con agua de la fuente en el patio, justo fuera de la Cámara Santa.

Al llegar al patio por poco se le para el corazón cuando encontró abierta la puerta de la Cámara Santa. Sujetando la linterna con una mano y agarrando la pistola con la otra, entró cautelosamente en la bóveda y vio lo que siempre había esperado no ver nunca: alguien había saqueado el relicario. En seguida se dio cuenta también de que la puerta que daba al patio estaba medio abierta. Desde la puerta pudo entrever una figura vestida de negro que iba corriendo por el patio hacia una pared paralela a la calle de San Jerónimo.

En aquel momento Marta Vandenberg actuó sólo por el instinto. Como no quería despertar al barrio con un disparo, agarró un cáliz muy pesado y se lo tiró al intruso con toda su fuerza mientras él escalaba la pared por el lado oeste del patio. Marta tenía un brazo muy fuerte, y apuntó bien. Golpeó al hombre en plena cabeza con el cáliz, lo que le hizo caerse al suelo al otro lado de la pared. Marta se precipitó a través del patio hasta la pared, ansiosa de capturar a su presa y ponerla en poder de la policía. Pero cuando se inclinó por encima de la pared y miró hacia la calle, no vio nada en absoluto en la acera de abajo. No se oía nada tampoco excepto las alas de unas palomas espantadas y el ladrido de unos perros empeñados en comunicar a la comunidad que ellos estaban de guardia.

Andoni estaba muy contento de que Lisa le hiciera una visita. Le parecía más bella que nunca, con la cara ruborizada de resentimiento por haber sido detenida contra su voluntad, y con los ojos brillantes de indignación por haber sido víctima de las idioteces de Zigor Etxemendi y de sus matones. Lisa, por su parte, se sentía muy atraída por el joven científico tan guapo y tan correcto a quien tanto respetaban sus colegas del LIO. Mientras Andoni miraba con mucha discreción la silueta bien formada de Lisa, ella admiraba su espacioso apartamento soleado y bien ventilado, y la magnífica vista de las montañas. Ella daría cualquier cosa por tener la oportunidad de hacer sus investigaciones en un lugar como éste.

Sus fantasías fueron interrumpidas por Andoni, que le estaba pidiendo perdón por la manera en que la habían tratado Etxemendi y los dos guardas.

"Todo el trabajo que hacen aquí es clandestino, y por eso los guardas son un poco quisquillosos cuando creen que corren el riesgo de un fallo de seguridad. Las investigaciones que hacemos en el campo de la ingeniería genética nos han llevado a las fronteras de la ciencia. Es un campo extremadamente competitivo, y nos hemos prometido arriesgarlo todo, pero al mismo tiempo tenemos que protegernos contra el espionaje industrial. Pero aun así, siento mucho que Zigor Etxemendi te haya tratado tan mal."

"No te preocupes," dijo Lisa con una sonrisa. "Para eso se le paga a Etxemendi y a sus guardas, pero tengo que confesar que me parece ridículo que los guardas tuvieran que tumbarme por tierra boca abajo, sobre todo cuando ya les había explicado que sólo buscaba la entrada principal."

"Hablaré con el Dr Sarazúa acerca de eso," le prometió Andoni. "Tienes razón. Fue más que ridículo."

"Pero ¿por qué no tienen ustedes una entrada principal? ¿No le molesta mucho a la gente que trabaja aquí?"

"Tenemos en efecto una entrada principal. Está al lado de la oficina de Etxemendi, pero es verdad que no se nota mucho, y para un visitante nuevo, es casi invisible. No tiene un cartel con letras grandes ni nada de eso."

"Pero, ¿por qué no?"

"Es que el Dr Sarazúa prefiere no animar a los aldeanos a que vengan aquí a molestarnos. Es un hombre reservado y callado, y guarda muy bien los secretos. Usa todas las tácticas posibles para esconderse del mundo, y por eso ha construido entradas que no se notan muy bien desde fuera."

Acompañó a Lisa a dar una vuelta completa por todo el laboratorio, un deleite que duró más de una hora. Lisa estaba cansadísima al final. Andoni no se daba cuenta de que los detalles del ADN la emocionaban más o menos tanto como mirar a Zigor Etxemendi mientras abría su correo. Había una leve diferencia entre los dos hombres, sin embargo. Andoni era un hombre deliciosamente guapo, mientras que Zigor Etxemendi era una bestia sudorosa y jadeante.

"La parte más emocionante de mis investigaciones sobre la genética ovina," le explicaba Andoni mientras volvían a su apartamento, "es que yo tengo la oportunidad de investigar sus orígenes. Quiero trazar los orígenes de las diferentes razas por medio de unos mapas genéticos que me indiquen de dónde vienen originalmente. Así, ves, debo poder recapturar algunas de sus mejores características sin tener que empezar desde el principio. Muchas de las secuencias de ADN se han cambiado debido a la inevitable contaminación de las características genéticas modernas que han sido introducidas en su genoma a través de los siglos. Así que si pudiera encontrar unas ovejas puras con las características que busco, podría ahorrarme mucho tiempo. El tiempo que tarda una oveja en dar a luz a un cordero es mucho más largo que la gestación de una mosquita del tipo *Drosila,* entonces podría ahorrar muchísimo tiempo centrándome en las trayectorias genéticas. Desde ahora voy a dedicarme a trazar el rumbo de los genes ovinos desde sus principios."

"Trazando el rumbo del gene…" dijo Lisa, meditando en ello. "A lo mejor podría dedicarme a eso yo también, para confirmar el origen de las lenguas."

"En efecto," repuso Andoni, complacido por su repentino interés. Estaba acostumbrado a que sus amigos, que no sabían nada de genética, se despistaran cuando les daba explicaciones demasiado largas. Reconocía muy bien la expresión de interés fingido que a veces aparecía en el rostro de un amigo aburrido.

"¡Tarsis!" exclamó Lisa de repente, asustando a Andoni. "¡El bisnieto de Noé!"

"No te sigo."

"Tuve una conversación fascinante con Sor Mikele."

"Me alegro que hayas hablado con ella. ¿Qué te parece?"

"Es una mujer inteligente, y tiene una mente flexible."

"Es cierto. Pues, ¿de qué hablaron ustedes?"

"Me dijo que hay vascos," le dijo Lisa, "que creen que la lengua vasca se hablaba en el Edén, y se dice que el Edén estaba en el mismo sitio que el Iraq moderno. Después del diluvio el arca se posó en el Monte Ararat en la parte occidental de la Turquía moderna, donde Noé y su familia continuaban hablando la lengua original del Edén. Ahora, si pudiera estudiar sus genes para trazar sus migraciones, tendría la prueba científica que me hace falta para la tesis doctoral."

"¡Despacito! ¿Me dices que quieres estudiar los genes para trazar un mapa de las migraciones de las gentes de la Turquía occidental para ver si tienen algo en común con las leyendas vascas?"

"Exacto."

"Pues es muy buena idea, pero ya se ha hecho."

"¿Cómo? ¿Otro lingüista se ha adelantado a mí?" repuso Lisa, muy desilusionada.

"No fue un lingüista. Fue un grupo de genetistas que trazaron la prevalencia de varios grupos de sangre. Resulta que el 55% de los vascos llevan el grupo O, pero el resto del mundo sólo llega al 37%. O sea, los vascos tenemos la concentración más alta del mundo en cuanto al grupo O."

"Pero eso sólo quiere decir que ustedes no mezclaron su sangre con la de otros grupos, ¿verdad?"

"Si, pero hace mucho tiempo que sabemos eso."

"Entonces ¿cuál es el tipo de sangre que predomina en Iraq, y en la región Caucásica, y en la Turquía occidental y en el Medio Oriente? Espero que sea el grupo O."

"Siento tener que desilusionarte, pero el grupo B es el más prevalente en la parte occidental del Mediterráneo."

"Pues nada. Mi teoría no vale para nada, entonces."

"Espera. El grupo O es muy prevalente entre los vascos, pero si investigas el factor Rh-negativo, tenemos también la concentración más alta del mundo. Así que debes echar un vistazo al mapa del factor Rh-negativo en el Medio Oriente si quieres averiguar si los vascos migraron desde allí. El factor Rh es mucho más importante para ti que el grupo O."

"¡Qué ilusión! A lo mejor los cuentos folklóricos eran correctos después de todo."

"Puede ser. Si miras un mapa de la sangre Rh-negativa, verás que el factor Rh-negativo disminuye en frecuencia cuanto más lejos se está de la región vasca. Hay muy poca gente que lleva el factor Rh-negativo en África al sur del Sahara, y en Asia el factor casi no existe."

"Entonces ¿crees que hubo una mutación en los vascos? ¿Cambiaron de positivo a negativo hace muchos años?"

"La mayoría de los genetistas piensan así. Dicen que esas mutaciones ocurrieron porque somos un grupo muy pequeño, y por eso somos más susceptibles a las mutaciones."

"¿Y eso por qué es así?"

"Pues hay básicamente dos cosas que explican por qué cambian los genes. Una es la selección natural, y la otra es causada por las mutaciones que no pueden borrarse porque no hay bastante variedad en el grupo. Como puedes imaginar, la selección natural funciona mejor."

"La selección natural se basa en la ley del más fuerte, ¿no es verdad?"

"En parte, sí. También las hembras suelen escoger lo que más les importa en los varones. Ellas usualmente escogen bien, y así se mejora la raza en general."

"Tenemos muy buen gusto, las mujeres."

"Ya lo creo," acertó Andoni, mostrándole los músculos con una sonrisa irónica.

"¡Madre mía!" dijo Lisa, con una admiración igualmente irónica. "Pero dime una cosa ahora, Andoni. ¿Hay algún mapa del Medio Oriente que indique la prevalencia de la sangre Rh negativa?"

"Sí, pero no quiero darte referencias así, de improvisto. Podría indicarte algunos sitios en Internet, sin embargo, y podrías acceder a ellos tú misma si quieres."

"Eso sería fantástico, Andoni, pero no puedo conectarme a Internet en el Palomar. Son ustedes los que tienen una torre muy alta detrás del LIO."

"Mira, tengo que volver al trabajo ahora," le dijo Andoni. "Pero si quieres cenar conmigo mañana por la noche, buscaré los informes y te haré unas copias. ¿Qué te parece?"

"Vale," dijo Lisa con entusiasmo. "¿A qué hora quieres que nos encontremos, entonces?"

"¿Qué te parece en la taberna a las ocho?"

"Perfecto," repuso Lisa, sonriendo. "Hasta mañana por la noche, entonces."

Andoni notó con muchísimo placer que Lisa se había puesto colorada como un tomate. Él también se había puesto rojo, porque sabía muy bien que se habían tuteado durante toda la conversación.

CAPÍTULO SEIS

Sor Mikele esperaba una visita de un psiquiatra muy conocido, empleado por Paskal Sarazúa para examinar a los dos hijos de Carmen. Dicho psiquiatra llegaba al convento en el helicóptero del LIO dos veces al año para hacer una evaluación del desarrollo espiritual e intelectual de los niños. A Sor Mikele le parecía absurda la idea de imponer a los pobres niños reconocimientos de este tipo, pero no tenía opción a oponerse a las órdenes del Dr Sarazúa.

Llegó el psiquiatra en una nube de polvo levantada por la hélice del helicóptero, que oscureció la visibilidad en los alrededores de Mayagorry hasta que se disipó el polvo. En cuanto a Sor Mikele, le daba lástima que los niños tuvieran que someterse a los exámenes médicos, porque se aburrían muchísimo con todas las preguntas incomprensibles que les hacía el psiquiatra. Sus pequeños prisioneros tenían que sentarse tranquilos mientras él comprobaba en profundidad su capacidad mental, su sentido de misión o destino, y su talento en lo concerniente a la percepción extrasensorial.

Después de examinar a los niños durante toda la tarde, el doctor decidió por fin que tenía suficientes informes para enviar a su jefe. Le dijo al muy decepcionado Dr Sarazúa que había llegado a la conclusión de que los niños no eran más que mediocres en su desarrollo intelectual y en su cognición intuitiva. Manolo y Josetxu no tenían nada de especial, ni estaban fuera de lo normal en ningún sentido excepto en sus propiedades físicas. Aunque los niños se llevaban un año de diferencia, se parecían tanto el uno al otro que era fácil tomarlos por gemelos idénticos.

Mientras Sarazúa evaluaba los resultados de las últimas pruebas, se puso a pensar en los pastores vascos que se habían alejado de su patria para explorar otras regiones del mundo donde se habían dejado seducir por las promesas de mejores sueldos y de condiciones más atractivas. Pero a Sarazúa no le gustaba nada esa tendencia a contentarse con unas ambiciones tan prosaicas. Anhelaba acorralar a todos esos pastores y repatriarlos por la fuerza a Euskadi. Su manera de combatir a los dueños de los rebaños en las Américas, en Escocia, en Nueva Zelanda y en el Medio Oriente era por medio del monopolio de las mejores ovejas y de los mejores corderos usados para la crianza. Al principio no resultaba nada fácil acaparar el mercado con los mejores carneros. Tampoco era fácil invadir así el mercado. Había obtenido una ganancia muy interesante vendiendo semen congelado, pero en seguida había surgido mucha competencia en todos los continentes, y el LIO empezaba a atrasarse.

Cuando puso en funcionamiento su negocio, el Dr Paskal Sarazúa había hecho un gran capital. Como era un hombre de negocios muy astuto, llegó a aprovecharse de las ganancias excesivas escondiéndolas en sus cuentas bancarias suizas, y empleando los fondos que le quedaban en comprar grandes cantidades de acciones de los bancos vascos. Sabía de sobra que el dinero equivalía al poder, pero también sabía muy bien que para conservar ese poder tendría que adelantarse a la competencia. Había anticipado los progresos que se hacían en el mundo de la genética, y había hecho grandes inversiones en su propio laboratorio, llenándolo de investigadores inteligentes y de gran talento, reclutados de las mejores universidades, y proporcionándoles lo último en equipamiento científico. Tuvo mucho éxito en aquella empresa. Introdujo, patentó, y sacó varias licencias para el ADN ovino superior que las compañías farmacéuticas vendieron más tarde a los veterinarios en todas partes del mundo para curar enfermedades ovinas y debilidades genéticas en las manadas. Pero en el caso de Andoni

Chiriboga, tenía otros motivos para haberle dado un puesto en la administración del LIO.

El Dr Paskal Sarazúa daba vueltas de un lado a otro de su oficina, buscando la mejor manera de presentar a su nuevo empleado de Columbia los proyectos específicos en los cuales pronto iba a sumergirse. Pensaba explicarle a Andoni que el camino de expansión que él había escogido para el LIO incorporaba la experiencia previa que tenía el laboratorio con los animales, y que al mismo tiempo exploraba aplicaciones cuyo propósito sería mejorar la línea genética de las ovejas Manech, empleando la tecnología experimental. La transferencia de la tecnología del LIO a estas nuevas aplicaciones era la parte fundamental de los proyectos que tenía Paskal Sarazúa para su nueva arma invisible, la cual llevaba el nombre de Andoni Chiriboga.

Andoni, por su parte, sospechaba que las ambiciones de Paskal Sarazúa le habían llevado bastante lejos de la meta. Además, Andoni había oído decir en alguna parte que se necesitan 10,000 horas para que un individuo se haga experto en su campo de especialización, pero le parecía que su nuevo jefe no había invertido esa cantidad de horas en estudiar genética. Como tantos otros empresarios que invierten capital en empresas arriesgadas, el Dr Sarazúa sabía mucho de los negocios en general, pero muy poco cuando se trataba de los detalles de las corporaciones financiadas por él mismo.

Como en el caso de otros hombres adinerados, Sarazúa estaba convencido de que sus adquisiciones y alianzas servían a una buena causa al mismo tiempo que acrecentaban sus cofres personales. Lo que originalmente había empezado como una industria basada en la crianza ovina, se había convertido a lo largo del tiempo en una industria que también incorporaba a los bancos en su red de compañías. Paskal Sarazúa había fundado el Banco Vasco del Pueblo, y usando las ganancias de aquél éxito financiero había invertido mucho dinero en otros bancos en Euskadi. Tenía inversiones mayores en el Banco de Guipúzcoa, el Banco de Bilbao, el Banco de

San Sebastián, el Banco de Vitoria, y más tarde en cierto número de otras instituciones financieras en Europa.

Un auditor hubiera tenido mucha dificultad en seguir el camino monetario que había pisado Paskal Sarazúa, pero si hubiera sido posible hacerlo ese auditor habría llegado a la conclusión de que nunca pasaba nada en el País Vasco que no fuera controlado o influenciado por aquel poderoso hombre. Manipulaba sus bienes teniendo en cuenta una sola meta: el hacer del País Vasco una nación independiente, gobernada por él mismo con el timón en las manos. Total, Sarazúa era un hombre de pocos escrúpulos, pero le sobraba determinación. Había llegado a la cumbre de sus medios, y su poder se sentía, aunque no se veía, en los amplios pasillos del Vaticano, en el Congreso de Madrid, en la Asamblea Nacional de París, y también en las vidas de la gente de Mayagorry, donde llevaban a cabo los negocios de todos los días sin saber nada de las actividades ocultas de su benefactor.

Como era un hombre muy hermético, Paskal Sarazúa hacía todo lo posible para no sacar a luz sus negocios. Pero sentía un amor muy profundo por la gente vasca, y estaba determinado a ayudar a los suyos a llegar a ser un ejemplo para otros países maltratados que ahora se encontraban bajo la mano de las economías ricas del llamado mundo libre. El futuro glorioso que tenía planeado para sus compatriotas ocupaba un lugar importante en su vida. Ponía todo su empeño en ofrecerles justicia y hegemonía, por mucho que le costara a él. Ya había creado una maquinaria organizadora, pensaba el ambicioso empresario, que pronto le permitiría llegar a su meta sublime.

Había una sola cosa que le frustraba mucho: no podía revelar sus planes a nadie por miedo a que fueran derrocados por posibles enemigos que, por una gran variedad de motivos, harían todo lo posible para que se malograra su proyecto. Pero Sarazúa en seguida se arrepintió de su momento de debilidad. No debía preocuparse tanto, se decía. Estaba convencido de que se podía avanzar sin demasiados impedimentos por parte de sus enemigos, sobre todo porque sus planes eran tan espléndidos y tan originales que a nadie se le hubiera ocurrido que se pudieran llevar a cabo con éxito. Quedaba sólo una parte de su sueño grandioso por desarrollarse completamente para que se cumpliera su meta: necesitaba un líder que tuviera el rango y la autoridad para convencer al resto del mundo de que era absolutamente legítima la posición que merecía la nación vasca. Así se volvería obsoleta la ETA con todas sus actividades violentas, y él, Sarazúa, podría iniciar una época de paz y seguridad para los vascos, igual que para el resto de la humanidad. Sería su legado a sus compatriotas, la raza escogida, y de ahí al mundo entero.

Hasta este punto Sarazúa todavía no había hablado de una manera seria con el hombre que le iba a servir de ayudante polivalente en un futuro hipotético. Ya era hora, se dijo, de sentarse con Andoni y de explicarle exactamente lo que esperaba de él. Decidió elaborar los informes poco a poco y no todo de un solo golpe. La revelación de su proyecto tenía que hacerse con mucho tacto y con gran circunspección, se decía, mientras cogió el móvil para pedirle a Andoni que fuera a verle a su oficina.

Sor Mikele no daba crédito a lo que veía al abrir la puerta del refectorio. Normalmente encontraba a las hermanas sentadas en silencio a la mesa con las cabezas modestamente inclinadas, pero aquella tarde las paredes vibraban con las voces estridentes de las monjas mientras hablaban todas a la vez y con muchísima animación. Sor Mikele vacilaba en el umbral, intentando averiguar qué tipo de noticia o de chisme había causado semejante alboroto. De pronto sintió que alguien le tiraba de la manga. Al volver la cabeza vio a Teresa toda ruborizada y temblando de arriba a abajo.

"Sor Mikele," dijo en voz alta, intentando hacerse oír por encima de la cacofonía de voces que llenaba el refectorio. "Perdóneme Sor Mikele, pero ¡ha habido otro robo! Y ¡esta vez ha sido en *Oviedo!*"

Sor Mikele notó un destello de gozo casi imperceptible en los ojos de la novicia, mezclado con la expresión de horror que inevitablemente acompañaba sus relatos de infortunios.

"¡No me digas, Teresa! Han huido con otra reliquia."

"Así es," se lamentó Teresa. "Han robado el relicario de la Catedral de Oviedo, y ¡esta vez se largaron con el *sudario*! Lo han dicho en la radio. Robaron la tela que cubrió la cabeza de Jesucristo mientras yacía en la tumba de José de Arimatea. Este es el undécimo robo, Sor Mikele, y no sabe nadie cómo lograron hacerlo, ni por qué. Tampoco se sabe quién lo hizo. No dejaron ningún rastro."

"Cómo, por qué, quién... me haces muchas preguntas a las cuales no puedo contestar, Teresa. Me desanima mucho que estas sagradas reliquias hayan caído en manos de gente indeseable, pero no hay mucho que se puede hacer, ¿verdad? Tenemos que continuar con las tareas diarias y dejar el resto a la policía. Ellos sabrán lo que tienen que hacer."

"Pues creo que deberíamos ir a verificar si sigue intacto nuestro propio relicario," le sugirió Teresa, con los ojos dilatados de angustia. "Quién sabe, hubiera podido pasar por aquí primero. Después de todo, no hay que olvidar que nuestro convento está situado cerca del Camino de Santiago. ¿Cómo podemos estar seguras de que no vengan aquí?"

"Procura no preocuparte tanto, Teresa. Hace años que no se abre nuestro relicario. Además, nadie tiene ni idea de dónde puedan estar las llaves. No podríamos abrirlo aún en el mejor de los casos. Tendríamos que buscar un cerrajero."

"Tal vez ya lo ha robado el ladrón. Si es lo bastante listo como para robar las reliquias de otras catedrales, sería muy fácil que robara la nuestra. ¿No podríamos verificarlo? El otro día me dijo usted que nuestra reliquia era muy auténtica, aún si no era la más auténtica de todas."

Sor Mikele dio un suspiro. Comprendió por fin que era inútil explicarle otra vez más en qué consistía la autenticidad.

"Si siguen robando las reliquias de la sagrada cruz, llegará un momento en que ya no nos queden más."

"Cálmate, Teresa, y reflexiona un poco sobre lo que te he dicho antes. Si todas las presuntas reliquias fueran realmente auténticas, entonces la sagrada cruz tendría que ser más alta que la misma Catedral de Santiago de Compostela."

"Tal vez, pero hay más. Peli todavía no ha vuelto de Santiago de Compostela."

"Bueno, eso sí que me preocupa. Hace mucho tiempo que está ausente. Mañana iré al LIO y me presentaré al Dr Sarazúa. A lo mejor conseguiré averiguar lo que le pasa."

"Mil gracias, Sor Mikele," le dijo Teresa, haciéndole una pequeña reverencia. Entonces salió corriendo por el pasillo y en seguida desapareció.

"Buenos días, señor, saludó Andoni cordialmente a Paskal Sarazúa, entrando en su lujosa oficina.

"Siéntate, siéntate," le dijo el Dr Sarazúa, indicando con la mano la silla al lado de su escritorio. "¿Quieres café?"

"Sí, por favor," dijo Andoni, sentándose.

"¿Estás satisfecho con el laboratorio y el equipo?"

"Más que satisfecho. Muy impresionado. Su empresa es de mucha categoría… algo que no esperaba encontrar aquí en mi pueblo."

"Me alegro," dijo Sarazúa, poniéndose cómodo en su silla ejecutiva. "He desembolsado mucho dinero para proveerles a ustedes con la tecnología más avanzada posible. Y si crees que todavía no hemos tenido la oportunidad de emplear todo el equipo, tengo una sorpresa para ti."

"Le escucho, señor."

Sarazúa dejó pasar un par de segundos para aumentar la tensión del momento.

"Llevamos siete años de ventaja a Dolly la Oveja."

"¿Siete años?" repitió Andoni, un poco confundido. "Pero a Dolly ya la clonaron hace *doce* años, si no me equivoco."

"Sí, claro. Pero lo que te estoy diciendo es que clonamos a nuestra primera oveja siete años antes que eso."

"¡No me diga! Entonces ¿por qué no publicó usted los resultados? Si usted hubiera anunciado que había clonado a una oveja siete años antes de que clonaran a Dolly, hubiera tenido acceso a subvenciones y financiación muy importantes. Pero le dieron todos los fondos al Instituto Roslin en Escocia en vez de ofrecérselos a usted."

"Yo no necesito financiación para el LIO, Andoni. Ya tenemos todo lo necesario."

"Pero señor, usted dejó pasar la oportunidad de reclamar el prestigio por el éxito que tuvo. El LIO hubiera sido famoso, y no el Instituto Roslin. Vamos, ¡los vascos fueron vencidos por los escoceses! A mí no me gusta nada perder la partida."

"Me encanta tu brío, mi joven amigo. Precisamente por eso te he dado un puesto en el LIO. Tienes todas las cualidades necesarias para ganar las partidas, pero lo que te hace falta ahora es un director – un hombre de cierta experiencia."

"O sea, usted quiere que yo me ponga los frenos."

"En efecto. Lo que tú tienes que hacer si quieres ganar la partida es medirte los pasos como si fueras un caballo de carrera. Nosotros seremos famosos también, no te apures. Pero la fama nuestra será debida a logros que irán muchísimo más allá del éxito de Dolly. Confía en mí. No tienes por qué preocuparte."

"¿Que no?" dijo Andoni, irritado por el hecho de que su jefe le frenara cuando a él le hubiera gustado adelantarse a toda velocidad. "¿De qué se trata el proyecto?"

"Espera. Antes de que te diga nada, tendrás que firmar este contrato que te prohíbe la divulgación de informes que conciernan el LIO."

"Por supuesto, señor. No hay problema."

Andoni cogió la pluma y firmó el contrato, sintiéndose un poco desilusionado por el hecho de que Sarazúa le hiciera firmar un contrato, como si no tuviera confianza en él.

"Gracias," dijo Sarazúa al recibir el contrato firmado. "Ahora voy al grano. Hasta ahora hemos tenido resultados excepcionales con la clonación de material de los donantes vivientes. Para que no haya malentendidos, vamos a referirnos a este método como *la clonación de tipo Dolly* desde ahora en adelante. Pero lo que más me interesa es la posibilidad de clonar las ovejas usando ADN que derive de materiales que se hayan conservado de los organismos que estaban vivos hace muchísimo tiempo, usando el método que se describió en *El parque jurásico*. En esa novela encontraron la sangre de un dinosauro mantenida en un mosquito atrapado en una gota de savia que luego cristalizó en ámbar. Bueno, pues de aquí en adelante nos referiremos a ello como *la clonación de tipo jurásico*."

"Conozco el libro de Michael Crichton, señor. Pero no era más que una novela. La tecnología descrita en ella no se puede transferir a la vida real."

"Por eso te ofrecí empleo, Andoni. Quiero que encuentres un método para clonar una oveja del ADN que proceda de un ovino que ya no vive."

"Menos mal, señor. Creí que me pedía usted que clonara a un dinosauro, lo cual es imposible."

"¿Imposible? ¿Por qué?"

"Pues en primer lugar porque los dinosauros han desaparecido, y por eso no hay manera de llegar a entender la secuencia de su genoma. Y en segundo lugar, porque no tenemos hoy en día huevos de dinosauro donde incubar un feto viable aún si pudiéramos secuenciar el ADN."

"¿Hay más?"

"Otro problema es que no hay manera de separar el ADN del dinosauro del ADN del mosquito. También sería imposible saber qué tipo de sangre había ingerido el mosquito antes de quedar atrapado en el ámbar. Podría haber chupado la sangre a muchos tipos de animales, pero no se puede saber cuáles."

"Bueno, no te pido que recrees a un dinosauro. Te estoy preguntando si el método que usaron para recrearlos en la novela vale para clonar las ovejas de muchos años atrás, usando *la clonación de tipo jurásico* en vez de la de Dolly. O sea, quiero saber si podemos emplear secuencias incompletas de ADN derivadas de materia encontrada en los ovinos de antaño. ¿Es posible hacer eso?"

"Se puede hacer en teoría, señor."

"No me hables de teorías. Te he preguntado simplemente si se puede hacer. ¿Sí o sí?"

"Pues ahora que tenemos a mano el genoma completo del ovino, y dado que tenemos muchas ovejas que pudieran donar los óvulos y los vientres maternos necesarios, yo diría que sí se puede hacer, señor, con tal que tengamos ADN viable."

"Eso dependerá de las muestras que te entregue."

"Sí, señor."

"Ahora llegamos a la meta. Hubiéramos ahorrado mucho tiempo si me hubieras explicado esto desde el principio."

"Pero nos enfrentamos con el mismo problema, señor. Sería muy difícil emplear la llamada técnica jurásica para clonar las ovejas de antaño, como usted dice, a menos que la gente de aquel entonces tomara la precaución de conservar sus restos para que sobreviviera la materia hasta hoy. Pero no se le hubiera ocurrido a nadie en aquella época momificar una oveja, así que no sé lo que usted puede usar como muestra."

"No me hables en términos negativos," le dijo Sarazúa, enojado. "Dime simplemente si podemos hacerlo de la manera jurásica. ¿Sí o no?"

"Pues no sería fácil. Podríamos empezar por secuenciar el genoma, si tenemos una buena muestra. Cuando se trata de secuenciar el ADN, la edad de la materia no tiene importancia. Los científicos han secuenciado recientemente 3.7 billones de parejas de ADN neandertal, remontándose al período de hace unos 830,000 años. Emplearon sistemas de secuenciación que combinaban el Roche 454 y el sistema *Illumina*, pero como algunas bases no aparecieron y otras aparecieron más de una vez, quedaron algunos huecos. Los datos corrientes de la secuencia sólo representan el 63 por ciento del genoma."

"¡Cállate!" le interrumpió Sarazúa. "No quiero saber los detalles. Esta parte del proyecto es tuya, no mía. La única cosa que quiero saber es si se puede hacer o no, y no quiero tener que volver a pedírtelo."

"En teoría es posible, señor. No puedo prometerle más que eso."

"Vale. Ahora te toca a ti convertir la teoría en algo práctico. Cuento contigo."

Andoni intuía que lo mejor sería sonreírse y asentir con la cabeza, sin hablar más de lo muy dudosa que era tal empresa. Le gustaba su trabajo y, después de todo, no quería que le despidieran. Además, cuadraba perfectamente con su deseo de trazar el ADN ovino hasta la temporada en que los prados de los Pirineos estaban salpicados de ovejas mucho más sanas que las de hoy. A las ovejas de hoy se les tenía que dar antibióticos profilácticos para protegerlas, mientras que las ovejas de ayer tenían un sistema inmunitario más robusto debido a la selección natural.

La meta de Andoni cuando estudiaba las antiguas razas ovinas era buscar las secuencias específicas del ADN de los sistemas inmunitarios que se habían perdido cuando los criadores modernos empezaron a interesarse más en la lana fina que en los animales sanos. La única diferencia entre los intereses científicos de Andoni y los de Paskal Sarazúa era que el trabajo de Andoni se limitaba al descubrimiento de una secuencia de ADN muy pequeña y muy específica, mientras que el de Sarazúa se centraba en buscar ADN viable de hace miles de años para poder clonar un animal que vivía en aquel entonces. Jamás se le hubiera ocurrido recrear una oveja entera de hace dos mil años.

"¿Cuánto tiempo tardarás en lograr lo que te he pedido hacer?" le preguntó Paskal Sarazúa. "¿Cuándo me entregarás mi oveja de hace dos mil años?"

"Eso no lo puedo saber, señor. Usted me pide que logre hacer una cosa que nunca se ha hecho en la historia del mundo. Es difícil establecer un calendario para tal cosa."

"Vas a alcanzar la meta, ¿verdad, Andoni?"

"Así lo espero, señor. El proyecto es muy exigente y a la vez fascinante, pero como todavía nadie ha logrado nada en ese campo, me falta un punto de referencia. Puede ser que yo tarde mucho en lograr los resultados que usted busca."

"El tiempo es una cosa que me falta a mi edad, y las horas vuelan mientras perdemos el tiempo hablando de ello."

"¿Tiene usted una muestra para mí? Me pondré a trabajar en seguida, antes de que sea demasiado tarde para usted."

"Claro que sí," le dijo, con una sonrisa forzada. "Marko lo tiene guardado en la caja."

"¡No me diga que usted tiene una muestra sacada de una oveja que vivió hace dos mil años! Y a propósito, ¿cómo se puede saber con seguridad en qué época vivía ese animal?"

"Usaron el radio-isotopo carbon-14 para verificar la fecha. Los huesos fueron descubiertos por unos paleozoólogos en un lugar no lejos de aquí. Así que pídeselo a Marko y averigua si la muestra es viable."

"Esperemos que los paleozoólogos y los investigadores tomaran las precauciones necesarias."

"No te preocupes. Tan pronto como me avisaron del descubrimiento, le dije a Marko que fuera al sitio del descubrimiento para protegerlo contra la contaminación."

"Bueno. Me alegro."

"Cuando termines la investigación de la primera muestra, tengo otras que quiero que sometas a análisis. Así que ¡manos a la obra! No quiero volver a verte hasta que no te presentes con los resultados que busco.

CAPÍTULO SIETE

Marko estaba desayunando en su puesto del laboratorio del equipo. Andoni le había pedido que se dedicara al análisis de la muestra que Sarazúa le había encargado, y se le disparaba la imaginación mientras repetía la rutina de siempre. Al final resultaba que su trabajo en el laboratorio era menos interesante de lo que había esperado. El trabajo del laboratorio, pensaba con rencor, era igual que la vida misma. No era nada más que una larga temporada de trabajo con poca satisfacción, puntuada de vez en cuando con la emoción de algún descubrimiento.

Por otro lado Carmen había sido una chispa de alegría en su vida. Habían sido amigos desde el día en que se conocieron en la clase de Sor Mikele en el sótano del convento. Durante el primer día de clase Carmen llevaba un vestido blanco con un cuello marinero cuadrado por detrás, con un ribete azul marino. Daba la impresión de ser una grumete que acababa de volver de un largo viaje por mares lejanos. A Marko le parecía el epítome del misterio y de la aventura, y sin embargo era apacible y hasta vergonzosa a veces, y bajaba tímidamente los ojos cuando él la miraba. Sor Mikele la había sentado en el mismo banco que él –el único asiento que todavía quedaba libre en el aula aquel día– y había permanecido a su lado durante el resto del año.

De repente le pareció a Marko que la sala de clase había adoptado un aspecto completamente diferente. Ya no era el cuarto sombrío y tenebroso donde había pasado tantos años estudiando bajo la mirada estricta pero bondadosa de Sor Mikele. Ahora el pequeño espacio brillaba con la luz del día, como si algún mago hubiese agitado una varita mágica y convirtiera el aula en una gloriosa fantasía en Technicolor. En aquel momento Marko llegó a comprender para qué estaba aquí en la tierra: había nacido para querer a Carmen. Deseaba ofrecerle el cielo, las estrellas, y la felicidad. Quería darle todo lo que a ella le gustara o le hiciera falta, y anhelaba protegerla de todo lo que pudiera temer. Pero más que nada quería compartir con ella todos los minutos, las horas, y las noches de su vida. Quería pasar el resto de su vida cerca de ella para gozar de su personalidad radiante y acogedora. También esperaba que ella se sintiera orgullosa de él y que acudiera a él para buscar consejos, amistad, y amor. Después de descubrir el sentido de aquella revelación, Marko se dedicó a los estudios con más entusiasmo que nunca, y en muy poco tiempo llegó a ser el mejor alumno de la clase, logro que fue admirado por sus amigos pero envidiado por los que secretamente codiciaban el prestigio de la posición que había ganado con su trabajo honrado.

Pero un buen día se apagaron las luces de este sueño en Technicolor. Carmen dejó la escuela sin avisar a nadie, y pronto en el pueblo empezaron a decir que estaba embarazada. Como era de esperar, los chismes habían sido propagados por Doña Pascua, a quien le encantaba contarles a todos los sórdidos pormenores. Nadie se preguntaba cómo se había podido informar de los detalles de la vida íntima de Carmen. Lo que sí les importaba a los aldeanos era el relato lento y delicioso del drama que se incubaba en Mayagorry. Para ellos esa epopeya era como una telenovela apetitosa, y saboreaban todos los detalles del cotilleo.

El mundo se le hundió a Marko cuando le dijeron que Carmen estaba embarazada. La quería demasiado como para creerse los chismes, y por eso se fue directamente a su casa a hablar con ella. Carmen bajó al salón donde Marko había esperado un buen rato, que le pareció una eternidad. Cuando por fin apareció Carmen delante de él, no pudo creer a sus propios ojos. Estaba en pantuflas y albornoz, y le caía el pelo negro por la cara mientras fijaba la mirada en el suelo, incapaz de enfrentarse cara a cara con él.

"Carmen," le había dicho Marko con voz áspera, "dime quién es, para que lo mate."

"No hables así, Marko," le contestó Carmen, sin atreverse a mirarle. "No ha sido nadie."

"¿Cómo que no ha sido nadie?"

"Ten confianza en mí," susurró Carmen. "Por ahora no te puedo decir más que eso."

Al oír sus palabras Marko tuvo que concluir que estaba enamorada del padre de su hijo. No pudo encontrar otro modo de explicarse por qué ella guardaba así el secreto. Carmen debía estar protegiendo al miserable cobarde, temiendo que él, Marko, mantuviera su palabra y matara a su rival si ella le decía la verdad. De repente se desvanecieron todas las buenas intenciones de Marko mientras miraba a Carmen frente a él, atándose el cinturón con gestos nerviosos para esconder su vergüenza. Más tarde recordaría Marko el momento en que le dio un brusco empujón al salir corriendo de su casa, cegado por el dolor y la rabia y por otras emociones que eran para él imposibles de comprender.

A su hijo Carmen le puso el nombre de Manuel, lo cual quiere decir *Dios con nosotros.* Cuando Marko se enteró del nombre que había escogido, sintió una punzada de amargura hacia ese Dios que por lo visto había estado con ella cuando concibió al hijo que él, Marko, soñaba darle. Ahora ella nunca querría ser su esposa. Ahora estaba condenado a vivir en el mismo pueblo que la mujer a quien amaba. Ahora, pensaba con profunda aflicción, ahora se le había acabado la vida.

"¡Oye, Marko!" le dijo Andoni. "¿Qué te pasa? Has dejado el desayuno sin terminarlo."

"Bah, no es nada," repuso Marko. "Estaba pensando en los errores del pasado. Ya sabes cómo es eso. Muchas veces pienso que hubiera debido hacer las cosas de un modo un poco diferente. He tomado malas decisiones en mi vida."

"Comprendo lo que quieres decir. He pensado lo mismo muchas veces. Pero cuando no puedes cambiar nada, es mejor no pensar demasiado en ello."

"Ya, pero hay cosas que se quedan con uno."

"Hablas de Carmen, ¿verdad?"

"Sí, por desgracia."

"Te estás preguntando quién puede ser su amante, ¿no?"

"Sí, siempre es lo mismo. No sé por qué me duele tanto, pero no dejo de pensar en ello. Vuelvo a rumiar la situación una y otra vez, pero no llego a ninguna conclusión. Lo que me molesta más que nada es que Manolo y Josetxu se parecen muchísimo, entonces tiene que ser el mismo padre. Y de ser así, no fue el error de un momento. Si tiene dos hijos del mismo padre, tiene que ser algo serio. Entonces, nunca me habrá amado a mí. Pero hay todavía una cosa que no llego a comprender. ¿Por qué son tan rubios los niños cuando Carmen tiene el pelo negro? Y, ¿dónde se esconde el padre? Nunca he visto a Carmen con ningún hombre."

"Todo eso es muy extraño, te lo confieso," le dijo Andoni.

"Carmen viene aquí de vez en cuando para un análisis de sangre y cosas por el estilo. Hay un grupo de genetistas que trabajan con el Dr Sarazúa. Te los presenté durante el primer día de tu trabajo."

"Sí, me acuerdo de ellos. Así que, ¿ves a Carmen cuando viene aquí para las pruebas?"

"Sí, nos vemos a veces por esa ventanilla cuando pasa por el pasillo, pero nunca tenemos la ocasión de ponernos en contacto. Ya he perdido las esperanzas de hablar con ella."

"No debiste abandonarla, Marko. Anímate un poco. Hay que tomar las riendas, anda.

"Lo he intentado, créeme. Una vez le hice una visita para decirle lo mucho que sentía nuestra separación y todo lo demás. Quise olvidar el pasado. Lo pasamos muy bien, y me perdonó de todo corazón por haber tenido dudas. Sigo enamorado de ella, ¿sabes? Quiero que se sienta libre para hacer lo que a ella le parezca bien. Quiero que sea feliz, pero parece nerviosa y asustada, y ya no me habla nunca. La última vez que fui a su casa me echó fuera y me dijo que no volviera más. Me habló duramente, pero tenía los ojos llenos de amor. Tanto amor había en ellos... Ya no sé qué hacer."

"No se puede hacer nada, digo yo. Tendrás que esperar hasta que esté preparada para explicártelo todo."

"Tienes razón, por supuesto."

"Bueno, ¡a trabajar! Tenemos que hacer un análisis de esas ovejas de hace 2,000 años antes de que se impaciente Sarazúa. ¿Qué te parece?"

"Buena idea. Tengo la muestra en la caja."

Marko se dirigió a la caja y puso los dedos encima del analizador digital. Después de oír el pitido sacó una tarjeta de su cartera y la deslizó por el lector digital de la caja. Al final tecleó unos números en el teclado numérico, y abrió la caja. Entonces sacó otra caja de metal y se la llevó al banco donde solía trabajar.

"¡Vaya sistema extravagante ese que tienes allí!" exclamó Andoni, muy impresionado. "Analizador digital... circuito integrado... y contraseña memorizada."

"Sarazúa es bastante exigente cuando se trata de estos asuntos. La seguridad es siempre su primera prioridad. A mí me parece que se pasa un poco en ese sentido, pero ¿quién soy yo para juzgarlo así?"

"Debe de haber muchas muestras de ADN ovino ahí en el campo donde trabajan los paleozoólogos," declaró Andoni.

"Se diría que sí," dijo Marko, "pero siempre resulta que las muestras están compuestas de ADN humano."

"¿ADN *humano*? Pero, ¡qué cosa más extraña! No puede ser un matadero, ese lugar. Tiene que ser un cementerio."

"Parece que sí," dijo Marko. "Ya he hecho ese mismo análisis diez veces, y siempre resulta ser ADN humano. Me estoy cansando de todo eso."

"Y, bueno, ¿cómo ha reaccionado Sarazúa? ¿Está muy decepcionado por los resultados?"

"Decepcionado, no. Tampoco se siente muy sorprendido."

"¿En qué estado están las muestras?"

"Malo. Sólo saqué unos fragmentos cortos de ADN."

"Entonces, ¿por qué está tan ansioso Sarazúa? ¿Qué estará buscando?"

"¿Yo qué sé?" dijo Marko. "A lo mejor busca la sangre ovina, y quiere dar la impresión de ser muy paciente con las muestras de sangre humana. Aunque tengo que confesar que nunca ha tenido mucha paciencia antes."

"Probablemente no quiere que nos enteremos de lo que está haciendo. No tiene mucha confianza en nosotros, a juzgar por los contratos que tuvimos que firmar, ¿verdad, Marko?"

"Esos contratos no valen el papel en que están firmados," dijo Marko, encogiéndose de hombros. "Pero no lo tomes a mal. Él no confía en nadie. Por eso quiere que las muestras las examinemos nosotros solos. Calcula que cuanta menos gente haya con las narices metidas en nuestros negocios privados, mejor será para nosotros."

"Supongo que deberíamos sentirnos muy orgullosos."

"¿Orgullosos? Cuanto más sabes, más probable es que te maten un buen día. Si valoras en algo tu vida, mantendrás la boca cerrada."

"Gastó muchísimo dinero en mis estudios superiores en la universidad de Columbia," dijo Andoni. "No veo por qué iba a querer matarme. No me parece una manera razonable de hacer una inversión de fondos."

"No lo tomes en broma, Andoni. No le importa nada lo que le haya costado tus estudios tan impresionantes. Lo único que le importa a Paskal Sarazúa es que el LIO le ofrezca a él unas ganancias interesantes."

Andoni iba apresuradamente por el sendero pedregoso que cruzaba los prados para juntarse con Lisa en la taberna a la hora de la cena. Había pasado la tarde entera con Marko en el laboratorio, analizando el ADN de la última muestra que había llegado de las excavaciones de los paleozoólogos, y sacaron las mismas conclusiones que en las ocasiones previas: el ADN procedía de seres humanos, y no de ovejas. Normalmente Andoni hubiera preferido pasar la tarde con Lisa, pero en ese momento tenía la cabeza llena de dudas que tenían que ver con los verdaderos motivos del Dr Sarazúa. ¿Qué buscaba en todos esos pedacitos de madera?

"¡Hola, Andoni!" le dijo Lisa cuando entró en la taberna y se acercó a ella. "¿Qué tal te ha ido el día?"

"No estoy seguro, para decirte la verdad," repuso Andoni, apoyando los codos en el mostrador. "Regular, supongo."

"Relájate, Andoni. Toma un poco de sangría fría. Está para morirse. ¿Te apetece?"

"Gracias, Lisa. Me apetece mucho."

"¿Quieres probar un pimiento relleno?" le preguntó Lisa, cogiéndolo para enseñárselo. "Tienen muy buena pinta."

"Gracias, pero me apetecen más las angulas."

Andoni se sentía mucho mejor después de haber bebido un par de vasos de sangría con unas gambas a la plancha. Las peló y echó las cáscaras al suelo. Después de pasar un rato con Lisa, la invitó a cenar en la sección de la taberna que servía de restaurante.

"¡Dios mío!" exclamó Lisa al entrar en el restaurante. "¡Qué nivel! No esperaba que fuera tan elegante."

"Puedes darle las gracias a Paskal Sarazúa. Es una de sus muchas contribuciones al cuidado y bienestar de la gente de Mayagorry."

Andoni dejó el vaso de Lisa en una mesa en la esquina, y le sujetó la silla mientras se sentaba. Después de pedir una paella valenciana para los dos y una botella de Rioja, Andoni se inclinó hacia delante y miró con cariño a Lisa.

"¡Salud!" le dijo, levantando el vaso.

"Brindis," respondió Lisa, alzando también el vaso.

"¿A que te mueres de ganas por saber lo que he aprendido acerca de la situación geográfica de la sangre Rh negativa?"

"¡No me digas! ¿Qué has aprendido?"

"He descubierto el factor Rh negativo en muchas partes de Oriente Medio, ¡fíjate, qué sorpresa!"

"¿Ah, sí? ¡Cuéntamelo todo!"

"Después de los vascos, los *karaite* tienen el nivel más alto del factor Rh negativo del mundo."

"Y ¿dónde viven? ¿En qué parte de Oriente Medio?"

"Han migrado mucho desde que formaron una secta en el siglo nueve. Hoy en día la mayoría de ellos viven en Crimea y también en Israel, pero al principio, cuando formaron su secta, estaban en la antigua Mesopotamia."

"¡No me digas! ¿*Iraq?*"

"Así es. Me imagino que su presencia allí sería debida al cautiverio babilónico."

"Mesopotamia… estaba entre los ríos Tigris y Éufrates, donde Sor Mikele dice que estaba situado el Edén."

"De eso no sé nada, pero en un momento dado los karaite representaban una parte importante del pueblo judaico."

"¿Sabes cuál es su grupo lingüístico?"

"Sabía que me lo preguntarías, así que busqué informes de antemano. Su lengua se llama *karaim*, y parece que está relacionada con los idiomas *turkic* y *kypchak* antiguos, con influencias hebraicas, desde luego."

"¿Cuántas personas más o menos hablan hoy en día la lengua original, lo sabes?"

"Seis," repuso Andoni.

"¿Cómo? ¿Nada más que *seis* personas?"

"Me extraña incluso que haya seis, para decirte la verdad. Nadie habla ya el latín o el griego antiguos, por ejemplo."

"Ahora vas a decirme que los seis son Rh negativo, anda."

"Pues, por lo menos tres de ellos, ¿no te parece?"

"Pero Andoni, todo eso es absolutamente fascinante."

"Hay otra cosa también. La concentración más alta del mundo de poblaciones con el factor Rh negativo después de los vascos y los judíos de la raza *karaite* son los bereberes."

"¡No me digas! Los nómadas de los desiertos."

"Eso es. Estoy seguro que si trazas sus migraciones hasta los principios descubrirás que tienen mucho en común con los *karaite*. Leí en alguna parte que vivían en la frontera entre Siria e Iraq hace unos cuatro mil años."

"Aparece otra vez el Edén," murmuró Lisa.

"Y aquí aparece también nuestra paella," añadió Andoni. "¡Qué bien huele! Apuesto a que no habrían cenado mejor Adán y Eva en el Edén."

"Huele divinamente," añadió Lisa, sonriente. "Y tiene una pinta fantástica," dijo, relamiéndose al ver los mejillones negros, los langostinos rosados, los calamares blancos, los pimientos morrones, y los guisantes y habichuelas verdes.

"Hay otra cosa que quisiera decirte, Lisa."

Por mucho que le gustara a Lisa la paella, lo que más le gustaba era que Andoni la hubiera llamado *Lisa*. Fue la primera vez que la llamara por su nombre, y le sonaba divino. Se imaginaba con Andoni en el Edén, como Adán y Eva.

"¿Qué querías decirme, Andoni?" le preguntó Lisa, con la intención de animarle un poco a perder la timidez.

"A lo mejor no hubiera debido decir nada. Tal vez no sea el momento ahora de hablar de esas cosas."

"Tienes que decírmelo ahora. No me dejes con la duda."

"Pues ya sabes que se ha comprobado que la raza *Homo sapiens* tuvo sus orígenes en África. Ahora que los genetistas han secuenciado el ADN del genoma humano, quedan muy pocas dudas de que África sea la cuna de la humanidad. Los que trazan las migraciones han encontrado datos que sugieren que esos antiguos humanos se dirigieron desde África por la costa de India hasta llegar a Australia durante una temporada cuando retrocedieron los océanos. Otros humanos fueron a China y a otras partes de Asia cuando Europa estaba cubierta de hielo, y más tarde durante otro período de calentamiento climático global huyeron de las sequías de Asia y poblaron una Europa muy templada. Todo eso ocurrió durante una época muy larga, pero quedan restos de ADN en todas partes. No quiero desilusionarte, pero me parece que ya no sirve tu teoría que dice que los primeros humanos tuvieron sus orígenes en el Edén. También me parece probable que la leyenda vasca que dice que se hablaba nuestro idioma en el Edén no sea más que eso – una leyenda." Lisa se quedó pensativa. Adiós al jardín donde estaban los enamorados desnudos y sin pudor.

"A lo mejor el Edén estaba en África entonces, lo cual quiere decir que no puedo seguir las huellas de la lengua vasca más allá de Noé y su familia. Pero por lo menos eso vale algo. No es como si perdiera el tiempo completamente."

"Claro. Aún si nos remontamos sólo a Noé, todavía nos sitúa plenamente en Oriente Medio."

"En efecto, y tus informes en lo que concierne al factor Rh negativo confirma mi hipótesis. Ya sabía que había ciertas conexiones entre los vascos y varias lenguas de la región Caucásica. Pero ahora me gustaría seguir la pista del euskara hasta Sumeria. Tengo la impresión de que allí se pueden encontrar muchas claves interesantes para nuestros estudios."

"Esperemos que sí. Oye, ¿te gustaría instalarte en mi apartamento mañana para usar mi conexión de Internet mientras haces tus investigaciones?"

"Sí, me encantaría," le dijo Lisa, muy entusiasmada. "¿Estás seguro que no sería ninguna molestia para ti?"

"Nada, nada. No es molestia alguna. Mañana trabajo todo el día con Marko, así que no voy a poder pasar mucho tiempo contigo, por desgracia. Pero si puedes llegar a mi apartamento mañana a las ocho de la mañana, dejaré la puerta abierta para que entres sin problemas. No puedo estar allí para recibirte, porque Sarazúa me pide que empiece el trabajo tempranísimo. Pero tampoco debes llegar antes de las ocho, o la puerta de entrada estará cerrada con el sistema nocturno, que es algo complicado, y Etxemendi se pondrá por las nubes si hay que interrumpirlo."

"Bueno, pues. Así lo haré. Mil gracias, Andoni. Espero con impaciencia buscar en Google algún estudio lingüístico que sugiera una conexión entre el País Vasco y Sumeria."

"Entonces ¿te arreglas con Noé, aunque no puedas llegar hasta Adán?"

"Claro que sí. No creo que sea posible hacer nada con las lenguas antediluvianas. Y eso sin tener en cuenta lo que habrá pasado después de la torre de Babel."

"Desde luego. Si retrocedes mucho llegará el momento en que no te queden más que algunas huellas de manos en una cueva, que no te pueden servir para nada en cuanto a lenguas."

"Tienes razón. Hay límites, por supuesto. Aun si pudiera descubrir antiguos pictogramas, todavía no sabría nada de los sonidos que emitían aquellos primeros seres humanos cuando se hablaban."

"Por eso es fantástico el ADN. Se remonta hasta los principios de la existencia de los seres humanos."

"Pero también tiene su limitaciones, igual que las huellas de mano. Me hubiera gustado poder escuchar a escondidas las conversaciones de Adán y Eva para enterarme de cómo sonaba la lengua."

"Y saber de qué hablaban también."

"Claro. Pero aun así, todavía me parece emocionante que se crea que la lengua vasca se hablaba en el Edén, estuviera dónde estuviera. En cuanto a las investigaciones lingüisticas, ya no se puede ir más allá de Sumeria. El resto del viaje hacia el pasado no es más que un viaje en alfombra mágica a lugares que sólo pueden describir el arte y la poesía. Pero si llegamos algún día a combinar el ingenio del científico con el corazón del poeta, quizá logremos tener una visión de la realidad hecha en tres dimensiones."

"¿Ah, sí? Y ¿cómo es eso?" le preguntó Andoni.

"Pues los científicos tienen la costumbre de preguntarse *¿Qué?* y *¿Cómo?* Cuando se ponen a analizar las cosas por el microscopio. O sea que se hacen las preguntas, *¿Qué es eso?* y *¿cómo funciona?* Pero los poetas y los teólogos se preguntan *¿Quién?* y *¿Por qué?* mientras contemplan las estrellas. Es decir que se preguntan, *¿Quién creó el universo?* y *¿por qué lo hizo?* Ahora me callo antes de que se ponga fría la cena, o que pienses que estoy como una cabra."

"Eres una mujer muy interesante, Lisa Maxwell. ¿Son cómo tú todas las mujeres en California?"

"Esperemos que no. El pobre gobernador de California ya tiene de qué preocuparse sin que todas las mujeres allí sean como yo."

Después de pagar la cuenta, Andoni acompañó a Lisa al Palomar. Cuando llegaron a la puerta de entrada de repente la cogió en sus brazos y le dio un beso muy largo. Entonces le abrió la puerta con su llave, y después de gozar de otro beso más, se despidió de ella y se puso a andar hacia el LIO, ebrio de felicidad por su nuevo amor.

CAPÍTULO OCHO

Después de despedirse de Andoni, Lisa entró en el Palomar con la idea de irse directamente a la cama para soñar con él. Se le llenaba la cabeza de ilusiones despertadas por el amor que sentía por el joven bioquímico que había conocido en el lugar más apartado e improbable del mundo. ¿Quién hubiera dicho que encontraría a un hombre tan interesante en una pequeña aldea escondida en las montañas, una aldea que en sí se parecía más bien a una fantasía algo descabellada? Todo tenía que haber sido cosa del destino, se dijo Lisa. Estaba a punto de subir a su cuarto para disfrutar de sus recuerdos recién nacidos cuando de repente una voz áspera que ya conocía demasiado bien le hirió los oídos.

"Yo me he dado cuenta de lo que ustedes hacían ahí fuera," declaró Doña Pascua, saliendo de las sombras de la oscurecida entrada del Palomar. "Me ofendió mucho el modo en que se comportaban ustedes."

"No haber estado espiándonos," repuso Lisa, indignada.

"Eso lo decido yo, Señorita. Tengo un establecimiento que goza de una muy buena reputación. No permito que nadie se comporte así delante de mi puerta."

"A estas horas todo el mundo está en la cama, dormidos como un tronco. Usted debiera estar en la cama también."

"No me hable usted en ese tono de voz, que me ofende. Usted creerá que vale más que nadie con su doctorado y todo, pero se equivoca. Y si piensa que Andoni se casará con usted, también se equivoca. No nos casamos con los extranjeros."

"Pues me parece que no soy la única aquí en insultar a la gente," dijo Lisa, frunciendo las cejas.

"Se lo digo por su propio bien. A buen entendedor, pocas palabras bastan, si es que usted es buena entendedora."

Lisa se apartó de la vieja y caminó con determinación hacia las escaleras con la intención de subir a su cuarto sin una palabra más. Pero al poner la mano en la barandilla, se volvió hacia la anciana para dirigirle una palabra final.

"Los vascos no son todos xenófobos, ¿sabe?"

"Usted se cree muy inteligente, ¿verdad?" dijo Pascua con una risita burlona. "Pues tendrá que dejar de presumir de ese modo. A mí no me impresionan nada sus palabras largas."

"Cuál, xenófobo?"

"Esa."

"Se refiere a alguien que tiene miedo y hostilidad hacia los extranjeros."

"Entonces se expresó mal, *Profesora,*" le dijo, con énfasis sarcástico. "Los vascos no tenemos miedo de los extranjeros. No nos asociamos con ellos, nada más."

"¿Ah, no? Así que ¿no se nos permite ir a los retretes públicos? ¿No nos permiten sentarnos cerca de ustedes en los restaurantes?"

"No lo tome a mal. Acuérdese de que cuando se señala a una persona con un dedo, se señala a sí mismo con tres."

"Me encantaría casarme con un vasco, y no la creo a usted cuando me dice que un vasco no se casaría conmigo."

"Es porque usted se toma por un bocadito muy apetitoso."

"¡Ya basta!" dijo Lisa, dirigiéndose hacia la escalera.

"Tenemos buenos motivos para hacer lo que hacemos," continuaba Doña Pascua. "Nos mantenemos unidos los unos a los otros porque somos una raza aparte."

Lisa se paró y se volvió hacia Doña Pascua.

"¿Cómo que una raza aparte?"

"Es así. Los vascos somos una raza especial. Hay cosas que nos separan del resto del mundo."

"¿Como cuáles, por ejemplo?"

"Son especiales las fusiones de los huesos de la cabeza, por ejemplo. Tenemos una especie de cerro a lo largo de la cráneo que se puede notar con los dedos."

Por un instante Lisa tuvo ganas de palpar el cráneo de Doña Pascua para verificar su declaración, pero decidió no hacerlo. Le apetecía mucho más comprobar sus informes pasando los dedos por el pelo castaño de Andoni luego cuando estuvieran solos.

"Ese cerro, ¿se sabe si existe de verdad, o es meramente un producto de su imaginación?"

"Todo el mundo sabe lo que es eso," insistió Pascua, indignada. "Hasta tiene su propio nombre: la cresta reptil."

"La cresta reptil," repitió Lisa, pensativa. Si el nombre indicaba alguna verdadera conexión con los reptiles, entonces describía bastante bien a Doña Pascua. Decidió cambiar el tema en seguida. "Y, ¿qué más les aleja a ustedes de los otros seres humanos?"

"Tenemos el esternón más grueso."

"¿De veras?" Lisa le echó otra mirada a Doña Pascua, pero esta vez no le tentaba la idea de comprobar lo que le había dicho. "¿Hay otra cosa?"

"Nos sobra una vértebra al final de la espina dorsal. Hay casos en los que nos sobran dos o tres o quizá más. Eso también tiene nombre. Se llama la *cauda.* Quiere decir cola en latín. ¿A que no sabía usted que yo hablo latín, verdad?"

Lisa contemplaba a Doña Pascua y pensaba que se parecía más a un reptil que a un cuervo, que es la impresión que le había dado el día en que la conoció. Había rasgos de frialdad que emanaban de su mirada atrevida, pero el conectar a todos los vascos con una primogenitura reptil era una afrenta a toda la comunidad. A los científicos, sin embargo, no les importaba que sus descubrimientos fueran ofensivos. Sólo les interesaba la verdad objetiva. ¿Pero los reptiles? Ya era bastante haber dañado la imagen que tienen ciertas personas de sí mismas, diciéndoles que descendían de los simios, pero lo de los reptiles estaba fuera de los límites, sobre todo los que tentaban a las doncellas con manzanas irresistibles.

"Buenas noches, Doña Pascua. Voy a subir a mi cuarto ahora, que estoy muy cansada."

"Y somos psíquicos también," le dijo Pascua, sin hacer el más mínimo caso a lo que Lisa le acababa de decir. "Sabemos lo que piensa la gente."

Será por eso que es tan chismosa, pensó Lisa.

"Me voy a la cama," dijo en voz alta. "Es tarde. Tengo quehacer mañana por la mañana."

"Ya lo sé," dijo Doña Pascua en tono enigmático.

Mientras Lisa estaba echada en la cama, pensaba en sus conversaciones más recientes. No sólo tenían los vascos la concentración más alta del mundo del grupo O y del factor Rh negativo, sino que parecía que tenían otras diferencias físicas muy marcadas también. Aparte de las posibles implicaciones de las observaciones de Doña Pascua acerca de la cresta reptil, sus comentarios indicaban que los vascos en efecto no tenían la costumbre de mezclarse con gente de otras culturas y de otras regiones del mundo, y quizás por eso sufrían de varias mutaciones por ser un grupo muy pequeño. La otra posibilidad era absolutamente única y por tanto inaudita: *las diferencias que separaban a los vascos del resto del mundo se debían al hecho de que descendían de una raza de origen desconocido.*

A Lisa le desilusionaba pensar que pudiera haber una tradición de xenofobia entre los vascos, hasta que por fin se le ocurrió que la incidencia muy alta de sangre negativa podría explicar el que no tuvieran mucha inclinación a casarse con mujeres fuera del grupo, la mayoría de las cuales llevarían el factor Rh positivo. Las comunidades tienen memorias muy largas, y la tragedia de las mujeres vascas Rh negativo, que perdieron a todos sus hijos menos al primogénito, pudiera haber dejado una huella muy profunda en la conciencia colectiva del pueblo vasco.

* * *

El sol salía en la aldea de Mayagorry mientras Sor Mikele se dirigía a paso rápido al LIO para juntarse con Paskal Sarazúa. Le parecía que la preocupación de Teresa era válida por una vez. Peli no solía ausentarse así por tanto tiempo sin explicaciones. Ya había tardado ocho días en volver, y Sor Mikele decidió que no le quedaba más remedio que pedirle ayuda a Paskal Sarazúa.

"Buenos días, Zigor," le dijo al jefe de seguridad. "El Dr Sarazúa me espera."

Como casi todos los otros aldeanos de Mayagorry, Zigor Etxemendi había sido alumno de Sor Mikele. Era el peor alumno de la clase y los otros niños lo despreciaban mucho, y se reían de él a sus espaldas. Pero no se atrevían a reírse abiertamente, porque Zigor era el matón de la clase. Como no era ni listo ni trabajador, tenía que robar lo que fuese a sus compañeros de clase empleando la fuerza y el disimulo. No tardó en organizar un esquema de chantaje con la ayuda de un par de soplones que andaban por las mesas en el refectorio, forzando a los otros niños a que les entregaran sus postres predilectos cuando las monjas estaban de espaldas.

Esa brutalidad terminó repentinamente a finales de su quinto año cuando le suspendieron. Fanfarroneó durante una temporada, diciendo que ya no quería perder el tiempo en la escuela de Sor Mikele, y luego desapareció por muchos años. Reapareció inesperadamente unos quince años más tarde como el jefe de seguridad en el LIO. Nadie sabía con exactitud quién le había dado ese empleo, ni cómo Zigor Etxemendi había encontrado la manera de presentarse como el mejor candidato para el puesto.

"Encantado de verla, Sor Mikele," dijo Zigor, con una mirada especulativa. Siempre le había disgustado su mirada de desprecio y la expresión burlona que se vislumbraba en sus gruesos labios. Sor Mikele notó con interés la incongruencia de sus labios sensuales y de sus pequeños ojos porcinos.

"Sor Mikele dice que tiene una cita con usted," dijo Zigor por el móvil. "¿Quiere usted recibirla ahora? Bueno, señor." Etxemendi le hizo una señal con la cabeza, indicándole que podía subir al segundo piso para juntarse con el Dr Sarazúa. Como no se molestó en dirigirle ni una palabra más, Sor Mikele salió de su oficina sin despedirse. Mientras andaba por el pasillo sentía que le seguía la mirada insolente de Zigor, que no había cambiado nada desde la época en que era un pequeño rufián maleducado y distraído.

"Ah, Sor Mikele," le dijo Paskal Sarazúa, saludándola en la recepción y acompañándola a su oficina. "¿Ha venido para hablarme de Manolo y Josetxu? ¿Pasa algo?"

"No, los dos están bien," repuso Sor Mikele, entrando a su oficina al abrirle la puerta el Dr Sarazúa.

"Siéntese por favor, Sor Mikele," le dijo, indicándole el sillón al lado del sofá. "¿Puedo ayudarla en algo?"

"Se trata de Peli, Dr Sarazúa."

"¿Peli?" repitió. "No me suena ese nombre."

"Es el bedel del convento."

"Ah, claro. ¿Ya volvieron esas cucarachas?"

"No, el exterminador se ocupó de ellas," le contestó, algo irritada por la manera que tenía de hacer conjeturas sin dejarla hablar. Le parecía extraño también que se le hubiera olvidado el nombre del joven que él había mandado a hacer un recado a Santiago de Compostela. Peli había mencionado que era una misión muy importante, y que le había prometido a Sarazúa llevarla a cabo cuanto antes y sin decir nada a nadie. Su tono de voz ahora le parecía hipócrita a Sor Mikele.

"Dr Sarazúa, como se acordará usted mandó a Peli a hacer un recado a Santiago de Compostela."

Sarazúa la miró durante un rato con una expresión vacía, como si se hubiese olvidado de ese pequeño detalle.

"Sí, claro," dijo por fin. "Ahora me acuerdo. Entonces ¿la ha enviado a usted aquí con el paquete ese? No me acuerdo haberle dicho que mandara una cómplice."

"No soy la cómplice de nadie, y no tengo paquetes para usted," le dijo Sor Mikele, intentando controlar su irritación. "He venido aquí para informarle que Peli todavía no ha vuelto de su viaje. Ya hace una semana que está ausente. Esperaba que usted pudiera ayudarme a encontrarlo."

"*¿Yo?* Le aseguro que no tengo la más mínima idea de dónde puede estar," dijo Sarazúa, con demasiado énfasis.

"Comprendo. Pero usted tiene las conexiones necesarias para encontrarle. Estaría muy agradecida si pudiera ayudarnos. Todos estamos muy preocupados."

"Haré todo lo que pueda para encontrarle," le aseguró el Dr Sarazúa, cogiéndola con mucha delicadeza por el codo y acompañándola a la puerta. "Comprendo lo muy preocupada que usted debe estar. Hubiera debido contármelo todo desde el principio de la conversación."

Paskal Sarazúa, al cerrar la puerta tras Sor Mikele, dejó de ser una figura paternal, equilibrada y elegante y se transformó en un hombre consumido por una rabia profundamente amarga. Iba a pasos rápidos de un lado a otro en frente de la ventana, mirando con resentimiento hacia Galicia, la comunidad autónoma que era el punto central de su amargura. Allí en Galicia, a una distancia de unos seiscientos kilómetros de él, estaba la ciudad de Santiago de Compostela, el lugar donde vivía el hombre a quien odiaba más que a ningún otro en todo el mundo, y que se llamaba Pierre Piedmont.

Paskal Sarazúa le había aborrecido desde el momento en que descubrió, por contactos secretos, que ese hombre tenía la caradura de creer que él era de un linaje real, descendiente de la casa de unos reyes de Francia que decían que descendían del fruto de un matrimonio clandestino entre María Magdalena y el mismo Jesucristo. A Paskal Sarazúa le disgustaba no sólo el orgullo tan presuntuoso de Pierre Piedmont, sino también el hecho que al hacer esta declaración absurda su mayor enemigo había triunfado sobre él y tal vez había puesto en peligro sus propios planes para desvelar al público el proyecto especial que tenía planeado para el Mesías.

La culpa se la echó enteramente a Dan Brown, autor de *El código Da Vinci*, un *bestseller* basado en varias ideas que durante mucho tiempo se habían propagado por ahí. Pero ese Brown, pensó Sarazúa con resentimiento, había divulgado la noción de que existe un grupo de desquiciados que se llaman los *Illuminati* y que insisten en que descienden directamente de Jesucristo. El autor había convencido a millones de lectores para que aceptaran esa ridiculísima afirmación, empleando el género literario de la ficción para que ellos creyeran que los supuestos hechos de su novela eran la pura verdad. Resultó que un grupo de admiradores muy crédulos se aprovecharon del momento para presentarse como personas ilustrísimas de conocimientos muy enigmáticos. Ellos, y sólo ellos, conocían los acontecimientos verdaderos de la vida de Jesucristo, informes secretos que fueron encubiertos por la Iglesia para poder seguir dominando a su rebaño sin tener que compartir su poder con los auto-denominados parientes consanguíneos del Mesías.

Paskal Sarazúa apenas pudo controlar su cólera contra los *Illuminati*. Por si fuera poco, las autoridades de la Iglesia ya se habían afligido suficientemente por los gnósticos de antaño, quienes también se jactaban de sus conocimientos arcanos, datos rebuscados de mentes inferiores y de los líderes de la Iglesia como el Papa y sus obispos rastreros. Ahora se nos presentaba Pierre Piedmont, neo-gnóstico que pretendía ser un descendiente de María Magdalena y del mismo Jesucristo. Cuando los periodistas le pidieron que les entregara la evidencia de su afirmación, siguió con la cabeza erguida y les dijo que no le debía a nadie explicaciones de ningún tipo.

Paskal Sarazúa seguía rechinando los dientes y paseando de un lado a otro mientras se concentraba en la situación de Peli. Era un joven ladrón cabal y habilidoso que había logrado robar nueve reliquias del Mesías de varias catedrales del norte de España. Como resultado el Dr Sarazúa decidió mandarle al sitio más prometedor: la Catedral de Santiago de Compostela. Él sabía que vivían en la ciudad gallega Pierre Piedmont y otros idiotas que se consideraban consanguíneos de Jesucristo, pero decidió que Peli estaba muy bien preparado para perpetrar un robo. Además, no había tiempo que perder. Ahora que Andoni estaba bien ambientado, Sarazúa decidió que ya era hora de animarle a que cumpliera una misión importante. La reliquia de Santiago de Compostela ocupaba uno de los puntos centrales del proyecto, así que era imperativo que Peli la robara cuanto antes.

Sarazúa estaba convencido de que el odioso Piedmont era responsable de la desaparición de Peli, y no le cabía duda de que antes de matarlo le había forzado a confesar que trabajaba para él en el LIO, dato que le hubiera interesado mucho a Pierre Piedmont. Había un sólo detalle que le desconcertaba: si Piedmont y sus rufianes habían matado a Peli, entonces ¿quién habría robado el sudario de la Catedral de Oviedo? Sarazúa había añadido esa reliquia a la lista de Peli. Los asociados de Piedmont le habrán obligado a revelarles su agenda antes de matarle, y Piedmont luego habrá mandado a algún delincuente a robar el sudario. No es que se haya podido sacar mucho provecho de ello. No tenía ni los fondos, ni el equipo, ni la imaginación, ni la inteligencia para montar un golpe como el que tenía in mente él mismo. Estaba convencido de que el único talento que tenía Piedmont era para meterse con él a cada oportunidad que se presentase.

No había tiempo que perder, se dijo Sarazúa una vez más. Tendría que ascender a Andoni y a Marko al nivel superior. Sería conveniente darle a Andoni una idea de lo que planeaba hacer con sus experimentos, o no podría subirle a un nivel más alto. No le gustaba nada confiarle las bases del juego, pero ahora que Piedmont sospechaba algo, a él no le quedaba otro remedio que tomar las medidas necesarias para poder hacer avanzar más rápido el trabajo, al mismo tiempo que hacer que confiara más en Marko y en Andoni. Tendría que cambiar el horario y modificar los procedimientos, y también tendría que depositar su confianza muy de antemano en unos seres humanos falibles. En cualquier momento podría hundirse el castillo de arena. A lo mejor a ciertos individuos les tocaría sacrificar su vida por el bien del conjunto. Era posible que Peli ya fuera el primero en caer.

Sor Mikele andaba por el sendero hacia Mayagorry cuando vio a Lisa, que se acercaba desde la dirección opuesta.

"¡Sor Mikele!" exclamó Lisa cuando la alcanzó. "¡No esperaba encontrarme con usted aquí en el prado!"

"Pues yo tampoco esperaba verla a usted tan temprano por la mañana," dijo Sor Mikele, dándole un abrazo afectuoso.

"Es que hago el mejor trabajo a estas horas."

"¿Va a trabajar usted al LIO?"

"Andoni me invitó a hacer mis investigaciones en su apartamento. No hay servicio de Internet en el Palomar."

"No me extraña. No hay nada de moderno en el Palomar."

"Es cierto. ¿Y usted? Ha madrugado mucho hoy."

"Sí. Me preocupa mucho Peli."

"¿Peli? No conozco ese nombre."

"Es el bedel del convento."

"Ah. Y, ¿está enfermo, o qué?"

"Ha desaparecido. Paskal Sarazúa le mandó a hacer un recado a Santiago de Compostela, pero todavía no ha vuelto. Hace una semana que le esperamos."

"¿Le dijo al Dr Sarazúa que ha desaparecido?"

"Sí, acabo de hablar con él."

"Y, ¿le va a ayudar a buscarlo?"

"Sí, creo que sí. Pero apenas se acuerda de quién es. Tuve la impresión de que no le importaba mucho que haya desaparecido, pero nosotros en el convento estamos muy ansiosos. Sobre todo Teresa."

"¿Teresa? ¿Es amiga de él?"

"Sí, se conocen desde niños. Teresa suele preocuparse muchas veces sin causa, pero esta vez creo que tiene por qué sentirse angustiada."

"¿Hay algo en particular que les haga preocuparse tanto?"

"Pues, usted sabe cómo es la gente del LIO. En el fondo es una operación completamente clandestina. No hay otra manera de describirla. Trabajan de una manera muy secreta y misteriosa, así que dan una impresión bastante mala, porque cuando la gente se comporta así, muchas veces quiere decir que no quieren que les cojan las autoridades con las manos en la masa."

"Comprendo muy bien," dijo Lisa.

"De todos modos, el Dr Sarazúa me dijo que se ocuparía de eso, así que por ahora no hay mucho que puedo hacer."

"Pues avíseme si yo puedo ayudarla en algo."

"Mil gracias, Lisa. Bueno, me voy corriendo. Empiezan pronto las oraciones."

"Hasta luego."

"No tarde en hacerme una visita," le dijo, continuando por el sendero en dirección a Mayagorry.

"Pronto iré a visitarla."

Si Lisa hubiese mirado hacia arriba, hacia las oficinas del LIO, puede ser que habría visto el perfil del Dr Sarazúa en una ventana, mirándola muy irritado. ¿Por qué estaban hablando Lisa con Sor Mikele? Esa estadounidense tenía las narices metidas en los negocios de todos. Furioso, cogió el móvil y llamó a Andoni.

"¡Ven en seguida!" le gritó con voz aguda. "Quiero hablar contigo. No me importa lo que tengas programado con Marko. Ven a mi oficina ahora mismo."

Miró con indignación la silueta de Lisa que se acercaba al edificio. Apenas ha salido el sol y ya está ella, caminando con resolución hacia el LIO como si fuera la Funcionaria Ejecutiva Principal. Pensaba pedirle a Zigor Etxemendi que la detuviera cuando llegara a la entrada, pero cambió de opinión. Primero le preguntaría a Andoni lo que pensaba de esa mujer.

"Debe haber un malentendido," le dijo Zigor Etxemendi a Lisa cuando se presentó delante de él. "Me ha informado el Dr

Chiriboga que va a pasar el día entero trabajando en el laboratorio. ¿Está usted segura que la cita de usted no era para las ocho de la *noche?*"

"No tengo ninguna duda sobre este tema," contestó Lisa con firmeza. "Puede llamarle al Dr Chiriboga. Le confirmará que puedo subir a su apartamento."

Zigor le echó una mirada lujuriosa y marcó un número en su móvil, clavando la vista en ella mientras esperaba que Andoni contestara a su llamada. Lisa podría jurar que Zigor Etxemendi estaba pensando en lo agradable que debía ser para el Dr Chiriboga gozar de un pequeño intermedio con una mujer tan atractiva antes de tomar el desayuno.

"Habla Zigor Etxemendi, señor," le dijo a Andoni cuando contestó la llamada. "Siento molestarle, Dr Chiriboga, pero está aquí conmigo una señorita que dice que usted le dio permiso para subir a su apartamento a las ocho. ¿Es su cita para ahora, señor, o es para las ocho de la tarde?"

Zigor siguió mirando a Lisa sin bajar los ojos mientras escuchaba a Andoni.

"Muy bien, señor," dijo Zigor por fin. "Con mucho gusto la dejaré subir a su apartamento."

Tan pronto como se alejó Lisa, Zigor Etxemendi llamó a Paskal Sarazúa.

CAPÍTULO NUEVE

L isa encendió el portátil y se conectó a Internet. Antes de ponerse a trabajar, decidió prepararse una taza de café con pan tostado. Mientras esperaba a que se tostara el pan, miraba aquí y allá a ver si encontraba alguna señal de la presencia de Andoni. Le gustaba ver sus cosas personales esparcidas por el salón; un libro en la mesilla (*Longitudes and Attitudes* por Thomas Friedman), una foto antigua de sus padres (severo el padre; la madre, modesta), y una chaqueta encima de una silla (de lana con parches en los codos).

Lisa puso mermelada en el pan tostado y se lo llevó con el café a la mesa de trabajo. Se puso a navegar por Internet, buscando portales sobre la cultura de Sumeria. Una hora más tarde había encontrado exactamente lo que estaba buscando: un sitio escrito por Angus J. Huck estableciendo ochenta y seis enlaces entre la lengua vasca y la de Sumeria.

Lisa apenas pudo controlar su entusiasmo. Allí estaba. Era un estudio bien documentado, demostrando que la lengua vasca se remonta hasta el primer idioma conocido del mundo; una indicación más que la leyenda de los vascos acerca del Edén podría tener un sólido fundamento. Lisa estaba muy contenta de que Andoni le hubiera facilitado el acceso a Internet. Hacía diez años nunca hubiera podido llevar a cabo de una manera tan rápida sus investigaciones. Se recostó en la silla, disfrutando el momento mágico de semejante descubrimiento que tantas veces le ofrecían sus estudios de lingüística, pero en aquel momento no tenía ganas de ponerse a escribir.

Le parecía que ya era hora de disfrutar de una pequeña pausa en el trabajo. Cerró el portátil, se levantó de la silla, bostezó a boca abierta, y se dirigió al cuarto de baño.

Justo cuando terminaba lo que tenía que hacer en el baño, alguien llamó muy fuerte a la puerta del apartamento. Como no quería contestar a la llamada en voz alta desde el baño, se dio prisa en terminar lo que estaba haciendo para poder ir cuanto antes a la puerta. Apagó la luz y estaba a punto de salir del cuarto de baño cuando de repente se abrió la puerta de entrada y sonaron muy fuerte unos pasos en el suelo de cerámica del vestíbulo.

"¿Dónde está?" sonó una voz de hombre.

"No lo sé, señor," le dijo su compañero. "El Dr Chiriboga me informó que estaba aquí de visita. No sé más que eso."

Oyó Lisa el ruido de las puertas del armario que se abrían y se cerraban con mucha fuerza.

"Date prisa, Etxemendi. No quiero pasar todo el día aquí."

"Sí, Dr Sarazúa. Echo una mirada al baño y nos vamos."

Llamó a la puerta, y en seguida entró Zigor Etxemendi en el cuarto de baño.

"¿Hay alguien?" llamó Sarazúa desde el salón.

"No hay nadie," contestó Etxemendi en voz alta desde la puerta abierta del baño.

"Pues llama a los guardas y diles que la busquen en todas partes del edificio, hasta en los rincones más escondidos."

Otra vez sonaron los pasos en las baldosas del vestíbulo. Se abrió la puerta de entrada y luego se cerró con un estallido. Los pasos de los dos hombres sonaron cada vez menos fuertes mientras ellos se alejaban de prisa por el pasillo.

Cuando estuvo segura de que los dos hombres se habían alejado suficientemente, abrió la cortina de la ducha y salió del baño, quedándose quieta un momento para preguntarse qué debería hacer a continuación. Pero antes de decidirse sonaron otra vez unos golpes en la puerta de entrada, aunque esta vez le parecieron un tanto tímidos, como si la persona que estaba al otro lado de la puerta tuviese miedo de llamar la atención.

Lisa se acercó a la puerta sigilosamente y echó un vistazo por la mirilla. Allí en el pasillo estaba Carmen, esperando con aspecto asustado a que le abrieran. Lisa no vio a nadie detrás de ella, así que abrió la puerta y le dijo que entrara en seguida.

"¡Lisa! ¿Qué haces aquí tú?" le preguntó con sorpresa, cerrando silenciosamente la puerta.

"Estoy haciendo unas investigaciones en Internet. En el Palomar no hay conexión, así que Andoni me ha dejado usar la suya. Y tú, ¿para qué has venido?"

Se le ocurrió a Lisa que Carmen y Andoni podrían estar saliendo juntos, y de repente sintió unos celos muy fuertes.

"Estaba buscando a Andoni para pedirle que te diera un recado, pero ahora te lo puedo dar yo misma."

Lisa se tranquilizó al oír su explicación. Es triste, pensaba en su interior, que en seguida hasta las amigas más íntimas pueden desconfiar unas de otras cuando se trata de hombres.

"Pues aquí estoy," dijo Lisa, cogiéndola amistosamente por el brazo. "¿Cuál es el recado?"

"Iba a decirle a Andoni que te pidiera ese pedacito de madera que te he confiado, pero ahora te lo puedo decir yo misma. Dáselo cuanto antes, por favor. Ten mucho cuidado que no te vea nadie."

"No hay problema. ¿Puedes quedarte un rato?"

"Gracias, Lisa, pero no puedo. Tengo mucho que hacer," dijo Carmen, iéndose hacia la puerta. "Corres mucho riesgo," añadió. "No puedo decirte más. Ten mucho cuidado."

"¿De qué debo tener cuidado, exactamente?"

"Mira a ver si te sigue alguien. Observa bien a la gente que anda por la calle. Fíjate siempre en quién está sentado cerca de ti en la cafetería o en la taberna. Ten cuidado con lo que dices en los lugares públicos."

Carmen de repente le dio a Lisa un abrazo, y luego abrió la puerta de entrada y desapareció por la esquina del pasillo.

Teresa se despertó un buen día con la convicción de que le tocaba a ella aceptar la responsabilidad de averiguar si la reliquia más auténtica de Jesucristo seguía a salvo en el relicario del convento. Sor Mikele se había negado a verificar la seguridad de la reliquia, así que a Teresa le parecía que no le quedaba más remedio que ocuparse del asunto por sí misma. Se dijo que si no veía con sus propios ojos que todavía estaba donde debía de estar, ya no podría ni comer ni dormir ni concentrarse en sus oraciones. Esto le preocupaba mucho a Teresa, porque Sor Mikele siempre le había dicho que cuando rezara lo hiciera con mucha sinceridad y profunda intensidad si quería que la escuchara Dios. Esperaba de todo corazón que Dios ayudara a Peli a volver pronto a Mayagorry, y al mismo tiempo que le asegurara a ella que la reliquia de su Hijo estaba allí donde debía de estar.

Teresa había pasado todo el día esperando a que llegara la hora de la siesta, y ahora por fin todas las monjas estaban ya en la cama. Teresa se había dirigido a su celda al mismo tiempo que las otras novicias, pero en vez de echarse una siesta cogió una linterna eléctrica, abrió su puerta, echó una mirada a lo largo del pasillo para estar segura de que todas las puertas estaban cerradas, y salió silenciosamente de su celda. Anduvo a paso muy rápido por los oscuros pasillos, mirando cautelosamente por cada esquina hasta llegar por fin a la puerta del sótano. Agarró el asa de hierro y tiró con fuerza de la puerta, asustándose un poco al oír las fuertes protestas de las bisagras. Cerrando la puerta tras de sí, bajó las escaleras de piedra, sujetándose contra las paredes en ambos lados.

Para Teresa la jornada desde la escalera hasta el relicario estaba llena de peligros insospechados y de posibilidades horrorosas. Estaba convencida de que por la luz de la linterna podía verse el brillo amenazador de los ojos de centenares de ratas que la miraban con ojos malévolos mientras andaba por el oscuro pasillo. Oía el chirrido de las ratas anunciando a las demás la llegada de un ser humano indefenso y medio ciego; diana ideal para el Ataque de las Ratas. Mientras tentaba las paredes en la oscuridad, Teresa tenía la sensación de estar muy sola en aquel lugar tan abandonado por Dios.

Pero siguió adelante, animada por una determinación que superó su intenso deseo de huir. Sor Mikele ya le había dicho muchas veces que si ella realmente lo quería, podría alcanzar las estrellas, y el ímpetu que la inspiraba a lograr esa meta tenía un nombre: se llamaba "valor." Teresa aquella tarde no tenía más remedio que enfrentarse a sus temores. Enfocó la luz de la linterna a través de las barras del relicario que guardaba la reliquia más auténtica del mundo. Por un momento se quedó allí sin moverse, incapaz de dar crédito a sus ojos. La caja de metal en la que antes se encontraba la reliquia de la cruz de Jesucristo ahora estaba vacía.

La linterna de la novicia cayó al suelo y se apagó la luz, dejándola sola una vez más para enfrentarse a sus temores en la oscuridad. Tenía la sensación de haber bajado al infierno, donde sólo existía la nada y la ausencia de todo lo que fuera bueno. Teresa desechó esas inquietantes ideas y se concentró en lo que debía hacer en esta situación. Se estremeció cuando se le ocurrió que lo primero que tenía que hacer era echarse al suelo y andar a tientas para buscar la linterna. Se puso a rezar con tanta sinceridad como le fue posible, aunque le resultaba muy difícil concentrarse en esas circunstancias. Pero seguía con sus oraciones a pesar de todo, regocijándose en ellas al notar que la llenaban de una paz y de un valor especial que nunca había experimentado antes cuando recitaba esas mismas palabras durante la rutina cotidiana.

Descubrió sin mucha dificultad la linterna, y se puso muy contenta al averiguar que todavía funcionaba bien. Cuando por fin encontró las escaleras para salir de la cripta, corrió sin aliento por el pasillo del claustro hasta llegar a la oficina de Sor Mikele.

Esta vez fue Sor Mikele quien recibió las noticias de Teresa con una emoción desenfrenada.

"¿Qué me dices? ¿Estás *segura*? ¿Me dices que ha desaparecido nuestra reliquia? ¿Me dices que la han *robado*?"

Le preguntaba a Teresa con una voz tan fuerte que se congregó un grupo de monjas alrededor de ella para enterarse de las noticias. Teresa relató todos los detalles de su aventura, los cuales se reducían a un solo dato: la reliquia ya no estaba en el relicario. Las angustias de Teresa, que a Sor Mikele siempre le habían parecido tan injustificadas, ahora le parecían muy sensatas.

Lisa estaba en la cocina de Andoni, calculando si le quedaba bastante tiempo para irse al Palomar, recobrar el pedacito de madera, y volver al apartamento de Andoni a las ocho, hora en que habían acordado reunirse en la taberna después del trabajo. Le parecía problemático ir hasta el Palomar y luego volver al LIO sin que la detuviera Etxemendi o el mismo Sarazúa, porque estarían buscándola todavía por todos los lados. No tenía miedo ni del jefe de Andoni ni tampoco de Etxemendi, pero no quería tampoco que ellos supieran que tenía en su poder el pedacito de madera que le había entregado Carmen. Aunque a Lisa Carmen le parecía una chica bastante nerviosa y hasta un poco paranoica, Lisa quería cumplir su promesa.

En el fondo sabía que no le quedaba más remedio que dirigirse al Palomar lo antes posible, así que abrió la puerta del apartamento de Andoni y salió silenciosamente por el pasillo, mirando con cuidado a todos los lados. De repente oyó el zumbido de una cámara de video en la esquina cerca del techo. Al levantar la cabeza Lisa divisó la cámara que había captado los movimientos de su cuerpo y que estaba escudriñándola con sus tres ojos electrónicos.

"Fantástico," murmuró. "Ahora se han enterado de que yo estaba desde el principio en el apartamento de Andoni. Van a preguntarse dónde estaba yo mientras ellos lo inspeccionaban. ¿Ahora qué hago?"

Decidió comportarse de una manera enteramente normal, saludando a Etxemendi con la cabeza mientras pasaba por la oficina de seguridad y luego continuando por el pasillo hasta llegar a la entrada principal. Porque si actuaba de una manera nerviosa o si perdía el dominio de sí misma, Zigor Etxemendi sospecharía y volvería a acusarla de estar merodeando por el edificio, y entonces ¿quién sabe por cuánto tiempo la detendría en su oficina para interrogarla? Por otra parte, si se metía en la guarida del lobo, Etxemendi le preguntaría dónde estaba cuando él y Paskal Sarazúa la buscaban en el apartamento de Andoni. Con un poco de suerte Etxemendi y sus guardas andarían por todos los lados buscándola en aquel momento en vez de vigilar los monitores electrónicos. Era posible también que en la oficina de seguridad no hubiese nadie, puesto que no se le ocurriría a nadie que Lisa apareciera allí entre ellos.

Al doblar la próxima esquina se tropezó con un hombre que se acercaba a ella desde la dirección opuesta. La agarró por el brazo con una mano fuerte mientras ella estuvo a punto de caerse.

"Lisa, ¡por Dios!" exclamó Andoni, sujetándola con los dos brazos. "¿Qué haces aquí en el pasillo?"

"¡Andoni!" repuso Lisa, quedándose sin aliento. "¡Menos mal que eres tú! Fueron a buscarme a tu apartamento."

"Cálmate, Lisa. ¿De quiénes hablas?"

"Hablo de Zigor Etxemendi y de Paskal Sarazúa."

"No entiendo. ¿Dónde estabas tú, entonces?"

"Estaba en el baño cuando llamaron a la puerta, así que no pude contestar. Abrieron la puerta de entrada con una llave y se pusieron a buscarme en el armario, o por lo menos así me parecía. Entonces decidí esconderme."

"¿Te escondiste? No tenías por qué."

"Tampoco tenían ellos por qué abrir el armario. Yo creía que estaba en peligro."

"No estabas en ningún peligro, Lisa. Simplemente querían hablar contigo. Pero al no encontrarte en ninguna parte se habrán preguntado qué te había pasado. Habrán pensado que iban a encontrar tu cadáver en el armario."

"Les habré causado muy mala impresión."

"Mira, te acompaño a la cafetería y les diré que estabas allí conmigo, si me lo preguntan."

"Bueno," dijo Lisa, algo dudosa.

"Ven por aquí."

"¿De qué querían hablarme?" le preguntó Lisa, mientras se daban prisa por el pasillo.

"Esta mañana cuando estaba con Sarazúa, le hablé del gran número de personas Rh negativo en el País Vasco, y eso le interesó mucho. Entonces le expliqué tu idea de que los vascos descienden directamente de Adán y Eva, quienes fueron creados por Dios. Cuando se dio cuenta de que podía probar tu teoría del factor Rh negativo, se entusiasmó mucho y me pidió más detalles. Le dije que se dirigiera a ti, puesto que la idea fue tuya y estabas investigándola tú. También le dije que tus hallazgos eran más sólidos que los míos porque tenías dos puntos de referencia que te habían hecho llegar a las mismas conclusiones."

"¿Cuáles son mis dos puntos de referencia?"

"Pues la lingüística y la genética, desde luego."

"Yo soy lingüista, sí, pero eres tú el genetista."

"Precisamente. Y entre los dos, podríamos hacer unas investigaciones fascinantes si tuviéramos el tiempo y los medios necesarios. En fin, Sarazúa de repente se puso de pie y me dijo que quería verte en seguida. En aquel momento pasaba por el pasillo Zigor Etxemendi, y los dos fueron a mi apartamento para buscarte."

"Y ¿por qué no les acompañaste, Andoni? No hubiéramos tenido esos malentendidos."

"No se me ocurrió que pudieran surgir problemas. Yo tenía la impresión de que Sarazúa quería ofrecerte un trabajo."

"¡Un trabajo!" exclamó Lisa. "Me gustaría muchísimo. ¡Imagínate lo que podríamos lograr juntos!"

"Y con fondos sin límites también."

Andoni abrió la puerta de la cafetería, apartándose para que pudiera entrar Lisa.

"¿No trabajas en un proyecto super secreto, Andoni?" dijo Lisa, sirviéndose la sopa de mariscos.

"No hables de los proyectos secretos en lugares públicos, por favor Lisa," susurró Andoni.

"Pues no me sorprende que sea un secreto la receta de esta sopa de mariscos," dijo Lisa lo suficientemente alto como para que todos pudieran oírla.

Después de los momentos sumamente angustiosos que había experimentado Teresa en la cripta del convento, Sor Mikele decidió mandarla a su celda para que descansara un rato. Se maravillaba de la compostura que había manifestado Teresa al contar la historia de los acontecimientos subterráneos. A lo mejor de allí en adelante las dos podrían disfrutar de unas conversaciones más tranquilas y menos inquietantes.

En cuanto a Teresa, se dirigió en seguida a su celda, muy contenta de poder echar una siesta inesperada. Cuando abrió la puerta del pequeño cuarto no pudo creer lo que veía. Echado en su cama, sucio y con aspecto abandonado, estaba su amigo Peli. Teresa se quedó boquiabierta en el portal, sin poder moverse.

"¡Peli!" exclamó. "¿Cómo estás? ¿Qué te ha pasado? ¡Ay, Peli!" añadió, llorando. "¡He estado tan preocupada por ti!"

"Estoy bien," dijo Peli, reclinándose en la almohada. "De veras, puedes creerme. Estoy bien. No te preocupes más."

Pero a pesar de todo, Peli tenía bastante dificultad para mantenerse apoyado en un codo, así que no pudo evitar tumbarse otra vez en la cama desde donde miró a Teresa, que estaba arrodillada al lado de la cama.

"¿Qué te ha pasado, Peli? ¡Tienes la camisa llena de sangre!"

Sin decir ni una palabra más, Teresa le abrió los botones y vio que tenía una herida bastante grave en el esternón con magulladuras y sangre coagulada.

"Me han disparado," le dijo Peli con timidez, como si fuera el responsable de sus heridas. "Lo siento."

"¿Por qué lo sientes? Si te dispararon, son ellos los culpables," dijo Teresa. "¿Pero, quién te ha hecho esto, y por qué?"

"Es que yo estaba robándoles."

"Pero aun así, Peli, no tenían por qué dispararte. ¡Podrían haberte matado!"

"Nosotros los vascos tenemos los esternones muy duros," dijo con orgullo.

"Tienes razón, Peli. Y dime, ¿qué intentabas robar?"

"Un hueso de San Diego, el hermano de Jesucristo."

Teresa se puso de pie, estupefacta.

"¿Has sido tú también quien robó el hueso de San Diego de la Catedral de Santiago? Pero ¿por qué, Peli?"

"Lo hice porque me lo pidió el Dr Sarazúa. También lo hice por dinero," añadió, volviendo la cabeza hacia la pared.

Teresa notó que tenía el pelo estriado de sangre.

"¿Te disparó también a la cabeza, Peli?"

"No. Me tiraron un cáliz."

"¿Cómo que un cáliz?"

"No lo sé. Estaba de espaldas. Pero no me dolió mucho."

"Será que tienes una cabeza muy dura."

"Todos los vascos tenemos la cabeza dura. Tenemos una cresta reptil. Es una especie de refuerzo para el cráneo."

"Sea lo que sea, Peli, estabas muy bien protegido."

Teresa se dirigió a su fregadero y empapó una toalla en agua caliente. Luego volvió a la cabecera de Peli y le lavó las heridas con la toalla. Le puso un desinfectante y rasgó con unas tijeras la funda de una almohada, con la que le hizo vendajes para las heridas. Cuando terminó la cura sorprendió a Peli mirándola con una expresión tierna y llena de gratitud.

"Debieras ser enfermera," le dijo, cogiéndole la mano.

Teresa le dio un apretón para que supiera que le tenía mucho cariño, y luego amontonó las toallas y los trapos como si hubiera una necesidad inmediata de echarlos en la cesta.

"¿Por qué te expuso el Dr Sarazúa a tanto peligro?" le preguntó con voz afligida.

"Necesitaba el hueso," le dijo simplemente, "así que me mandó a que lo buscara."

"Pero no eres como un perrito, Peli, que tengas que buscar el hueso cuando te dicen *trae*."

"¿Qué importa? Me pagan bien."

"¿Quién te ha disparado la bala, pues?"

"No sé. Un guarda de seguridad que se llamaba Piedmont me agarró y me quitó el hueso."

"¿Has vuelto con las manos vacías, entonces?"

"No, qué va. Tenía otro escondido en el bolsillo."

"¡Pensar que tienes un hueso de San Diego, el hermano de Jesucristo, escondido en el bolsillo!"

"Ya ves, ¡qué cosas! Tenemos que tener mucho cuidado con ese hueso."

"Sí, claro, ya lo sé," dijo Teresa con firmeza. "Entonces, ¿qué hizo Piedmont después de quitarte el primer hueso?"

"Me dio una recompensa y me dijo que me largara. Luego surgió un tipo desde la penumbra y me arrastró por la calle oscura hasta un edificio vacío que estaba al lado y fue él quien me disparó."

"No puedo comprender por qué quería matarte, Peli."

"A lo mejor quería robarme. Yo perdí el conocimiento por un rato, pero cuando me desperté ya no tenía mi dinero en el bolsillo. El segundo tipo me lo habrá robado."

"Pero, ¿por qué te dio una recompensa ese Piedmont? ¿Por haber robado uno de los huesos de San Diego?"

"No, fue por haber traicionado a Sarazúa," le dijo Peli. "Piedmont quería que le revelara su nombre, y así lo hice."

"Entonces, ¿quién te dio el golpe con el cáliz?"

"Eso pasó en Oviedo. No sé quién me lo hizo, pero no le hacía nada feliz que le robara el sudario."

"¡No me digas que eras tú, Peli!" dijo Teresa con un grito suprimido. "Todo lo he oído en la radio. Estaban entrevistando a un guarda de seguridad que se llamaba Marta Vandenberg."

"¿Marta? ¿Qué clase de madre pondría de nombre *Marta* a su hijo?" le preguntó Peli, muy sorprendido.

"Era una mujer, chiflado. Habrá sido ella la que te dio el golpe con el cáliz."

"Madre. Era demasiado fuerte como para ser una mujer."

"Menos mal que tienes esa cresta en el cráneo."

"¿Verdad que sí? Tuve mucha suerte."

"Dime Peli, ¿cómo fuiste desde Santiago hasta Oviedo con una herida de bala en el esternón?"

"Seguí el Camino de Santiago. Hacía autostop cuando el sendero era camino, pero por lo general iba andando."

"Es peligroso hacer autostop, Peli."

"En el Camino de Santiago no hay peligros. Los turistas eran muy simpáticos. A veces hasta me daban de comer."

"Yo hubiera tenido miedo, creo."

"Es porque no tienes tanta experiencia como yo, Teresa. ¿Cuántos años tienes?"

"He cumplido diecinueve," le dijo con orgullo.

"Eres una adolescente," dijo Peli.

"Pues tú, ¿cuántos años tienes?"

"Veinte. Cumplí veinte años el mes pasado."

"Entonces eres un hombre maduro, ¿verdad?" dijo Teresa con un guiño de complicidad.

"Soy un hombre maduro que está rendido," suspiró. "Había tantos peregrinos que iban y venían en el Camino que era muy difícil encontrar un sitio donde pasar la noche. Todo el mundo quiere venerar a Santiago."

"Puedes pasar aquí el tiempo que quieras. Puedes echarte en la cama al lado de la mía, y ya me dirás si necesitas algo."

"¿Estás segura? No quiero dar guerra. ¿Qué dirán los chismosos si encuentran un hombre maduro en tu cama?"

"No te preocupes. Nunca viene nadie a mi celda."

De repente Peli se dio cuenta de que estaba muerto de hambre después de haber recorrido tanta parte del Camino sin apenas haber comido ni bebido nada.

"¿Podrías darme algo de comer, Teresa? Aunque sea un pedazo de pan y un poco de queso, y quizás un vaso de agua fría. Sería estupendo."

"Pues claro que sí, Peli. Se me tendría que haber ocurrido a mi misma."

"Nada, nada. Con tu permiso me echaré una siesta, y luego me largaré antes de que vayas a acostarte esta noche."

"Ya lo sé, Peli. No tienes que explicarme nada. Descansa ahora, y duerme un poco."

"Y Teresa, ¿me haces un favor? ¿Me guardas el sudario de Jesucristo y el hueso de su hermano hasta que yo vuelva?"

"Supongo que sí," dijo Teresa, vacilando.

"No voy a pedirte que hagas algo que preferirías no hacer," le dijo Peli. "No quiero que tengas miedo de nada."

"Es que…"

"¿Qué? ¿Te preocupa algo?"

"Es que el sudario de Nuestro Señor y el hueso de su hermano son tan… tan sagrados que no sé qué hacer."

"Los guardaré yo si prefieres."

"No, Peli. Déjalos aquí. Estarán más seguros conmigo que contigo. Te están buscando a ti, no a mí."

Peli le entregó la bolsa con las reliquias, y Teresa la besó para demostrar su respeto. Hizo la señal de la cruz y colocó la bolsa debajo de su cama, e hizo una promesa silenciosa: que repetiría cincuenta veces el *Agur Maria* para expiar el pecado del sacrilegio que había cometido al esconder las reliquias debajo de su cama. Le pareció que la celda de una novicia no era el lugar ideal para tesoros de esa magnitud.

"Por poco se me olvida una cosa," dijo Peli. "Tengo algo para ti." Se metió la mano en el bolsillo y sacó una caja de cartón aplastada con una torta gallega. "No tiene un aspecto muy atractivo, pero sabe bien. Por lo menos espero que sí."

"Peli, podrías habértela comido en el camino. Tenías tanta hambre," dijo Teresa, con los ojos llenos de lágrimas.

"No, quería que te lo comieras tú, Teresa. Y tengo otra confesión," susurró, mirándola desde la almohada. "He robado también nuestra propia reliquia del relicario en la cripta."

Teresa le miró, escandalizada. "¿Cuándo has hecho eso?"

"Hace bastante tiempo. Fue el primer robo que hice. Me parecía más prudente practicar el arte del ladrón en casa que en alguna catedral lejana. Nuestra reliquia no era más que un pedacito de madera barnizada. Después se la entregué a Carmen para que se la diera a Marko."

"Ay, Peli," murmuró Teresa, mirándole con ojos tristes y angustiados. "Has pasado tantos apuros..."

Peli le contestó con un delicado ronquido.

CAPÍTULO DIEZ

P askal Sarazúa daba vueltas en su oficina como siempre, pero esta vez el motivo no era su rabia habitual contra los autosuficientes competidores que parecían sacados de las páginas de *El Código Da Vinci*. No, esta vez se sentía hipnotizado por su proyecto secreto, que era tan grande y apasionante que le parecía que en cualquier momento iba a explotar de emoción.

Acababa de pasar la mayor parte de la tarde con Lisa Maxwell, y la cabeza le daba vueltas con planes e ideas que parecían ofrecerle posibilidades sin límite. Pierre Piedmont y sus amigotes podrían jactarse de sus fantasías ridículas, pero estos aspirantes al trono de Dios no habían llevado a cabo en la vida real nada digno de interés. ¿Dónde estaba su poder y su autoridad? Pretendían descender de una unión entre María Magdalena y Jesucristo, pero, ¿y qué? Después de dos mil años de endogamia, estarían más locos que una cabra. Parecía que no hacían más que reunirse a escondidas en enclaves secretos donde pasaban el tiempo charlando interminablemente sobre adivinanzas, conocimientos arcanos y enigmas misteriosos, disfrutando de su inmerecido sentimiento de superioridad. Pero en el fondo, ¿para qué servía todo eso?

Sarazúa se hizo esta pregunta mientras miraba de nuevo por la ventana en dirección a Galicia, la sede de la famosa catedral de Santiago de Compostela, donde estaba el osario en el cual se custodiaban los huesos de Santiago, el hermanastro de Jesucristo. Frunció el ceño al pensar en la desfachatez de los miembros de la brigada de Piedmont, quienes se llamaban a sí mismos *La Orden de la Montaña*. Se hacían pasar por descendientes de Jesucristo, pero ¿tenían ellos la sabiduría, los conocimientos, o la perspicacia como para mejorar el mundo? Si es que en efecto tenían esas buenas cualidades, ¿por qué no las habían empleado para desasnar a la humanidad?

Al entender de Sarazúa, aquellos llamados montañeses pasaban el tiempo como investigadores, descifrando informes equívocos hallados en alguna ruina o decodificando mensajes arcanos y llegando a conclusiones absurdas como la que les hizo creer que San Juan, el apóstol en *La Última Cena* de Leonardo, era en realidad María Magdalena. A Sarazúa no le importaba confesar que la figura de San Juan en el cuadro de Da Vinci parecía algo afeminada según las normas de hoy, pero el imberbe discípulo era el más joven de todos, y además se sabía que tenía un alma poética y sensible, así que no era sorprendente que se pareciera algo a una mujer. Sin embargo nadie confundiría a San Juan con una mujer en los tiempos de Da Vinci. Tuvieron que pasar varios siglos antes de que se le ocurriera a un novelista de hoy en día sugerir la idea de que San Juan era en realidad María Magdalena. A Paskal Sarazúa le parecía imposible que hubiese gente que creyera tal historia, porque si San Juan era en efecto María Magdalena, entonces era obvio que uno de los doce discípulos faltaba en el cuadro, reemplazado por la Magdalena, lo cual quería decir que en el cuadro había sólo *once discípulos en total*. ¿Por qué no se le había ocurrido a nadie que la sustitución de María Magdalena por el discípulo Juan en la mesa de la última cena causaba un problema muy espinoso? ¿Cómo era posible que todos los aficionados de *El Código Da Vinci* pudieran ser tan crédulos?

En este mundo, pensaba Sarazúa amargamente, hay gente capaz de convencer al público de las mentiras más flagrantes imaginables, encubriéndolas en las misteriosas tecnologías que hoy se han hecho tan populares en el mundo de la informática. Ya no es difícil que los hechos virtuales pasen por hechos reales y legítimos. Por desgracia, se decía Paskal Sarazúa, existe hoy cierta cantidad de redes sociales y otros tipos de comunicación que propagan camelos e idioteces de lo más patético que se pueda imaginar, y a eso le llaman la cultura de la masas. Pues ¡a la porra con la masas!

Y en medio de todo eso, pensó Sarazúa, surge de repente Lisa Maxwell, una rubia de la Universidad de California en Berkeley, quien plantea una nueva teoría que fácilmente podría poner en cuestión todas las teorías pretenciosas de la sociedad secreta de Pierre Piedmont. Aquí tenemos a una mujer bien preparada y bien equilibrada (y bien formada también, se decía Sarazúa) de una universidad de lo más respetada, y presenta una teoría que pudiera cambiar para siempre todas las nociones del linaje humano. Si en efecto resultara que los vascos, sin ayuda alguna de parte de los monos, descendieron de una manera directa de Adán y Eva, quienes a su vez fueron creados por Dios mismo, pues sería un descubrimiento glorioso y de una importancia incalculable.

A Sarazúa le parecía muy irónico que una lingüista hubiera descubierto una nueva manera de interpretar al pueblo vasco y su obvio destino. Además, él tenía la buena suerte de ser el dueño y consejero delegado de una empresa que gozaba de toda la destreza y pericia necesarias para probar la hipótesis de la Maxwell con exactitud científica. La convergencia de la lingüística con la tecnología genética le parecía más que una coincidencia. Sin duda detrás de los acontecimientos que se desarrollaban en el LIO debía de estar la mano de Dios.

Las fantasías de Paskal Sarazúa fueron interrumpidas por una llamada a la puerta.

"¡Entra, Andoni!" dijo Sarazúa. "¿Dónde has estado?"

"En el laboratorio," repuso Andoni, sin aliento. "Llegué lo más rápidamente posible. Tuve que analizar unas cosas con Marko antes de dejarle."

"No te preocupes. Ven aquí y siéntate a mi lado. Acabo de tener una conversación fascinante con Lisa," continuó. "Me ha dicho que la lengua vasca se remonta a la primera lengua, la que se hablaba en el Edén. La leyenda misma se remonta a una época bastante remota, aunque las leyendas ya no cuentan mucho hoy día a no ser que seas académico o novelista. Pero si se pudiera probar esta hipótesis de un modo científico, la teoría de Lisa cambiaría el curso de la historia."

"Espere un momento, señor," dijo Andoni. "No se deje impresionar demasiado por estas teorías. Lisa no puede seguir la pista de la lengua vasca más allá de Sumeria. En cuanto al Edén, hasta ahora no se ha probado nada."

"Por eso te necesito a ti, Andoni. Quiero que me proporciones la prueba genética que hará que todos vean a los vascos tal como somos. Así daremos el primer paso hacia la creación de un nuevo mundo feliz donde reinen la paz y la prosperidad. La lingüística nos ha enseñado el camino, pero te propongo que la genética nos dará la prueba necesaria para asegurarnos de que estamos en el buen camino. Dependo de ti, Andoni. Tú eres el científico. Ahora te toca a ti proveernos de todas las pruebas que buscamos."

"Debiera recordarle, señor, que todavía no sabemos ni siquiera si existió el Edén. Y aún si existió, no tenemos ni idea de dónde se ubicaba."

"Si dice la Biblia que existió, pues será verdad. Y en cuanto al emplazamiento, ¿a quién le importa que no sepamos con exactitud dónde se ubicaba?"

"Los últimos informes genéticos, como ya lo sabe, señor, sitúan en África a los primeros seres humanos, y eso está ya muy lejos de la tierra prometida en el Oriente Medio."

"Detalles, detalles," le contestó Sarazúa con un gruñido. "Primero, a mí no me importa nada que resulte que el Edén se ubicó en África. Digamos que Dios creó a Adán y a Eva y les dejó caer en África. ¿Y qué? Luego pecaron, Dios les echó del jardín, y caminaron a pie hasta el Oriente Medio. O más bien se habrán juntado con algunos animales que encontraran atractiva la idea de hacer un viaje largo, ¿quién sabe? De todos modos, aunque hubieran tardado miles de años, o hasta millones de años en llegar a su destino, finalmente llegaron al Oriente Medio, y no nos importa más que eso."

"Pero nadie," protestó Andoni, "ni siquiera la imaginativa e inteligentísima Lisa Maxwell, puede trazar los orígenes de la lengua vasca hasta ese lejano alba de la historia humana."

"Pues, claro. Ella fue la atalaya que ha iluminado el camino, y por eso le estamos agradecidos. Pero ahora te toca a ti darme la prueba. Los genes se remontan al principio de nuestros días aquí en la tierra, y cuento contigo para centrarte bien en aquel entonces por el bien de la humanidad. Puedes empezar por contestar esta pregunta: Lisa me dijo que os habíais juntado en la taberna anoche, y que le dijiste que nosotros los vascos tenemos la concentración más alta del mundo del factor Rh negativo. Eso lo encuentro fascinante, sobre todo si tomas en cuenta que la nuestra es la única lengua del mundo cuyos orígenes se desconocen."

"Pues, en Sumeria..."

"Olvídate de Sumeria. Los primeros vascos dejaron caer algunos vocablos en Sumeria mientras pasaban por el barrio. Confiésalo, Chiriboga. No sólo es insólito nuestro idioma, es único. No se parece a ningún otro idioma del mundo."

"Pues, lo que a mí me parece es que..."

"Quiere decir que nosotros los vascos somos un pueblo único. ¿Me oyes? Somos *únicos.* Y eso significa que somos gente distinto, un pueblo aparte. Yo me voy a dedicar a enterarme de quiénes somos, cuál es nuestro origen, y qué se espera de nosotros. No puedo imaginar una meta más noble para mí y para la raza vasca, y debiera ser tu meta también."

"Me gustaría adoptarla como meta, señor, pero no sé muy bien por dónde empezar."

"Empecemos con el factor Rh negativo. Le dijiste a Lisa que el término *Rh negativo* se refiere a la ausencia de una proteína que sólo se encuentra en los monos. Fue descubierta por unos científicos en un laboratorio donde trabajaban con unos macacos de tipo rhesus. Luego el factor Rh se refiere, como sabes, a las letras *Rh* en *rhesus.* Ahora te voy a hacer una pregunta, y quiero que me escuches con mucho cuidado. Nosotros los vascos – escúchame bien – ¿por qué los vascos no tenemos esa proteína que comparten los monos con casi todos los seres humanos del mundo menos con nosotros y algunos más? Explícamelo."

"Pues, no lo sabe nadie a ciencia cierta, pero la hipótesis es que fue una mutación que tuvo lugar hace mucho tiempo."

"O sea, perdimos la proteína de los macacos rhesus."

"Se supone que sí."

"Lisa me contó que así se lo explicaste a ella también. Pero a mí me parece que la hipótesis de la mutación genética no es la única que hay. Me parece que existe la posibilidad de que haya por lo menos otra que difiera de la tuya. Lo que a mí me gustaría saber es lo siguiente: ¿No es igualmente posible que nosotros los vascos *nunca hayamos sido portadores del factor rhesus,* y que por eso *no descendamos de los monos?"*

Andoni le miró fijamente, sin saber qué decir.

"Nunca has oído eso antes, ¿verdad, chico?"

"No, señor. No... claro que no. ¿Tiene usted una idea de cuales pudieran ser las implicaciones de su teoría, y también de sus consecuencias?"

"Desde luego. Los resultados me parecen muy claros. Ahora, si me permites ofrecerte una copa de vino vasco, te lo explico todo en detalle."

Andoni le miró en silencio mientras descorchaba una botella de Garnacha y lo escanciaba lentamente y con cuidado el vino en una garrafa de cristal tallado de Bacará. Después de llenar dos copas, le ofreció una de ellas a Andoni.

"Quisiera celebrar esta ocasión notable con un brindis por la Señorita Lisa Maxwell, aunque no esté aquí con nosotros en este momento," dijo Paskal Sarazúa, levantando su vaso en un brindis. "A Lisa Maxwell," continuó, "quien nos ha ensenado un nuevo camino hacia el futuro."

"A Lisa," repitió Andoni, alzando su vaso. "Siento que no esté a nuestro lado ahora."

"Pues no te preocupes, pronto se reunirá con nosotros. La he mandado al Palomar para hacer las maletas. Se muda aquí esta noche."

"¿De veras?"

"Le he ofrecido un puesto aquí, y lo aceptó con mucho gusto. Se quedará en la suite para los huéspedes especiales hasta que se pueda reformar su apartamento personal. Quiero que esté muy a gusto para que le vayan bien sus trabajos."

"Me encanta que venga aquí para estar con nosotros," dijo Andoni, con una gran sonrisa. "Otro brindis por Lisa," añadió, alzando el vaso. "Que disfrute de mucho éxito en todo lo que emprenda."

"A Lisa," asintió Sarazúa. "Y ahora volvamos a lo de los monos. Supongo que ellos también merecen un brindis, ¿no te parece?"

"Pues, no sé si ellos…"

"Un brindis por los monos que después de la caída de Adán y Eva se encontraron con unos hijos de Dios, que les parecieron muy atractivos. Los hijos de Dios acabaron por mejorar la nueva raza de monos híbridos, regalándoles las gargantas necesarias para que pudieran articular los sonidos que a lo largo formaron los bloques de construcción fundamentales para forjar un idioma. Lo interesante es que la formación de nuestras gargantas nos permite no sólo hablar, sino también nos permite tragar mal y estrangularnos, cosa que no se les pasa nunca a los monos. Me refiero, a los monos de hoy; los descendientes de los monos que no quisieron o no tuvieron la oportunidad de mezclarse con los hijos de Dios."

"Pero señor, eso me parece un disparate…"

"Disparate o no, hijo mío, es la pura verdad. No hay animal que se asfixie cuando come. Eso lo leí en un libro sobre lingüística, escrito por Bill Bryson. Creo que se llamaba *La lengua inglesa y como llegó a ser así como es.* Un detalle fascinante, ¿verdad que sí?"

"¡Vaya un título! ¿Cómo se dice en inglés?"

"*The English Language and How It Got That Way.*"

Andoni miró fijamente a su jefe, preguntándose qué tipo de delirio se había apoderado de él aquel día. Ahí estaba, brindando a la salud de una raza de monos híbridos y felicitándolos por no tener dificultad alguna en tragar alimentos, y en la frase siguiente pretende que los vascos no descienden de los monos como todo el mundo. Le parecía a Andoni que su jefe era mucho más que excéntrico – era un hombre que se pasaba de listo o que estaba francamente loco.

"Ya sé que crees que estoy chiflado, pero piénsalo bien, Andoni," le dijo Paskal Sarazúa. "Si yo tengo razón y resulta cierta mi hipótesis, sería la prueba de algo que he sospechado desde hace tiempo – la evolución y la creación existen lado a lado, y ambas teorías son correctas. La mayoría de los seres humanos descienden de los monos, y el resto fue creado por Dios a su propia imagen. Los individuos Rh negativo merecen también un brindis por el buen gusto que demostraron al no mezclar su sangre con la de los monos. Sí, señor, brindemos por los hijos caídos que tenían la sensatez de no lanzarse a aventuras con los monos que encontraban por ahí."

Andoni no pudo por menos que reírse al oír las conclusiones de Paskal Sarazúa, y como consecuencia se le atragantó el vino.

"Lo que te acaba de pasar," añadió Sarazúa, "ejemplifica perfectamente mi teoría."

Andoni carraspeaba demasiado para contestar, así que Sarazúa aprovechó la oportunidad para continuar su discurso.

"Desde el momento en que se hizo popular la teoría de la evolución, la gente pasa el tiempo preguntándose quiénes somos y de dónde venimos y cómo llegamos aquí. Pero yo, en cambio, prefiero preguntarme adónde voy más bien que perder el tiempo preocupándome tan sólo por los problemas de la descendencia. ¿*Quo vadis?* Esta es la pregunta que debemos hacernos."

"Tiene usted razón, señor," dijo Andoni.

"Claro que sí. Ahora los creacionistas y los evolucionistas tendrán que dejar de enfrentarse y de entrar en contraversias. Ahora hace falta que se dediquen a algo que valga la pena. Ya era hora. Es un descubrimiento verdaderamente monumental, el de Lisa Maxwell. El mundo está destinado a ser gobernado por los vascos, con un poco de ayuda por parte de los judíos y de los árabes. Ellos, al fin y al cabo, comparten el mismo árbol familiar con los vascos por el linaje más anciano del mundo; el que nos lleva directamente al Edén, donde no había gente Rh positivo."

"¿Dice usted que la gente Rh positivo está condenada?"

"De eso no sé nada, Andoni. Tendrás que preguntárselo a Sor Mikele. En cuanto a mí, yo creo que Dios no condena a la gente por descender de los monos. La culpa no es suya."

"Tendrá razón, señor."

"Ahora quiero que vuelvas al laboratorio y que sigas con el trabajo. Te pondré al tanto cuando se desarrollen un poco más los asuntos. Mientras tanto, no te olvides del contrato que firmaste comprometiéndote a no divulgar los informes. No quiero que menciones ni una palabra a nadie. No te olvides de lo importante que es proteger siempre la propiedad intelectual. Y cuando veas a Lisa, dile que venga a verme en seguida para que ella también firme un contrato igual que el tuyo."

"Muy bien, señor. Pero antes de irme, quisiera recordarle que tenemos acceso hoy a documentos que se remontan muy lejos en el tiempo. Puede haber investigadores que un día encuentren datos en ellos que nos prueben que las teorías que usted defiende son falsas. Entonces puede ser que usted lamente haber perdido tanto tiempo y dinero investigando estas cuestiones tan… inverosímiles."

"Te desenvuelves bien en tu trabajo, Andoni, pero te falta visión," repuso Sarazúa, apurando la última gota de vino de su copa. "Los documentos no son nada más que documentos. Pueden extraviarse, pueden copiarse mal, pueden falsificarse, se deterioran por el clima, y se destrozan con el tiempo. Lo peor es que los escribe gente imperfecta que puede mentir o equivocarse. Pero la verdad que buscamos se encuentra en los genes, mi querido Andoni. Los genes no mienten. Los genes contienen más información acerca de un solo individuo que la misma Biblioteca del Congreso. Los genes son las llaves que pueden abrir tanto el futuro como el pasado."

Después de volver Andoni al laboratorio, Sarazúa miró por la ventana con cara meditativa. Se alegraba muchísimo de la manera en que la teoría Maxwell se desarrollaba en sus pensamientos. Existía mucha mezcla de sangre humana en el mundo de hoy, pero en general los vascos, los judíos y las tribus bereberes habían mantenido muy puros sus linajes, así que todavía se podía reconocer por el factor Rh negativo la raza elegida por Dios. Así que ¿qué más dan las afirmaciones tan ridículas de los *Illuminati?*

Sarazúa estaba convencido de que en un futuro no muy lejano quedaría tan claro lo desconocido como lo conocido. En aquel momento sólo le faltaba proporcionarle a Lisa Maxwell, el eje central del proyecto, el dinero y el tiempo necesarios para que llevara a cabo sus investigaciones, y al final ella, trabajando junto con Andoni, encontraría las soluciones que él buscaba. Mientras tanto él continuaría dirigiendo el proyecto que estaba en vías de ejecución, y si todo resultaba bien, pronto haría surgir un líder omnipotente que le ayudaría a realizar su sueño de proporcionar la paz y la seguridad al afligido mundo.

Ahora sólo le quedaba a Sarazúa buscar otro hueso del osario de Santiago de Compostela, localizar el sudario que hasta entonces había estado en el relicario de la Catedral de Oviedo, y encontrar una auténtica reliquia de la cruz de Jesucristo para que Andoni y Marko pudieran continuar con el proyecto. Había mandado a Peli que cumpliera la primera parte de la misión, y le quedaba muy claro ahora que iba a ser más difícil de lo que pensaba, puesto que alguien había ya robado el sudario de la Catedral de Oviedo, y Peli estaba o extraviado o muerto.

En cuanto a la identificación de una reliquia auténtica de la sagrada cruz, hacía mucho tiempo que Andoni y Marko se dedicaban a ello sin saber lo que estaban haciendo. Para proteger la seguridad de su negocio Paskal Sarazúa, como de costumbre, se empeñaba en que no se enteraran de nada. Andoni y Marko ya habían secuenciado el ADN encontrado en las nueve reliquias de la sagrada cruz ya robadas por Peli, pero hasta entonces no había manera de establecer su autenticidad sin tener a mano por lo menos un punto de referencia, y preferentemente más de uno. Si resultara que había secuencias correspondientes en el sudario y en el hueso de San Diego, el hermanastro de Jesucristo, entonces podría darse por cierto que sería auténtica cualquier otra reliquia que tuviera las mismas secuencias.

Sarazúa tenía la intención de establecer una conexión paralela con el ADN de la sábana santa de Turín, lo cual le proporcionaría otro posible punto de referencia. Los resultados también servirían para determinar de una vez para siempre la fecha de la sábana santa. La datación por carbono 14 había indicado que era del siglo XIII o XIV, pero a varios científicos les pareció falsa esta conclusión cuando descubrieron que sólo una parte muy pequeña de la sábana se había sometido a la datación del carbono 14, y ese pedacito se había sacado de una parte de la sábana que antes se había quemado en un incendio y luego había sido reemplazada con una nueva tela muchos siglos más tarde.

Paskal Sarazúa, sin embargo, comprendió muy bien que la certidumbre de la autenticidad de la sábana santa no dependía tan sólo de la datación del carbono 14. Por muy acertada que fuera la fecha, la sábana hubiera podido ser de cualquier procedencia. En primer lugar había sangre en los sitios de la sábana que podrían haber correspondido en efecto con los clavos de Jesucristo, pero también era posible que se refirieran a un criminal cualquiera que hubiera sido crucificado por los romanos. En segundo lugar se veía muy claro en la sábana la evidencia de una herida en el costado del muerto causada por una espada, pero los soldados romanos solían pinchar con la espada a todas las víctimas para averiguar si estaban muertos.

Pero por otra parte los pinchazos de la corona de espinas eran muy convincentes, dado que Jesucristo era el único crucificado que llevaba corona. También las heridas causadas por los clavos estaban dónde debían de estar, en las muñecas del muerto y no en las palmas de las manos, como en los cuadros de los pintores que desconocían la anatomía que figuraba en el caso.

Pero la prueba definitiva tendría que encontrarse en la correlación del ADN en suficientes reliquias para establecer puntos de referencia conclusivos, y así pensaba hacerlo Paskal Sarazúa, con la ayuda de Andoni Chiriboga.

Sarazúa agarró el móvil y marcó un número.

"¿Etxemendi? Quiero que encuentre cuanto antes a Peli. Le mandé hacer un recado hace un rato, pero todavía no ha vuelto. ¿Ha tenido noticias?"

"No, señor."

"Pues búsquele y avíseme cuando tenga noticias. Pero sea prudente. Los periodistas ya han dicho demasiado."

"Comprendo, señor. A mí también me sacan de quicio."

Sarazúa se frotó las manos, regocijándose con la idea de ver a Pierre Piedmont arrodillado ante él, mientras que él estaba sentado a mano derecha del nuevo líder mundial. Tanto le complacía esa imagen que se levantó de su silla de ejecutivo y, como de costumbre, se puso a caminar de un lado a otro delante de la ventana, motivado no por sus frustraciones diarias, sino por una sensación de exultación. ¿O era tal vez exaltación? No le importaba cuál. Miraba a las cumbres de las montañas escarpadas por su ventana, y concluyó que ambas palabras le servían igualmente.

CAPÍTULO ONCE

Las palomas blancas de Mayagorry levantaron el vuelo, aterrorizadas por el ruidoso helicóptero que se dirigía hacia el LIO. Volaron a través del cielo azul celeste y por encima del estanque donde se refrescaban unas ovejas tan blancas como ellas. Los pastores miraban al cielo mientras pasaba el helicóptero en dirección al LIO, donde poco después aterrizó en la pista del helipuerto.

Un hombre distinguido apareció en la puerta de salida del helicóptero, vestido con un traje Natazzi azul marino, una camisa azul claro y una corbata a rayas gris y plateada. Miró a los hombres que le esperaban abajo en la pista, luego bajó con elegante despreocupación y le tendió la mano a Etxemendi.

"Buenas tardes, Dr Montevecchio," le saludó Etxemendi con gran respeto. "Espero que haya tenido un buen viaje."

"Así ha sido, gracias Zigor."

Lorenzo Montevecchio se dirigió en seguida a la oficina de Paskal Sarazúa, sin que le acompañara nadie. Como era el pediatra de Manolo y Josetxu, había visitado muchas veces antes las oficinas de los ejecutivos. Solía pasar un rato con Paskal Sarazúa hablando de la salud de los niños. Después del chequeo médico acostumbraba a ir a la suite de huéspedes para disfrutar una ducha caliente y un cambio de ropa, y luego se reunía con Sarazúa en el comedor de ejecutivos, donde continuaban su conversación mientras fumaban puros habanos y bebían whisky Highland Park. A Montevecchio le gustaba esa rutina porque Paskal Sarazúa, a pesar de sus muchas excentricidades, era un compañero muy agradable, y su chef de cocina se contaba entre los mejores de Europa.

Aquella vez, sin embargo, Lorenzo Montevecchio tuvo la impresión muy clara que las cosas no se desarrollaban como de costumbre. Sarazúa no le había saludado con el entusiasmo habitual, y no mostraba mucho interés en lo que le contaba de la salud de los niños. A Montevecchio le parecía distraído, y no le prestaba la atención que hubiera esperado.

"Mira, Paskal," le dijo Montevecchio, convencido de que era inútil continuar hablando de los niños en aquel momento, "¿por qué no me voy a mi suite ahora, y seguimos hablando un poco más tarde, durante la cena?"

"La que llamas *tu suite* ya no es tuya para esta noche," le dijo Sarazúa, malhumorado. "No puedo dejarla siempre vacía para tu uso personal. Ya está ocupada ahora."

"¿Ah sí?" repuso Montevecchio, irritado. "Pues entonces, ¿dónde quieres que me quede? ¿Dónde me pones?"

"Etxemendi te ha reservado un cuarto en una posada en la aldea. Se llama *El Palomar.*"

"Está bien," dijo Montevecchio, en un tono falso. "Estaré muy a gusto, estoy seguro de ello."

"Tendrás que caminar a pie, Lorenzo, lo siento. Perdona la molestia. No hay carreteras para ir a la aldea; sólo hay un sendero que pasa por los campos."

"Me imagino que no sería nada difícil para ti construir un camino asfaltado hasta el pueblo, teniendo en cuenta la cantidad de empleados que tienes…"

"No me interesa nada construir caminos asfaltados," le interrumpió Sarazúa, "para facilitar visitas inoportunas de los aldeanos."

"No te preocupes, me gusta caminar. Hace mucho tiempo que no disfruto de la naturaleza en un lugar tan…" titubeó un momento para buscar una palabra que no fuera ni muy condescendiente ni claramente hipócrita, "…en un lugar tan *bucólico* como éste," dijo por fin, con cara de cordialidad controlada para disimular la irritación que le había provocada el desaire de Paskal Sarazúa.

Sarazúa se levantó de la silla y le extendió la mano a Montevecchio. "Dadas las circunstancias actuales, más vale que te vayas lo antes posible a la aldea, antes de que se ponga el sol y te pierdas por ahí."

"Unos consejos excelentes, Paskal," le dijo Montevecchio con una sonrisita forzada. "Me iré andando a Mayagorry en seguida después de examinar a los niños."

"Buena idea," repuso Sarazúa, acompañándole a la puerta.

Una vez solo, Sarazúa siguió soñando con sus proyectos para el futuro mientras paseaba de un lado a otro. La profunda indignación provocada por las audaces pretensiones de Pierre Piedmont y su llamada relación consanguínea con Jesucristo ya se habían reemplazado por la emoción generada por Lisa y las investigaciones que muy pronto iban a desarrollase en el LIO. Esperaba que las dos vías investigativas, la lingüística y la genética, acabarían en el Edén. Si resultaba que había sido acertada la hipótesis, probando que los vascos eran una raza aparte creada por Dios, entonces Sarazúa se dedicaría a idear un plan para cubrir este desdichado mundo con un velo de paz y de seguridad. Todo eso se llevaría a cabo con la ayuda de un invitado muy especial, que iniciaría una época nueva en la que reinaría el Mesías junto con él mismo. Él ostentaría los cargos de regente, mentor, y secretario general. Entonces se daría el gustazo de enseñarle a Pierre Piedmont una lección muy bien merecida sobre el peligro del orgullo desmesurado.

Mientras tanto tenía otras cosas que hacer. La primera en su lista de tareas era pedirle a Lisa Maxwell que firmara un contrato restringiendo la divulgación de informes.

Las sombras crepusculares se hacían cada vez más alargadas mientras Carmen se dirigía hacia el LIO, llevando de la mano a sus dos niños. Era la hora del chequeo médico, y se hacía tarde. Los niños se habían quedado sin la siesta por haber asistido al cumpleaños de un amigo celebrado en la piscina pública. No estaba muy lejos el LIO, pero los niños eran muy pequeños para andar deprisa por el sendero pedregoso. La cita con el médico era para las seis de la tarde, pero eran casi las seis y media cuando llegaron al LIO.

Carmen observaba con inquietud a los niños mientras esperaba que Etxemendi comprobara su cita con el médico. Los niños tenían aspecto de cansados y viejos, condiciones que compartía con ellos a veces Carmen también. Pero aunque eran niños todavía pequeños, en sus rostros se vislumbraba algo que a Carmen le hacía pensar en sus abuelos. Tenían las caras ojerosas y demacradas, y andaban despacio y con los movimientos rígidos característicos de los ancianos.

"Bueno," declaró por fin Etxemendi, mirando al pequeño grupo con una mirada de superioridad. "Ustedes pueden dirigirse ahora al despacho del Dr Montevecchio."

Carmen aceleró un poco por el pasillo y luego dobló hacia la izquierda, peinando a los niños antes de entrar a ver al médico. ¿Se lo estaba imaginando, o se le caía el pelo a sus hijos? Josetxu era el más joven, y por lo tanto no le extrañaba que su pelo rubio fuera escaso, pero estaba segura de que el pelo de Manolo antes era más espeso. Notó con sorpresa que en el peine había una cantidad considerable de pelo.

Mientras contemplaba más de cerca a sus hijos, Carmen observó por vez primera unas arrugas que les habían aparecido en la frente y en las comisuras de la boca. ¿Cómo era posible? Y de repente se acordó de que habían pasado bastante tiempo en la piscina aquella tarde, así que el agua les habría arrugado la piel. Se echó una bronca a sí misma por ser una madre tan típica, siempre demasiado preocupada por los hijos.

"Ah, ahí estáis," dijo la joven recepcionista, sonriendo cuando aparecieron. "El Dr Montevecchio estaba a punto de marcharse. No está acostumbrado a que los pacientes le hagan esperar," añadió, guiñando el ojo. "Parece estar de muy mal humor hoy, para que lo sepas."

"Siento haber llegado tarde," repuso Carmen. "Los niños estaban en la piscina jugando con sus amigos, y tardé más que de costumbre en prepararles para esta visita. Me parece que no se mueven tan rápido como antes, y se quejan cuando les pongo la ropa."

La recepcionista les dio un beso a cada uno, pero ambos hicieron una mueca de dolor cuando les dio un abrazo. Ella pensó que quizá se consideraban muy mayorcitos como para recibir tales demostraciones de cariño, pero les cogió por el brazo a pesar de todo y les acompañó a los tres al consultorio.

"Pesan muy poco," le dijo a Carmen, mientras iban hacia allí. "Son más ligeritos que una pluma," añadió, dándoles un apretón afectuoso, sin fijarse en la mueca que hicieron.

"Será porque estarán perdiendo la grasa de bebé," observó Carmen. "Eso será, ¿no te parece?"

"Quizá en el caso de Manolo, pero Josetxu sigue siendo un bebé, ¿verdad que sí, mi amor?"

"No soy un bebé," le contestó Josetxu con indignación. "Ya soy muy mayor."

En el consultorio estaba el Dr Montevecchio sentado en el escritorio estudiando los documentos que aparecían en la pantalla del ordenador.

"Buenas tardes, Carmen," le dijo, apagando el cigarrillo y echando una mirada rápida a su reloj.

A Carmen no le gustaba nada el olor del humo del cigarrillo que llenaba la sala. Le parecía muy extraño que un médico tuviera el vicio de fumar. Colocó a los niños en el banquillo y se sentó al lado de ellos.

"¿Cómo estamos esta tarde?" le preguntó Montevecchio, sin mirarles.

"Están envejeciendo," le dijo Carmen.

"Eso nos pasa a todos," repuso Montevecchio, alzando por fin la cabeza. "¿Hay otra cosa?"

"Se quejan de dolores en todo el cuerpo. Me hacen pensar en los dolores artríticos de mis abuelos."

"¿Tienen dificultades con las actividades diarias?"

"Sí, ya no juegan tanto como antes con los otros niños. Parece que se han… pues que se les han agarrotado las piernas y los brazos, y hasta los dedos también."

"Es muy fácil que sus articulaciones puedan entumecerse por la inactividad. ¿Cojean?"

"Me parece que sí. Un poco."

"¿Sufren de dolores e hinchazones de las articulaciones que duren más de seis semanas?" le preguntó, apuntando sus respuestas en el ordenador.

"Sí, creo que sí. No he contado las semanas, pero hace bastante tiempo que se quejan de eso."

"¿Se han herido recientemente?"

"Que yo sepa, no."

"¿Han padecido de infecciones virales o bacterianas en las últimas semanas?"

"Sí, en efecto. ¿Es que necesitan antibióticos? ¿Es ese el problema?" le preguntó Carmen, con una chispa de esperanza.

"Tengo que recopilar todos los informes antes de hacer un diagnóstico," dijo Montevecchio.

"Sí, por supuesto Doctor," repuso Carmen, avergonzada.

"¿Los dolores de las articulaciones les molestan a los niños en menos de cuatro articulaciones o en más de cinco?"

"A ver. Rodilla, tobillo, cadera, codo, muñeca, hombro, cuello... se han quejado de todos esos lugares del cuerpo. Creo que son siete en total," agregó, contando con los dedos.

"Poliarticular," se dijo el Dr Montevecchio, anotándolo todo. "Ahora, ¿se presentan los síntomas articulares sólo en un lado del cuerpo, o están presentes los síntomas en la misma articulación en los dos lados del cuerpo?"

"No creo que... ¿podría repetírmelo, por favor?"

El Dr Montevecchio repitió la pregunta, leyéndola en la pantalla del ordenador. A Carmen le parecía muy raro que un pediatra tuviera que leerle la pregunta, como si se hubiera hecho un lío igual que ella.

"Ahora dígame, Carmen," le preguntó Montevecchio, ¿han tenido los niños los ojos inflamados?"

"Sí, pero yo creía que era por el cloro en la piscina. Yo quería que los niños nadasen lo más posible. Creía que les ayudaría con los dolores de las articulaciones."

"Iridociclitis," dijo distraído, sin decir nada del cloro. "¿Tienen fiebre?" le preguntó.

"A veces. ¿He hecho mal en dejarles nadar en la piscina?"

"No, Carmen. No has hecho nada malo."

"Me alegro," dijo Carmen, más tranquila.

"Necesito sacar un poco de sangre ahora," anunció con una sonrisa indulgente. "Sabré contestar a sus preguntas con más precisión después de estudiar los resultados."

Sacó un poco de sangre de la vena de Manolo, y luego hizo lo mismo con Josetxu, quien se puso a lloriquear un poco.

"¡Anda!" exclamó Montevecchio, cuando más tarde se le escapó una sonrisita a Manolo. "Veo que ya has perdido un diente. Y ¡sólo tienes cuatro años! La mayoría de los niños no pierden los primeros dientes hasta cumplir unos seis o siete años por lo menos."

"Yo tengo un diente flojo," le anunció Josetxu. "Pero me da miedo arrancármelo."

"Pues yo tengo la solución que buscáis," les dijo el buen doctor, sacando una caja del escritorio. "Si os coméis este turrón, se os van a caer los dientes sin que hagáis nada, y no os daréis cuenta."

Manolo y Josetxu casi no se lo podían creer. ¡El doctor les daba turrón en pleno verano! Normalmente se comía durante las Navidades. Los niños aceptaron la caja de turrón con los ojos grandes como platos. No sabían si les dejarían comérselo en seguida o si habría que esperar hasta las Navidades.

"Decidle gracias al doctor," les dijo Carmen.

"Gracias, Dr Montevecchio," dijo Manolo.

"Gracias, Dr Montevecchio," dijo Josetxu.

"No hay de qué," repuso. "¿Hay otras preguntas?"

"Pues sí, hay una cosa que me extraña…"

"Dígame."

"Me parece que los niños se están haciendo mayores muy rápidamente. Tienen pinta de… pues ¡de viejos!"

"Eso es muy normal," le aseguró Montevecchio. "Cada niño madura a su propio ritmo. Vuelva usted con ellos el mes que viene," continuó, encendiendo un cigarrillo. "Le daré unas pastillas para el dolor, y luego hablaremos de mi diagnóstico y de su pronóstico."

"Bueno, Doctor. ¿Qué día?"

"Se lo dirá la recepcionista. Hable con ella y dígale que le ponga a la misma hora que hoy. Pero no llegue usted tarde. Quiero que esté aquí a las seis en punto. Estoy muy ocupado, y me gusta que mis pacientes lleguen a tiempo. A propósito," agregó, mirando hacia su barriga hinchada, "supongo que hay alguien que se ocupa de usted."

"Sí. Tengo ginecólogo, gracias."

Carmen frunció las cejas mientras le ataba a Josetxu el cordón del zapato. Qué hombre más irritante, dijo entre sí. Y ¿por qué fumará tanto? Como médico, debía saber mejor que nadie que no conviene fumar.

Mientras las sombras del atardecer cubrían los Pirineos de un agradable claroscuro, Lisa caminaba apresuradamente por la senda pedregosa entre el LIO y la aldea. Acababa de firmar un contrato con el Dr Paskal Sarazúa (con codicilo prohibiendo la divulgación de informes) en el cual se comprometía continuar sus investigaciones bajo los auspicios del LIO.

También se le permitía utilizar las instalaciones informáticas para determinar si los vascos en efecto descendían de los inquilinos originales del Edén, como le había sugerido Sor Mikele. También se le permitía continuar con sus estudios de la lengua vasca, la cual seguía sin orígenes lingüísticos muy bien definidos, aunque ya había verificado que existían ciertos vínculos con la lengua que hace tiempo se hablaba en Sumeria y con otras lenguas antiguas del Cáucaso, el lugar supuesto del Edén.

"Supuesto" era la palabra fundamental para Lisa desde el momento en que se iniciaron las discusiones con Andoni y con Paskal Sarazúa. Si resultaba que el Edén se ubicaba en África, entonces la lingüística ya no le serviría para nada. Una cosa era seguir la pista de la lengua vasca durante miles de años hasta llegar a Sumeria, pero otra cosa completamente distinta era el averiguar que su punto de partida pudo haber ocurrido en el Edén. A Lisa le parecía que en el fondo era una empresa imposible, porque las primeras articulaciones humanas en las lenguas antiguas habrían sido registradas en forma visual, y no revelaban nada en absoluto en lo que se refiere a los sonidos articulados. Se sobreentiende que las inscripciones fonéticas no aparecieron hasta mucho más tarde.

Lisa dudaba que fuera acertada la hipótesis de Paskal Sarazúa de que el factor Rh negativo diseñaba la sangre original de los primeros seres humanos creados por Dios. Era una especulación bastante interesante, no cabía duda de ello, pero era imposible demostrarlo. No existía ninguna prueba ni en favor ni en contra de ella. Además, a la mayoría de la gente le molestaría que los individuos Rh negativo empezaran a darse importancia, jactándose de no descender de los monos. Lisa no podía ver muy claro cómo podría la hipótesis del Dr Sarazúa mejorar las relaciones entre los seres humanos, pero claro, como no se podía probar nada, su teoría acabaría siendo un tema para los humoristas.

En aquel momento no se le ocurrió a Lisa preguntarse si hacía bien en aceptar un sueldo y beneficios por investigar una hipótesis que no se podía probar, ni tampoco cómo podría afectar a su credibilidad o a su futura carrera. Para ella todo era una novela de aventuras que le permitía acercarse a Andoni Chiriboga mientras buscaba la evidencia genética de la singularidad de la raza vasca. ¡Qué agradable sería trabajar a su lado, buscando los símbolos misteriosos y los elusivos indicios que pudieran llevarles hasta el ADN mitocondrial de Eva y el cromosoma Y de Adán!

Le palpitaba el corazón mientras se acercaba al Palomar. Estaba deseando subir a su cuarto cuanto antes para hacer la maleta y mudarse a la suite de huéspedes que estaba al lado del apartamento de Andoni, pero desgraciadamente Doña Pascua estaba en la recepción cuando Lisa llegó al Palomar.

"¡Cuánto tiempo sin verla!" exclamó irónicamente Doña Pascua tan pronto como la vio. "Empezaba a creer que usted ya no vivía aquí."

"Pues sí, es verdad lo que usted creía," repuso Lisa, deshaciéndose en disculpas. "Voy a dejar libre ahora la habitación. Me han invitado a trabajar en el LIO, y me mudo allí ahora mismo."

"¿Ah, sí?" dijo la anciana propietaria con aire pensativo, preguntándose cuáles podrían ser las calificaciones a tener semejante oportunidad. "¿Qué tipo de trabajo va hacer en el LIO? Usted no es criadora de ovejas, que sepa yo."

"No, es que lo que haré ahí tiene que ver con lingüística," dijo Lisa.

"No veo la conexión," se extrañó Doña Pascua. "¿Ahora las ovejas necesitan lecciones de gramática?"

"No, nada de eso. Luego se lo explico, pero ahora tengo prisa, Doña Pascua."

"Pues de mí no va a recibir reembolsos, así que no me los pida. No será fácil que yo encuentre a alguien que ocupe su habitación. No es como si vinieran aquí todos los días turistas en busca de habitaciones."

"Quédese con el dinero que sobre," repuso Lisa, subiendo los peldaños de la escalera de dos en dos.

"Los jóvenes de ahora," se dijo Doña Pascua. "¿Para qué sirven? Siempre tienen prisa pero nunca saben adónde van."

Lisa se puso a juntar sus efectos personales, llenando la mochila de ropa limpia y sucia al mismo tiempo. Más tarde tendría tiempo para separar una cosa de la otra, y lavarlo todo en la lavandería moderna que le había enseñado Andoni después de firmar el contrato con Paskal Sarazúa. Sacó en seguida todas sus pertenencias del cuarto para dejarlo vacío cuanto antes.

Le hacía muchísima ilusión la idea de trabajar en la suite de huéspedes cerca del apartamento de Andoni. ¿A cuántos lingüistas en este mundo se les daba la oportunidad de trabajar en un apartamento de lujo con aire acondicionado, una bella vista de las montañas, y una cuenta sin límites?

Era una pena, pensaba, no poder trabajar en Nueva York, o San Francisco, o Los Ángeles, o Washington DC, donde los gastos de representación incluían billetes de avión de primera clase, bistec de Kobe, y trajes de Prada. Pero al pensarlo bien se dio cuenta de que estaba muy contenta tan sólo con su mochila y con sus camisetas, y además así podría ahorrar el dinero necesario para devolverle el préstamo a su padre. En cuanto a la cocina que le serviría en el LIO, Andoni había mencionado en numerosas ocasiones que los platos de la cafetería eran de los mejores del mundo, gracias al excelente chef vasco.

Cuando hubo recogido todas sus cosas, miró hacia atrás para asegurarse de que no se le hubiera olvidado nada, y luego cerró la puerta con llave y bajó las escaleras al galope. Doña Pascua estaba siempre en la recepción, de espaldas hacia ella, sujetando el auricular de un teléfono anticuado de pared, hablando con una voz meliflua con alguien sobre una reserva. Lisa esperaba con mucha impaciencia en la recepción para devolverle las llaves a Doña Pascua.

"Es un gran honor recibirle como huésped en el Palomar," decía Doña Pascua. "Pronto estará preparada su habitación. La inquilina previa acaba de mudarse. ¿Cómo se escribe el nombre? M-o-n-t-e-v-e-c-c-h-i-o. Un señor italiano, por lo visto. Yo soy buena católica también. Voy a misa dos veces por semana, y rezo todos los días sin falta por el papa…"

Una vez que se ponía a hablar por teléfono Doña Pascua, era el cuento de nunca acabar. Nadie se atrevía a interrumpirla ni a cortarla, porque costaba demasiado caro eso de estar en su lista negra. Se podría uno pasar el resto de la vida rectificando los falsos informes y ocupándose de los rumores muy desagradables que se pudieran propagar por el pueblo de Mayagorry.

Después de echar varias miradas al reloj, Lisa decidió marcharse sin firmar. Ya le había pagado la cuenta a Doña Pascua, y no veía la necesidad de firmar documentos inútiles para que se perdieran en algún cajón hasta ponerse enmohecidos. Hizo un gesto con la mano para despedirse de la propietaria, y se fue para el LIO bajo el resplandor difuso del sol poniente.

Doña Pascua se volvió hacia Lisa y la miró alejarse. "Acaba de marcharse," le dijo a su interlocutor. "No, no me causó ni líos ni apuros, pero es porque la vigilaba mucho sin que lo supiera. No sé si tendrá usted tanta suerte con ella. Está en esa época de la vida cuando el depósito está lleno de combustible pero la cabeza llena de serrín."

Mientras se iba a toda velocidad por el sendero camino al LIO, Lisa estaba tan emocionada por todos los acontecimientos nuevos en su vida que se había olvidado lo más importante de todo: había cerrado con llave su cuarto en el Palomar y se había marchado sin recuperar el pedacito de madera barnizada que tenía escondido debajo de la tabla desatornillada en el suelo.

CAPÍTULO DOCE

Lisa Maxwell rebosaba alegría cuando soñaba con la fama y la fortuna que disfrutaría con Andoni como resultado de sus investigaciones sobre el origen del ser humano. Cuando se fueran a Suecia para aceptar el Premio Nobel, le concederían una gran parte del mérito a Paskal Sarazúa, si es que podía permitirse ese lujo sin temer las posibles consecuencias de revelar los secretos que guardaba.

Mientras se apresuraba por la calle mayor de Mayagorry con rumbo al LIO, Lisa estaba tan contenta que hasta sentía cierto aprecio por Doña Pascua, quien todavía estaría hablando por teléfono con el mismo individuo acerca del nuevo inquilino que pronto ocuparía su antigua habitación en el Palomar. Doña Pascua no era mala persona en el fondo, se dijo Lisa. Tal vez había sufrido tantas penas y desilusiones durante su vida que por eso llegó a convertirse en la chismosa cínica de hoy.

Como Lisa llevaba botas vaqueras, no le molestaban nada las piedras en el sendero del LIO. Lo mismo no se podría decir, sin embargo, del hombre que avanzaba hacia ella a través de los campos. Llevaba un traje muy elegante que parecía haber sido diseñado a la medida en Italia, y llevaba una maleta de ante negro en la mano. También llevaba zapatos de cuero negro con suelas resbaladizas que le obligaban a andar con mucho cuidado por las piedras.

"Buenas tardes," saludó a Lisa, acercándose a ella.

"*Buona sera*," repuso ella, extendiendo la mano.

"¿Cómo sabía usted que hablaba italiano?" le preguntó.

"No estaba muy segura," confesó Lisa. "No era más que una suposición, pero como usted lleva un traje italiano, se me ocurrió que usted también era italiano."

"A la mayor parte de la gente no se le ocurriría hacer esas preguntas a una persona desconocida."

"Pues a mí me divierte, y además no hay nada malo en ello. Lo peor que puede pasar cuando se dice *buona sera* a un desconocido es que conteste *¿Cómo?*"

"No estoy de acuerdo. Creo que es mucho más probable que dijera, *cosa?*"

"No lo diría así si fuera italiano."

"¿Por qué no? *Cómo* quiere decir *cosa* en italiano, ¿no?"

"En efecto, pero si yo le dijera *buona sera* a un italiano, le apuesto a que me contestaría con *buona sera,* y no *cosa?*"

"Tal vez. Pues ¿empecemos de nuevo?

"Bien. Usted primero."

"De acuerdo. *Buona sera, Signorina.*"

"*Buona sera, Signor Montevecchio. Come sta?*"

"¿Cómo sabía usted que yo me llamaba Montevecchio?" le preguntó, escamado.

"Bueno, vamos a dejar esos juegos," contestó Lisa, con remordimientos sinceros. "Me llamo Lisa Maxwell, y voy al LIO, a hacer algunas investigaciones. Pasaré una temporada en la suite de los huéspedes."

"Ah, es *usted* quien ocupa la suite de los huéspedes. Pues, encantado de conocerla, Señorita Maxwell. Pero todavía no me ha explicado cómo sabía mi nombre."

"Es muy fácil. Estaba a punto de marcharme del Palomar cuando llamó alguien para hacer una reserva a su nombre. Oí a Doña Pascua, la propietaria, preguntándole cómo se escribía su nombre para inscribirlo en el registro, y repitió en voz alta cada letra mientras las apuntaba. Entonces cuando le vi a usted acercándose a mí por el sendero, con un traje italiano y caminando hacia Mayagorry, no me fue difícil adivinar que usted era el hombre que ahora está inscrito en el registro del Palomar."

"Ahora comprendo," dijo Montevecchio, contento con su explicación tan clara y directa.

"De todos modos," dijo Lisa, "encantada de conocerle a usted, también. Pero ahora tengo que despedirme. Quiero llegar al LIO antes de que caiga la noche. Será mejor que usted vaya pronto al Palomar también."

"Muy buen consejo, Señorita Maxwell. Así lo haré," añadió, dando un paso atrás para que dejarla pasar.

"Salude a los suizos de mi parte cuando vuelva a casa. Me lo imagino a usted en Ticino, cantando a lo tirolés desde la cima de una montaña."

Como no le contestó Montevecchio, Lisa se volvió hacia él para ver lo que estaba haciendo. Estaba todavía a un lado del sendero, mirándola boquiabierto.

"¿Qué está pasando aquí?" le preguntó, con un asomo de recelo en el tono de voz.

"Nada, nada... Da la casualidad de que me fijé en su acento suizo, y no pude por menos que hacer un comentario. No quise ofenderle. Me gusta mucho adivinar de dónde es la gente, y siempre me encanta comprobar que tengo razón."

"Pero usted mencionó a Ticino... ¿Cómo es posible que haya podido identificar el lugar exacto? ¿Ha viajado mucho por Europa, *Signorina?*"

"Pues sí, la verdad es que sí. Verá usted, soy lingüista y me encanta divertirme adivinando por los acentos de dónde son las personas."

"Me dijo usted que hacía investigaciones en el LIO. ¿Por qué necesitan una lingüista en el LIO?"

"Es una historia muy larga. Quizá tengamos la ocasión de charlar un poco algún día. Pero se está haciendo tarde ahora. Tendremos que dejarlo para otro día."

"Ojalá sea pronto, *Signorina.*"

"Eso espero," le dijo Lisa, sonriendo amablemente.

Montevecchio la miró con interés mientras desaparecía en la penumbra, camino al LIO. Era una jovencita muy atractiva, pensaba, pero demasiado astuta. Era una sabelotodo que se tomaba demasiadas confianzas, y tenía una actitud bastante entrometida. Una mujer como ella haría que su trabajo fuera más difícil. Tendría que vigilarla mucho mientras estaba en Mayagorry, y ya tenía bastantes ocupaciones. Para él, las mujeres como la Maxwell eran muy molestas.

"Tiene que ser estadounidense," se dijo, mientras se abría camino cuidadosamente por el sendero pedregoso, rumbo a Mayagorry.

Carmen le había prometido a Sor Mikele que pasaría por el convento para una corta visita después de la cita de los niños con el Dr Montevecchio. No quería estar mucho rato, pues los niños estaban muy cansados. A pesar de todo ella pensaba quedarse bastante tiempo para que echaran una siesta en la cama de Sor Mikele antes de volver a casa.

"Entrad, entrad," dijo Sor Mikele, abriendo la puerta al oír la llamada de Carmen. "Tengo un estofado de ternera recién hecho para vosotros," agregó, indicando la mesa.

"¡Qué bien! ¡Estofado de ternera!" exclamaron los niños.

"Lo ha preparado Teresa. Hoy le tocaba a ella cocinar. Serviros, niños, no seáis tímidos. Aquí tiene usted, Carmen. Sírvase, por favor."

"Mil gracias, Sor Mikele," dijo Carmen, admirando con hambre las cazuelas humeantes. "Dile gracias a Sor Mikele, Manolo. Tú también, Josetxu."

"Gracias, Sor Mikele," dijeron juntos.

"Son unos niños muy majos," dijo Sor Mikele, mientras todos se sentaban en familia alrededor de la mesa. Cuando acabaron de comer, Sor Mikele cogió de la mano a los niños y los llevó a su alcoba. Destapó la colcha de la cama para que pudieran echar una siesta antes de emprender el regreso a su casa.

"No deja de sorprenderme lo mucho que se parecen esos niños," le dijo a Carmen mientras remetía la ropa de la cama. "No son gemelos, pero Josetxu es el vivo retrato de Manolo, y viceversa. El padre debe de tener los genes muy dominantes para que los niños hayan salido así. ¿Nota él el parecido también?"

Carmen sabía muy bien que Sor Mikele, como todos los aldeanos, se moría por saber quién era el padre, pero ésta era la primera vez que le había preguntado directamente por él. Carmen se preguntaba por qué había elegido aquél momento preciso para plantear el problema.

"No le puedo decir nada acerca de él, Sor Mikele."

"Pues no quiero ser indiscreta, pero te lo pregunto porque me preocupa mucho la salud de los niños. Ya sé que les acompañas regularme a sus chequeos médicos, pero va a ser muy difícil todo esto para ti, sobre todo cuando nazca el tercero. No sé cómo vas a arreglártelas. Debes descansar y cuidarte. ¿Qué tal te van las cosas, Carmen?"

"Pues a veces me siento un poco cansada, pero en general, estoy bien, gracias."

"¿Te ayuda el padre con los niños?" le preguntó Sor Mikele con delicadeza, después de cerrar las cortinas de la alcoba.

"Lo siento, Sor Mikele, pero no se me permite hablar de ese asunto," le repuso Carmen secamente, esperando que Sor Mikele se diera por satisfecha y que cambiara de tema.

"No puedo creer que sea de Mayagorry," siguió Sor Mikele, sin hacerle el más mínimo caso. "Es un pueblo tan pequeño… y todos los hombres ya están casados o tienen novias o cosas por el estilo. Ya son contados los que quedan."

"Tengo mis razones para no hablar de él ni decirle a usted quién es," insistió Carmen, poniéndose cada vez más nerviosa. "Espero que usted pueda tener confianza en mí, por favor. He prometido no revelar nunca su identidad a nadie, y quiero cumplir mi promesa. *Tengo* que cumplir mi promesa."

"Por supuesto, Carmen. Comprendo muy bien. Pero si ya está casado, es muy egoísta por su parte cargarte con toda la responsabilidad. Eres tan joven. Espero que se porte bien en cuanto a los asuntos financieros. Es terrible tener que preocuparse del dinero cuando tienes que cuidar a niños muy pequeños. Y encima, estando encinta... todo eso es muy difícil.

"Se pagan todas las cuentas. No hay de qué preocuparse."

"Me alegro," dijo Sor Mikele, con un suspiro. "Pero me queda una pregunta más."

Carmen la miró sin decir nada.

"¿El padre es pariente de Paskal Sarazúa?"

Carmen se puso tan roja como un tomate cuando Sor Mikele le preguntó específicamente por el Dr Sarazúa.

"¿Por qué me lo pregunta usted?" murmuró en voz baja.

"Porque el Dr Sarazúa les programa los chequeos médicos a los niños, y parece que le interesa mucho su bienestar."

"No puedo hablar de él ni de nadie, Sor Mikele. Hice una promesa solemne, ¿no se acuerda usted?"

"De acuerdo, ya no te pregunto más. Creo que comprendo ahora todos los pormenores del asunto."

"¿Qué quiere decir con eso? ¡Si yo no le he dicho nada!"

"Escúchame, Carmen," le dijo Sor Mikele, sentándose a su lado en el sofá cerca de la camita donde dormían los niños. "Creo que puedes estar en peligro."

Carmen se puso tensa. "¿Yo? ¿Por qué?"

"Pasas mucho tiempo en el LIO. ¿Qué haces allí?"

"Me ofrezco para los experimentos clínicos. Me pagan bien, y necesito el dinero. Me dan ventajas médicas también."

"¿Sabes de qué se tratan esos experimentos?"

"No. No es asunto mío preguntárselo a nadie."

"Pero tu cuerpo sí que es cosa tuya, Carmen. Tienes derecho a saber lo que te están haciendo."

"Me siento muy bien. No me pasa nada malo."

"¿Puedo preguntarte una cosa más, por favor?"

"¿Por qué tiene usted que preguntarme tantas cosas? Se armará una buena si se enteran ellos."

"¿De qué manera te estás quedando embarazada, Carmen? ¿Es de eso de lo que se tratan los experimentos?"

"Sor Mikele, con el debido respeto, es asunto mío y no quiero hablar de ello."

"Bueno, Carmen. No quiero apretar los tornillos. Pero en el asunto de los ensayos clínicos, no se trata sólo de tu cuerpo. Afectarán también a los niños. Ya sé lo mucho que los quieres, y ellos también te adoran. Pero no tienen buen aspecto, a mi parecer. Lo que me preocupa es el porqué de sus problemas médicos. Puede que tengan algo que ver con los experimentos que hacen en ti y en ellos allá en el LIO. ¿Te implantan los científicos algún material experimental?"

"Usted no comprende, Sor Mikele. Si le digo a usted una sola palabra de lo que pasa en el LIO, correré un grave riesgo. Los científicos del LIO están a punto de dar un gran paso adelante, y hay que proteger con la vida los progresos y la nueva tecnología que emplean. Hay mucho dinero en juego, créame. Muchísimo dinero. Más de lo que usted pueda imaginar. Así que si dejo escapar una sola palabra de mi boca y se entera la competencia, entonces… pues no sé qué será de mí. Pero le aseguro que no será nada bueno."

Carmen estaba muy alterada por la situación, y hablaba con voz aguda. Le asombraba que Sor Mikele intentara meterse en sus asuntos, y se sentía asustada por la idea de poner a sus hijos y a sí misma en peligro. Pero la trataban muy bien, le pagaban bien, le daban gratificaciones y asistencia médica gratuita. Conocía a gente que daría un ojo de la cara por tener un puesto como el suyo. No quiso tampoco echarle la culpa al Dr Sarazúa por preocuparse tanto de la confidencialidad. Llevaba la delantera en un campo muy competitivo, y era muchísimo lo que estaba en juego. Si la amenazaba un poco de vez en cuando, sólo era para poner más énfasis en lo importante que era mantener un silencio total y completo. Todo lo comprendía ella muy bien desde el principio. Si había algún peligro en su vida, pensaba Carmen, era porque Sor Mikele quería obligarla a que le revelara cosas que estaban en un terreno terminantemente prohibidas.

"Carmen, querida, baja la voz," le dijo Sor Mikele. "Se han despertado los niños."

Manolo y Josetxu estaban sentados en la camita con las espaldas erguidas, mirando a su madre con caritas angustiadas. Carmen exhaló una pequeña exclamación de congoja y los cogió en brazos. Se hacía de noche, y ya era hora de volver a casa. Les echó los abrigos por encima de los hombros, y los sacó a toda prisa fuera de la habitación de Sor Mikele, olvidándose de despedirse de ella.

Lorenzo Montevecchio estaba de muy mal humor cuando por fin llegó al Palomar. Se le habían rayado los zapatos de piel negra por haber andado arrastrando los pies por las piedras del sendero, y le había agotado el esfuerzo de llevar la maleta por una distancia tan larga. En cuanto se registrara en el Palomar, pensaba, se refrescaría en su cuarto y luego se iría directamente a por un trago bien fuerte.

Doña Pascua le contempló con gran aprecio mientras se registraba. Se fijó en que usaba el título de *Doctor*, y por las señas vio que era de una ciudad con nombre italiano. Como no sabía que *CH* era la abreviatura de Suiza, llegó a la conclusión de que debía de vivir cerca de Roma y que era doctor en teología, así que le trataba como al emisario personal del papa.

"Dr Montevecchio," le dijo Doña Pascua, pestañeando con la intención de parecer muy femenina, "se da usted cuenta de que está pisando tierra santa aquí en Mayagorry? Es tierra casi tan santa como la del mismo Vaticano."

"No, no lo sabía," repuso Montevecchio en tono seco, esperando evitar que ella se lanzara a una interminable conversación.

"Pues un hombre religioso como usted debiera saber que el apóstol Santiago, el medio hermano de Jesucristo, fue el misionero que convirtió a los vascos. Viajaba por toda la península ibérica, predicando y bautizando a la gente. Se dirigía hacia Galicia cuando llegó un día aquí a Mayagorry. Luego se puso enfermo, y durante esa temporada lo cuidaba y le daba de comer una mujer vasca. Mientras se ocupaba de él, San Diego le convenció para que se dedicara completamente a seguir a Cristo, su medio hermano, contándole que era el buen pastor que se dedicaba a cuidar sus ovejas. A ella, que también era pastora, le cayó muy bien la historia. Para darle las gracias por cuidarle cuando estaba enfermo, San Diego le regaló una reliquia muy especial. Era un pedacito de madera que había rescatado de la cruz en la cual había muerto Jesucristo. Nuestra reliquia fue la primera entre una tonelada de reliquias, y todos nos sentimos honrados por tenerla en nuestro convento, que se llama el convento de la Sagrada Cruz."

"Es una historia muy amena, Signora," dijo Montevecchio con una sonrisa forzada.

"No es ninguna historia. Es la pura verdad."

"Como usted diga. Pero ahora me gustaría que usted me enseñara el cuarto. Estoy muy cansado."

"Yo sé por qué está usted aquí," le dijo de repente Doña Pascua, en un tono de confidencial.

"¿De qué habla usted?" dijo bruscamente.

"Pasan cosas muy extrañas en Mayagorry."

"Y eso, ¿qué tiene que ver conmigo?"

"Usted debe saberlo bien, o no hubiera venido aquí. Pero no se preocupe. Puede tener absoluta confianza en mí."

"¿Me haría el favor de enseñarme el cuarto ahora?"

"Estamos todos muy contentos de que haya venido aquí para arreglarlo todo, Dr Montevecchio. Si necesita ayuda, puede contar conmigo."

"Mire usted, me ha confundido con otro. Yo soy pediatra. No soy detective ni tampoco un emisario del papa, y no tengo el menor interés en explorar los misterios de Mayagorry, por fascinantes que sean. Estoy rendido y quiero subir a mi cuarto. Hágame el favor de decirme dónde está."

"Comprendo perfectamente," dijo Doña Pascua en voz baja, guiñándole exageradamente un ojo.

Lisa se sentía a las mil maravillas. Cuando por fin encontró tiempo para sentarse a leer su contrato, le sorprendió notar que Paskal Sarazúa le ofrecía casi el triple de lo que le pagaba la

Universidad de California en Berkeley. Esperaba con mucha impaciencia anunciarle a su padre que le devolvería, hasta el último dólar, todo lo que él le había prestado para lo que llamaba su "pequeña aventura" en el País Vasco. Lisa sabía que lo dejaría anonadado cuando le contara lo del sueldo, o por lo menos así lo esperaba ella. Su padre, pensaba, nunca se hubiera imaginado ni por lo más remoto que ella, una humilde lingüista, pudiera encontrarse a su edad en una situación salarial semejante. Teniendo en cuenta que era sin duda la única vez en su vida que ganaría un sueldo de esa magnitud como mera lingüista, sabía que algún día echaría un vistazo hacia atrás para acordarse del momento en que por una vez en la vida se la había considerado una persona lo suficientemente importante como para ganar un salario envidiable.

Como si no fuera bastante el sueldo, cuando Etxemendi le abrió de par en par la puerta de la nueva suite que habían preparado para ella, Lisa casi no se podía creer lo que estaba viendo. Al entrar en la suite se le cortó la respiración cuando vio lo elegante y amplio que era, con sus ventanas orientadas hacia el sur y dando a los fértiles prados rodeados por las montañas. Nunca se le hubiera ocurrido que esta suite que le había proporcionado el Dr Sarazúa pudiera sobrepasar en belleza y en opulencia a la de los huéspedes donde se había alojado antes.

"Esto es un *palacio,*" se dijo entre sí, quedándose sin palabras. Por poco le da un abrazo a Zigor Etxemendi, pero se controló justo a tiempo.

Lisa tardó sólo cinco minutos en deshacer la maleta, y entonces se echó en el mullido sofá gris del salón, mirando con atención el nuevo entorno que la rodeaba. El suelo de madera estaba hecho de fresno pulido, con una escalera de roble que llevaba a un segundo piso. Las paredes y las alfombras eran de color hueso con paneles y armarios de madera oscura que contrastaba con lo demás. La cocina le ofrecía todas las comodidades modernas, con aparatos electrodomésticos de acero inoxidable, y hasta había también una chimenea con dos sillas muy cómodas donde podría sentarse con una novela de Aidan de Vries ante un fuego caluroso en las noches heladas de invierno.

De repente sonó su móvil, tocando un aria del *Fantasma de la Ópera*. Sería una gran alegría para ella usar el móvil por fin, gracias a la alta torre receptora del LIO.

"¿Te gusta tu nueva suite?" le preguntó Andoni.

"Mira, estoy en el séptimo cielo," repuso Lisa con mucho entusiasmo. "Jamás he vivido en un sitio tan lujoso como éste. Todas las suites del edificio son distintas las unas de las otras. Le habrá costado al Dr Sarazúa un ojo de la cara el que cada suite fuera tan original. Yo no merezco tanto."

"Me alegro que te guste, Lisa. Oye, me apetecería ir a la taberna contigo esta noche. ¿Qué te parece?"

"Me gustaría muchísimo."

"¿Por qué no vas tú primero, pues? Tengo que concluir unos trabajos aquí en el laboratorio, y luego me junto contigo en la taberna. Puedes ir pidiendo unas tapas, si quieres. No tardaré en llegar."

"Bueno, pues salgo en seguida," dijo Lisa, muy contenta.

"Hasta pronto."

Al doblar una esquina en las calles oscuras de Mayagorry, Lisa se detuvo de repente y se le cortó la respiración. Una sombra negra muy siniestra había aparecido en la calle y se acercaba a ella con paso lento, moviéndose silenciosamente por los adoquines mientras se aproximaba cada vez más a ella. Lisa se pegó contra la pared del edificio más cercano, muy fastidiada con la sensación poco grata que producían en sus brazos las piedras ásperas y frías. No se atrevía a moverse por si acaso llamaba la atención del dueño de la sombra. Al acercarse a ella la sombra se detuvo, como si estuviera calculando la mejor manera de atacar por sorpresa a esta mujer que iba sola.

"¿Lisa? ¿Eres tú?" preguntó la sombra, vacilando.

"¿C-Carmen?" contestó Lisa, tartamudeando.

"Sí, soy yo. Me has dado un susto, Lisa, pegada a la pared y mirándome tan fijamente. No veía quién eras."

"A mí también me has dado miedo," confesó Lisa.

"Las dos estamos como un manojo de nervios," dijo Carmen, con una risita. "De todos modos, no conoces a mis hijos, Manolo and Josetxu, ¿verdad?"

"Muy buenas noches, Manolo y Josetxu," les dijo Lisa.

La miraron con timidez, sin decirle nada.

"Lo siento, pero están rendidos los dos. Hoy ha sido un día muy largo para ellos. Han estado en la piscina, luego los he llevado al LIO para un chequeo médico, después la cena con Sor Mikele, y ahora me los llevo a la cama."

"Está bien. Pues no quiero detenerte. De todos modos nos veremos mucho más ahora que me he cambiado al LIO. Tenemos que quedar en comer un día de éstos. ¿Qué dices?"

"¿Te han dado trabajo en el LIO? ¿Haciendo qué?" le preguntó Carmen con voz temblorosa.

Lisa no podía verla muy bien en la oscuridad, así que no sabía si estaba nerviosa o simplemente tenía frío.

"Voy a trabajar con Andoni para averiguar si podemos seguir la pista de la raza vasca hasta sus primeros orígenes," Lisa le explicó. "Estoy estudiando la situación desde el punto de vista lingüístico, y luego Andoni va a examinar los aspectos genéticos de la cuestión."

"No le digas a nadie lo que están haciendo," le advirtió Carmen.

"Pues no tengo la intención de hablar de los detalles," dijo Lisa, en un tono sumiso. "De todos modos, yo no conozco a nadie que haya expresado el menor interés en lo que hago. Es un asunto bastante aburrido para los que no sepan nada de nuestros campos de especialización."

"Aun así, es mejor no admitir ni siquiera que trabajas en el LIO. Mantén el silencio, y no correrás peligro."

"¡Vaya!"

"¿Qué?"

"Que ya se lo he dicho a Doña Pascua."

"A Doña Pascua le has dicho que trabajas en el LIO? Que Dios te ayude, Lisa."

"¿Qué quieres decir con eso?"

"Luego te lo explico. Ahora me tengo que marchar. Tengo que llevar a los niños a casa antes de que se caigan de sueño. Ah, y antes de que se me olvide... ¿le diste el pedacito de madera barnizada a Andoni?"

"¡Se me olvidó por completo!" exclamó Lisa, dándose una palmada en la frente. "El pedacito de madera lo dejé en mi cuarto en el Palomar."

"Pues vete a buscarlo. ¡Date prisa!"

"Yo no puedo. He dejado la habitación del Palomar esta tarde. Doña Pascua se la ha alquilado al Dr Montevecchio. Le oí hablar por teléfono con alguien para arreglárselo. Así que no me queda más remedio que llamar a la puerta y decirle al Dr Montevecchio que me deje entrar para buscarlo."

"¡No! ¡No hagas eso! Se escamará mucho. Querrá saber qué es lo que dejaste en su cuarto."

"¿Cómo? Pero, ¿por qué? Si me pide que le diga lo que busco, le diré que no se meta en lo que no le importa nada."

"El querrá que le digas lo que buscas. Créeme."

"Pero el Dr Montevecchio es pediatra. ¿Qué le importa un pedacito de madera?"

"¿Dónde lo has escondido?"

"Debajo de una tabla en el suelo cerca del armario."

"Pues cuando te vea sacarlo del escondite, entonces sí que sospechará algo. Mira, ¿sabes forzar un cerrojo?"

"No, claro que no. Pero no será necesario, porque me he quedado con la llave. No se la he devuelto a Doña Pascua."

"Perfecto. Entonces puedes entrar cuando no esté el Dr Montevecchio. Pero no dejes que te vea Doña Pascua."

"Tendré que esperar hasta el próximo chequeo médico. Así sabré que no está en el cuarto."

"No, no puedes esperar tanto tiempo. A Andoni le hace falta el pedazo de madera cuanto antes."

"Pues he quedado para cenar con él esta noche en la taberna. Montevecchio cenará allí también, ya que está muy cerca del Palomar."

"¿A qué hora te juntas con Andoni?"

"Pronto. En diez o quince minutos."

"Bien. Cuando Montevecchio empiece a cenar, levántate y vete. Con un poco de suerte, no se dará cuenta de nada."

"Será difícil que suba a su cuarto sin que me vea Doña Pascua. Pero siempre se pone de espaldas cuando habla por teléfono. Le pediré a Andoni que la llame en el momento en que llegue yo al Palomar."

"Parece muy un plan muy bueno. Puedes subir las escaleras durante una de las interminables conversaciones telefónicas de Doña Pascua."

"Lo haré lo mejor posible. ¡Deséame suerte!"

"Necesitas más que suerte. Rezaré por ti."

Carmen aceleró el paso a lo largo de la calle, trayendo a los niños de la mano. Luego desapareció por la esquina, seguida muy de cerca por su silenciosa sombra.

CAPÍTULO TRECE

Aquella noche en el comedor de la taberna había muchísima gente. Todos estaban de buen humor, charlando y riéndose y hablando en voz muy alta. A pesar de la multitud, Lisa encontró una mesa contra la pared no muy lejos de la entrada, desde la cual podía ver toda la sala entera en los espejos colgados detrás de las mesas. Se sentó de cara a ellos y de espalda a la sala para poder espiar discretamente al Dr Montevecchio y escaparse rápidamente cuando llegara el momento. Pidió unas tapas de champiñones con anchoa y otras de huevo de codorniz, regados con una botella de Txakolí: un vino joven, fresco, afrutado, un poco ácido, pero de mucha calidad y de bajo contenido en alcohol. Quería tener la mente muy lúcida para espiar a Montevecchio y luego entrar en su habitación en el Palomar sin que nadie la viera.

Al llegar Andoni a la taberna, vió a Lisa sentada en una mesa cercana. La saludó con la mano desde la entrada de la entrada del comedor, y se dirigió en seguida hacia ella.

"*Kaixo*, Lisa," le dijo, sentándose a su mesa.

"Hola, amigo," le repuso alegremente.

"¿Por qué estás sentada de espaldas a los demás? ¿No quieres ver a la gente que te rodea?"

"Tengo que hablar contigo, Andoni," le dijo Lisa en voz muy baja. "Ha ocurrido algo, y necesito tu ayuda."

"No hay problema. ¿En qué puedo ayudarte?"

"Escúchame bien," le dijo, en un susurro conspiratorio. Andoni sonrió y se inclinó hacia ella.

"El mismo día en que llegué a Mayagorry," le contó, "me encontré con Carmen en la calle. Me entregó un pedazo de madera y me dijo que me quedara con él hasta que pudiera ponerse en contacto conmigo. Entonces lo escondí en mi cuarto en el Palomar mientras esperaba novedades de ella. Hace unos días me pidió que te lo entregara a ti, pero yo estaba tan emocionada por la mudanza al LIO que se me olvidó llevármelo cuando dejé libre la habitación."

"Lisa, ¡por Dios!" exclamó Andoni. "No sabía que ese pedazo de madera barnizada lo tenías tú. Hace tiempo que lo esperamos Marko y yo."

"Lo siento, Andoni. Lo siento de veras, pero no te apures. Estoy segura que puedo recuperarlo."

"¿Recuperarlo? Pero, ¿cómo? El Dr Montevecchio ocupa ahora tu cuarto en el Palomar."

"Ya lo sé, pero me quedé con la llave. Pagué la cuenta, pero no pude firmar el registro al marcharme porque Doña Pascua estaba charlando por teléfono con alguien, así que me fui con la llave, con la intención de devolvérsela luego."

"¡No me digas que vas a entrar en el cuarto de Montevecchio sin que lo sepa él!"

"Pues no me queda más remedio."

"Pero hay otros problemas también. Por ejemplo, ¿cómo vas a saber cuándo estará ausente de su cuarto?"

"El tendrá que venir aquí esta noche a cenar. La taberna está muy cerca del Palomar, y la comida es excelente."

"Quizás venga aquí, pero está acostumbrado a la comida que se sirve en el LIO, así que ¿cómo sabes que no irá allí a cenar? Me parece que conoce muy bien al chef."

"Si, pero no le va a gustar tener que ir andando hasta el LIO con los zapatos que lleva. Tú ya sabes lo pedregoso que es el sendero, y él tiene las suelas muy resbaladizas."

"¿Piensas ir a su cuarto mientras esté él aquí cenando?"

"Sí, ése es el plan. Poco se puede hacer aparte de eso, Andoni. No puedo quedarme con la llave para siempre. Doña Pascua se pondrá por las nubes si no se la devuelvo pronto."

"Subiré yo a su cuarto, entonces. No quiero que corras ningún peligro."

"Gracias, Andoni, pero eso sí que no estaría bien. Si te pilla Doña Pascua en el cuarto de Montevecchio, ¿cómo vas a explicarle por qué estás allí? Resultaría mejor que me pescara a mí. Sería menos complicado."

"Pues entonces, ¿yo qué puedo hacer para ayudarte?"

"Tú serás el vigilante nocturno. Cuando llegue el Dr Montevecchio, puedes vigilarlo para mí, puesto que estaré de espaldas a él. Tú me dirás lo que hace, y cuando lea el menú o cuando vaya al servicio o cuando hable con alguien, entonces me largo y voy al Palomar."

"Y ¿si no aparece por aquí?"

"Vendrá, vendrá. Ya verás. Pero si no aparece por alguna razón, ya nos ocuparemos de ello. Idearé otro plan si es necesario."

"Es como una novela policíaca. Pero dime, ¿cómo vas a pasar por delante de Doña Pascua sin que te vea?"

"Pues, ya lo he hecho antes, cuando me marché sin devolverle la llave. Ella estaba hablando por teléfono con alguien acerca de la reserva de Montevecchio, y me daba la espalda. Es el tipo de teléfono anticuado de pared, y por eso estaba de espaldas ella."

"Pero, ¿cómo puedes estar segura de que Doña Pascua esté hablando por teléfono cuando llegues tú al Palomar?"

"Es tu gran entrada en la escena. Cuando Montevecchio aparezca aquí, voy al Palomar. Después de un par de minutos llamas a Doña Pascua y le hablas de cualquier cosa. Entonces cuando esté ella de espaldas a las escaleras, subo y ya está."

"Parece que lo tienes todo muy bien planeado."

"Esperémoslo," repuso Lisa, con una risita intranquila.

En aquel momento el camarero se acercó con una bandeja de tapas acompañadas de unas muestras de cerveza y vino. Se le iluminaron los ojos a Lisa cuando vio la gran variedad de tapas que se le ofrecía.

"¿Le apetece algo, Señorita?" le preguntó el camarero.

"Todo tiene muy buen aspecto. Creo que me quedo con las croquetas de venado y las alcachofas rellenas, por favor."

"Muy bien, señorita. ¿Y para usted, señor?"

"Me conformo con los camarones tigre, por favor."

Los dos estaban tan ocupados con las tapas y los planes actuales, alternativos e imaginarios que no se fijaron en el hombre que había entrado en la taberna y se había sentado en una mesita del rincón. Ya no llevaba el traje Natazzi con la corbata a rayas gris perla de antes. Ahora llevaba un jersey azul marino con pantalones gris oscuro.

"¡Ay, qué buenos están!" exclamó Lisa. "¡Los camarones están de muerte! Son de los más suculentos del mundo."

"Van bien con la cerveza," dijo Andoni, tan entusiasmado como ella. "Prueba ésta con ellos."

Un trago de cerveza con esto, un sorbo de vino con lo otro, y en poco tiempo Lisa y Andoni se miraban a los ojos, hablando en voz muy alta para poder oírse a pesar de la cacofonía de voces que les inundaba. Al final dejaron de hablarse, porque se ponían roncos a fuerza de gritar.

Es probable que no exista en el mundo entero nadie que sin pensarlo no haya echado un vistazo a alguien en una sala atestada de gente, para luego darse cuenta de que el fulano había estado mirándole fijamente sin que lo supiera el otro. Ese otro se siente muy extraño al darse cuenta de que fue la mirada del fulano la que le hizo volver la cabeza, como si fuera por medio de telepatía o percepción extrasensorial. No se sabe con exactitud cómo o por qué ocurre eso, pero le pasó a Lisa justo en el momento en que estaba al punto de devorar el tercer camarón; obsequio de Andoni. Ella tenía muy cerca de la boca abierta al crustáceo sujeto por un pincho cuando de repente le entraron ganas de mirar a la multitud en el espejo. Allí se podía vislumbrar a un hombre sentado en una mesa en el rincón y mirándola con ojos penetrantes. A Lisa le parecía que hacía tiempo que la miraba así, porque veía en su cara esa expresión concentrada que se nota en los ojos de los que han estado contemplando a alguien por algo más que un momento fugaz. Cuando el hombre en cuestión se dio cuenta de que

Lisa le miraba en el espejo, bajó los ojos y se puso a mirar las tapas en su mesa con profundo interés.

Al principio Lisa no reconoció al Dr Montevecchio. Se había encontrado con él una sola vez, después de todo, y él en ese momento parecía ser más bien un hombre de negocios, con su traje y corbata muy elegantes. Pero ahora estaba vestido más o menos del mismo modo que los otros aldeanos en la taberna, y probablemente Lisa no hubiera reparado en él si él no hubiese estado mirándola tan fijamente.

"Andoni, el Dr Montevecchio está aquí en la taberna. No te voy a decir dónde, para que no le mires sin querer, no se vaya a dar cuenta de que me ha llamado la atención. ¿Me prometes mirarme a mí y no a él si te digo dónde está?"

"Te lo prometo," le dijo Andoni solemnemente.

"Pues está sentado solo en una pequeña mesa en el rincón a tu derecha," dijo en voz muy baja. "¡Pero no le mires a él! No dejes de mirarme a mí."

"Eso no me resulta nada difícil. Ojalá pudiera pasar todo el tiempo mirándote."

"Haz creer que estás completamente absorto en mí."

"No tengo que fingirlo, Lisa. ¿Me dejarás darte un beso? Así se convencerá que estoy totalmente absorto en ti."

"Escúchame bien, Andoni. Voy a levantarme ahora para ir a los servicios. Entonces voy a zigzaguear por el borde de la sala por donde está la gente esperando una mesa vacante, y luego me escapo por la entrada cuando me parezca que la vía está libre."

"Está bien."

"El Palomar está a unos cinco minutos de aquí. Dentro de cuatro minutos hazle una llamada a Doña Pascua, y habla con ella durante tanto tiempo como te sea posible para que yo pueda pasar a escondidas por detrás de ella sin que me vea. ¿Está bien?"

"¿Cuál es el número de teléfono del Palomar?"

"Un momento," repuso Lisa, hurgando en la mochila. "Aquí está. Te lo he apuntado en este pedazo de papel."

"Gracias," le dijo Andoni, guardándolo en el bolsillo.
"Procura alargar la conversación con Doña Pascua, para dejarme un margen de tiempo. Más vale prevenir que curar."
"Claro. Puedes contar conmigo."
"Bueno. Pues allá voy. Dejo la mochila contigo, que es muy incómoda."

Cuando Lisa se fue al baño, Andoni levantó el vaso y miró por encima del borde en dirección a la mesa donde estaba sentado Montevecchio. Allí estaba, todavía con sus tapas y con su botella de vino. Andoni no le hubiera reconocido si no fuera por Lisa. Le había visto antes en el LIO durante uno de los chequeos médicos de los niños de Carmen. Aquél día iba vestido de blanco y llevaba un estetoscopio, sin embargo ahora iba vestido como todo el mundo. Andoni miró hacia el otro lado para no llamarle la atención.

Cuando vio a Lisa salir del baño y dirigirse a la entrada de la taberna, Andoni echó un vistazo a Montevecchio a ver si la había visto salir. Estaba todavía ocupado con el vino y las tapas. Todo se desarrollaba sin ningún problema.

Andoni se quedó esperando un par de minutos más, según las instrucciones de Lisa, y entonces sacó el móvil y el pedazo de papel que ella le había proporcionado, y marcó el número del Palomar. No pasó nada. De repente le dio un vuelco el corazón cuando se acordó de que no había servicio para móviles en Mayagorry. Tendría que acercarse a la barra y pedirle el teléfono a la camarera.

Se abrió paso con dificultad entre la muchedumbre hasta llegar a la barra, donde vio que un hombre de hombros anchos y con una camisa anaranjada usaba el teléfono fijo en aquel momento. Andoni pidió una cerveza a la camarera y se puso a esperar a que terminara la llamada el señor de la camisa anaranjada. Siguió divagando sobre el asunto de una valla rota hasta sacarle de quicio a Andoni. No había manera de llamarle la atención por mucho que lo intentara Andoni, que tenía muchas ganas de arrancarle el teléfono de las manos. Pero en aquel momento aquel hombre, rojo de ira, colgó con violencia el auricular y volvió resueltamente a su mesa.

Andoni cogió el auricular y marcó el número del Palomar para encontrarse con que la línea estaba ocupada. ¿Ahora qué hacer? Luego de repente se dio cuenta de que eso cuadraba perfectamente con sus planes. Por casualidad ya había otro para ocupar la atención de Doña Pascua y que así Lisa pudiera subir al cuarto mientras estaba Pascua de espaldas.

Andoni volvió a su mesa y tomó unos tragos de Txakolí para calmarse los nervios. Después de unos minutos empezó a sentirse mejor. Levantó el vaso hasta los labios y echó un vistazo por encima del borde para asegurarse de que todavía estaba Montevecchio. Le dio otro vuelco el corazón cuando descubrió con horror que ya no estaba sentado en su mesa. Se restregó los ojos y echó otro vistazo, pero Montevecchio ya había desaparecido.

Andoni miró con cara de asombro por toda la sala, pero no había ni señal de él en ninguna parte. Se puso de pie de un salto y se abrió paso a codazos por la multitud hasta llegar a los servicios de hombres, pero Montevecchio no estaba allí tampoco.

"Agur Maria, graziaz betea, Jauna da zugaz," murmuró en voz baja mientras salió corriendo de la taberna.

Al llegar Lisa al Palomar notó con alivio que Doña Pascua estaba hablando por teléfono como lo habían planeado. Pasó furtivamente por detrás de ella y subió silenciosamente las escaleras. Podía oír a Doña Pascua mientras discutía en voz muy alta con Andoni sobre el asunto de una valla rota. Sintió mucha admiración por él por haber inventado una historia tan ingeniosa y tan original.

Al llegar a su cuarto de antes, se detuvo por un momento para escuchar en la puerta. Cuando estaba convencida de que no había nadie dentro, introdujo su llave en la cerradura y entró. Fue directamente al escondite debajo de la tabla cerca del armario, y la levantó. Allí estaba; el pedazo de madera estaba precisamente donde lo había dejado. Lo cogió y se lo puso en el bolsillo, muy contenta de que su misión secreta se había superado sin complicaciones.

Justo en el momento en que iba a abrir la puerta para salir del cuarto, oyó una llave en la cerradura. Miró paralizada a su alrededor, pero ya sabía que no había dónde esconderse. No cabía dentro del armario, la cama estaba demasiado baja, y el escritorio no servía para nada.

En aquel momento se abrió la puerta y apareció Lorenzo Montevecchio en el umbral. Al encontrarse frente a frente con Lisa se quedó quieto y la miró detenidamente. Lisa, por su parte, le miraba espantada, como una cierva deslumbrada por los faros de un coche. Montevecchio fue el primero en hablar.

"¿Qué derecho tienes a entrar aquí tan fresca?" le dijo con voz severa.

"¡Dr Montevecchio! No esperaba encontrarme con usted. Lo siento muchísimo. He tenido que volver para buscar algo que había dejado aquí en el cuarto esta mañana. Todavía tengo la llave. No sabía que usted ya ocupaba el cuarto. ¡Qué jaleo! Estoy muy confusa. No sé qué decirle."

"Ya has dicho bastante," dijo el Dr Montevecchio. "¿Has encontrado lo que buscabas?"

"No. La verdad es que no lo he encontrado."

"¿Estabas hurgando en los cajones?" le preguntó, cada vez más irritado.

"¡No! Nada de eso. No toqué nada de lo suyo."

"¿Qué estabas buscando?"

"Una correa de la mochila, nada más."

Le sonaba algo tonta la explicación, pero fue lo primero que se le ocurrió, así que no le quedaba más remedio que usar esa excusa. Ya era tarde para buscar otra. Esperaba que la idea no careciera de fundamento si es que el Dr Montevecchio decidía seguir con el interrogatorio.

"Ya sé que le parece ridículo lo que le estoy diciendo," continuó Lisa, "pero me importa mucho esa correa. Me resulta muy difícil apañarme con una mochila que tiene sólo una. La verdad es que no puedo ir sin la otra correa, la que se me perdió. Por eso no la tengo aquí ahora. Me refiero a la mochila, no a la correa. Tuve que dejarla en el LIO. Esperaba encontrar la correa aquí. Ya he mirado por todos lados sin encontrarla en ninguna parte, y por eso no me quedaba más remedio que buscarla aquí."

Se dijo Lisa que ya era hora de callarse, antes de que el Dr Montevecchio se diera cuenta de lo nerviosa que estaba. Le echó una sonrisita tímida, esperando que la tomara por una alocada y desorganizada, pero no se lo tragó.

"Has entrado en mi cuarto sin permiso," le dijo, controlando su irritación. "Eso está contra la ley. Tendré que presentar cargos contra ti."

"Por favor, no haga eso. Las cosas siempre se complican mucho para los extranjeros cuando nos enredamos en las querellas judiciales. No sé nada del proceso jurídico del País Vasco, pero estoy segura que todo acabaría en un lío. Y ¡todo porque he venido aquí a buscar una correa que se me había perdido! No me someta a eso, por favor Dr Montevecchio."

Montevecchio la miró con ojos triunfantes, muy contento de ver que esa mujer estadounidense, tan pesada y con tanta confianza en sí misma, estaba ante él pidiendo clemencia.

"A lo mejor has venido aquí para que hagamos algo muy interesante con esa correa tuya," dijo Montevecchio con una mirada lasciva. "Se trata de eso, ¿verdad que sí? Porque si no, no me parece muy lógico lo que me acabas de decir."

Se apretujó contra Lisa, empleando el tacón del zapato para hacer que se tropezara contra él, arrimándola contra su pecho a la vez que ella perdía el equilibrio.

"¡Por favor, Dr Montevecchio! ¡Me está haciendo daño!" protestó Lisa, intentando escaparse de sus brazos ansiosos. El aliento le olía a una mezcla de cigarrillos y angulas.

"No tienes que jugar jueguecitos conmigo," le susurró al oído. "Vosotras las mujeres estadounidenses, sois todas iguales. Venís a Europa esperando echar una canita al aire en un lugar seguro donde no os conozca nadie. Pero tú, Lisa, tu educación puritana no te permite pedir directamente lo que deseas, y por eso harás cualquier cosa para lograr un encuentro sexual. Es eso lo que buscas, ¿verdad? ¿Te gustaría jugar a médicos conmigo? Podríamos tramar unas escenas muy interesantes. Tú podrías hacer el papel de la enfermera traviesa, y yo te enseñaría lo que sabemos los médicos. A que siempre has soñado con un hombre que conozca bien a las mujeres, no es así?"

Lisa sabía que se enfrentaba con una situación peligrosa. Si insultaba a Montevecchio o le hería en su amor propio, él la acusaría de invasión ilegal.

"Yo te vi en la taberna," Montevecchio le dijo con voz ronca. "Me mirabas en el espejo. Estabas muy aburrida con ese joven pelirrojo que te acompañaba, ¿verdad? Esperabas que yo me marchara para poder reunirte conmigo, pero te adelantaste un poco a mí, fuiste la primera en llegar. ¿Qué tramabas, eh? ¿Me preparabas una pequeña sorpresa?"

Lisa se estaba esforzando mucho por manejar el asunto sin ser el blanco de amargas represalias. Montevecchio podría causarle muchos perjuicios, porque sin duda la credibilidad de él sobrepasaba la suya en estas circunstancias. A Montevecchio se le consideraría una persona de mucha categoría, mientras que a ella se la vería como a la coqueta rubia que apareció un buen día en el pueblo, sola y con la intención muy obvia de ser la perdición del sexo masculino en Mayagorry. Andoni la apoyaría mucho, de eso no le cabía duda, pero no le gustaba nada que él fuera sometido a un interrogatorio público o que tuviera que aguantar afrentas. En cuanto a Sarazúa, la situación crearía mucha tensión entre ellos. Le daría un síncope si hubiese la menor posibilidad de un escándalo que pudiera llamar la atención hacia el LIO.

"Bueno, ¿a qué esperas?" le preguntó Montevecchio con impaciencia. "Ven aquí para que te demuestre lo que sabemos los médicos, anda."

Lisa no sabía qué hacer. ¿Cómo podría rechazarle sin convertirle en un enemigo terriblemente peligroso?

En aquel momento se abrió la puerta de un golpe y apareció violentamente Doña Pascua en el umbral. Fue derecha al Dr Montevecchio y se plantó ante él, con los brazos en jarras.

"No permito que los huéspedes suban mujeres a los cuartos, ¿me oye usted, Dr Montevecchio?" le dijo en voz muy alta. "¿Se puede saber lo que está haciendo? Usted sabe muy bien cuáles son las reglas de la casa. Yo se las expliqué muy claramente al presentarse usted en la recepción. Usted, ¡nada menos que un emisario del papa!"

Para el enorme asombro de Lisa, Montevecchio inclinó humildemente la cabeza, como si fuera un niño ante la madre superiora.

"Esta no es una casa de citas," declaró Pascua, irguiendo la cabeza. "El Palomar es una posada muy respetable. ¿Me explico bien?"

"Sí, señora," susurró, sin atreverse a mirarla a los ojos.

"Y usted, señorita, recoja sus trucos y sígame," le dijo a Lisa. "Tenemos una cuenta que ajustar. Usted se marchó esta tarde sin firmar el registro. Sí, ya sé que tiene el cuarto todo pagado, pero hay que firmar el registro de todos modos. Puede que le resulte sorprendente, Señorita, pero en mi casa hay que seguir las reglas."

Montevecchio, sumido en un hosco silencio, miró con cara huraña a las dos mujeres mientras bajaban las escaleras para luego encontrarse con Andoni que las esperaba abajo.

"¡Por fin, qué alivio!" exclamó cuando vio a Lisa. "Me alegra verte segura y a salvo, Lisa," murmuró, abrazándola entre sus brazos. "Estaba tan preocupado por ti, pero al final todo ha salido bien, gracias a usted, Doña Pascua. Usted es una verdadera heroína. No sé lo que hubiera hecho sin usted."

"Olvídalo," le dijo Doña Pascua en un tono severo. Pero no se engañaba Andoni, porque notó que Doña Pascua le había tuteado por primera vez en su vida.

"Pasé un rato fatal," le dijo a Lisa. "Se me había olvidado que en Mayagorry no hay servicio para móviles, entonces me acerqué a la barra para utilizar el teléfono fijo, pero ahí me encontré con un tipo que ya lo monopolizaba para quejarse de no sé qué con no sé quién, y no pude hacer nada con él. Tuve ganas de estrangularle…"

"No te preocupes, Andoni," le dijo Lisa, mirándole con cariño. "No hay mal que por bien no venga."

Andoni la abrazó y le dio un beso prolongado.

"¡Eh!" exclamó Doña Pascua con mucha indignación, separándolos con unos dedos muy fuertes para una mujer de su edad. "Eso no lo tolero en mi casa. Si se van a portar así, tendrán que hacerlo fuera."

"Doña Pascua," le dijo Andoni, "usted es una mujer muy honrada. Yo respeto las reglas de su casa, y le agradezco el habérselas recordado al Dr Montevecchio. Jamás olvidaré la ayuda que usted nos ha ofrecido esta noche. Estaré siempre muy agradecido por todo lo que ha hecho por nosotros."

Mientras Andoni salía del Palomar cogido del brazo de Lisa, se volvió hacia atrás y echó una ojeada a Doña Pascua, quien los miraba con una cara entre sorprendida y tierna, pero no dijo nada en respuesta al cumplido.

Por primera vez en su vida, Doña Pascua no encontraba palabras con qué expresarse.

CAPÍTULO CATORCE

A Andoni le reconfortó mucho el rescatar el pedazo de madera barnizada que había guardado Carmen y Lisa con tanto cuidado. Cuando el Dr Paskal Sarazúa había mandado a Peli a robar reliquias a varias catedrales, se le ocurrió a éste que sería bueno entrenarse primero empezando por robar una reliquia cerca de casa antes de embarcarse en su aventura en escenarios desconocidos.

Para la gran sorpresa de Peli, descubrió que los ladrones que se especializan en las reliquias tienen a veces más éxito de lo que esperan. Los objetos de mucho valor, tal como las joyas o las pinturas, se guardan con muchas medidas de seguridad en los museos de Europa, pero las reliquias religiosas suelen llamar bastante menos la atención. Se guardan bajo llave, desde luego, en relicarios protegidos con barras de hierro de arriba abajo, pero a Peli le extrañaba lo fácil que era para él aprender a abrir esas cerraduras tan anticuadas.

Pero en el fondo lo que le extrañaba más que nada a Peli era el altísimo nivel de capacidad y de determinación que demostraban los dos guardas de seguridad en la catedral de Santiago de Compostela y en la de Oviedo. Todavía le dolía la cabeza por el golpe de cáliz que había recibido durante su encuentro con el guarda en Oviedo, y en cuanto a Santiago de Compostela, se escapó por un pelo. ¿Por qué se dedicaban tan concienzudamente a su trabajo los dos guardas? Sus salarios debían ser extraordinarios, o de no ser así, las autoridades de la Iglesia habrían decidido tomar medidas severas contra el ladrón o los ladrones que tramaron tantos robos en las otras catedrales de España. A pesar de todo lo que había sufrido, Peli no dejaba de admirar a las autoridades eclesiásticas por su dedicación y empeño en proteger a las reliquias del nazareno.

Poco después de salir Peli de Mayagorry para lanzarse a su vida de ladrón, Carmen se enteró por Marko que él y Andoni estaban secuenciando el ADN de unos pedazos de madera que les habín entregado, según Sarazúa, unos paleozoólogos que los habían encontrado en una excavación cercana. Marko tenía bastante confianza en Andoni como para relatarle la historia que le había contado Carmen acerca del pedazo de madera barnizada que Peli había robado en el convento, pasándoselo después a Carmen para que lo guardara. Andoni y Marko estaban de acuerdo en que era poco probable que fuera auténtica la reliquia, pero a pesar de ello esperaban con mucho entusiasmo ponerlo a prueba para averiguar lo que revelaba en cuanto a las secuencias del ADN.

No tardaron en darse cuenta de que una vez más se trataba de una muestra que tenía una cantidad de ADN de procedencia humana, pero esta vez les entusiasmaba mucho la idea de que existiera la posibilidad que fuera en efecto el ADN del corpus Cristi. Todos los que vivían en Mayagorry conocían muy bien la historia de Santiago, el hermano de Jesucristo, y cómo había tomado la precaución de conservar la reliquia con barniz para luego regalársela a la mujer que le había atendido cuando se puso enfermo durante su estancia por el País Vasco. Sería muy emocionante para Andoni y Marko el poder interpretar algún dato proveniente del ADN que les enseñara algo nuevo acerca del hijo de Dios.

"La mayoría de las llamadas reliquias son falsas," dijo Marko en voz solemne. "Pero ¿quién sabe? Podría resultar que una de ellas fuera auténtica."

"No olvides que sería difícil probar su autenticidad, a pesar de todos los documentos que las garanticen," observó Andoni. "La prueba irrefutable tendría que encontrar su origen en una fuente que tuviera mucha credibilidad, y entonces tendríamos que comparar las secuencias para averiguar si se correspondían. No sé... puede resultar que sea una pérdida de tiempo."

"Me gusta perder el tiempo en un proyecto tan importante como éste," declaró Marko. "Así se aburre uno menos. Hasta ahora nuestras investigaciones nos han indicado que el ADN en esta reliquia se ha conservado bastante bien. Hay más secuencias en ésta que en las otras muestras."

"Será por el barniz," dijo Andoni. "Después de quitar la contaminación de la superficie, raspé la reliquia muy debajo de la capa para sacar la muestra."

"Puede ser que el barniz haya jugado el mismo papel que el ámbar que preservó el ADN en la sangre del dinosauro en el mosquito jurásico."

"Podría ser."

"¿Podría haber sido Santiago el que había puesto una capa de barniz al pedazo de madera para conservarlo?"

"Puede ser," repuso Andoni. "Por lo menos habrá sido alguien que quisiera que la reliquia llegara a ser una especie de *memento mori* al hombre que venció a la muerte."

Cuando llegó a oídos del Dr Paskal Sarazúa la noticia de que Andoni había encontrado un poco de ADN viable en la última muestra, se emocionó tanto que a duras penas podía controlar su agitación. Él creía que la muestra en cuestión derivaba de uno de los pedazos de madera que habían descubierto los llamados "paleozoólogos" fabricados por él mismo para ocultarle a Andoni y a los otros técnicos del laboratorio el verdadero origen de las reliquias robadas por Peli, para que no pudieran ellos revelar sus proyectos secretos a otros posibles competidores.

Los peores de todos, pensó Sarazúa con amargura, eran los pretendientes al trono de Dios que insistían en que sus linajes se remontaban directamente a una inconcebible unión entre María Magdalena y Jesucristo. Proclamaban a todos los que estaban dispuestos a escucharlos que el Santo Grial no fue el cáliz de la última cena, sino la sangre llevada por ellos mismos en sus propias venas. El error, según ellos, era debido al trabajo descuidado de un escribano que apuntó *sang réal* (sangre real) en vez de *san gréal* (Santo Grial). Un solo escribano, poco escrupuloso con su trabajo, introduce un espacio en el lugar incorrecto, pensó Sarazúa con desdén, y tenemos un verdadero ejército de imbéciles jactándose de ser descendientes directos y consanguíneos del Mesías.

Pronto acabaría con las falsas ideas adoptadas por esos pretendientes y novelistas alucinados cuyos trabajos formaban los cimientos de la tesis presentada en la infame superventas, l *El Código Da Vinci.* Esperaba con impaciencia la reacción de ellos cuando llegara el momento en que él revelara al mundo sus extraordinarias noticias, las cuales no estaban basadas, se dijo con profunda satisfacción, en los errores de un escribano que se moría de sueño. Sacó el móvil y llamó a Andoni.

"Déjalo todo y ven en seguida a mi oficina," le dijo con voz firme. "Ya es hora de que tengamos una conversación muy seria."

Después de pasar una buena parte de la tarde hablando con su jefe, Andoni empezaba a estar un poco mareado por lo que le explicaba el Dr Sarazúa acerca de sus planes y de sus proyectos – reales e imaginarios.

"Ayúdeme a comprender bien lo que me está diciendo, por favor," dijo Andoni, rascándose la cabeza. "Usted me dice que no basta con leer las secuencias de ADN que encontramos en la madera barnizada. Me dice que es menester *clonar* a Jesucristo, si es que llega a ser posible probar que la reliquia sea auténtica."

"Correcto," repuso Sarazúa, sin titubear.

Andoni se estaba enfadando al darse cuenta de que se había dejado arrastrar por una situación tan disparatada que corría el riesgo de ser el hazmerreír de todos los científicos más importantes de los círculos internacionales. Su carrera en el campo de la bioquímica se habría reducido a cero. Aún si empezara de nuevo en algún campo completamente distinto, siempre le conocerían como el científico medio chiflado que estuvo implicado en la tentativa de clonar a Jesucristo.

"Me extraña que no te hayas dado cuenta de lo que yo tenía planeado," dijo Sarazúa. "Creía que nos entendíamos mejor, tú y yo."

A Andoni le surgió una vez más la ira. ¿Cómo puede una persona de inteligencia normal saber lo que está pensando un iluso? Él tendría que convencer a Sarazúa de que abandonara sus sueños; cosa que tal vez fuera un proyecto más difícil que el de clonar a Jesucristo.

"Señor, como le dije antes, *Jurassic Park* no era más que una novela. No podemos dejarnos influir por lo que nos digan los escritores de ficción. Tenemos que trazar una línea bien clara entre la ficción y la realidad."

"¿Has leído alguna vez *The Boys from Brazil?*" Sarazúa le preguntó en un tono de triunfo, como si con esta pregunta ya hubiera ganado la discusión, aunque durante toda la tarde lo había estado escuchando sin prestar la más mínima atención.

"Es precisamente eso lo que le explicaba. También esa era una novela muy entretenida, pero no se puede trasladar a la vida de todos los días."

"En aquel entonces les faltaba la tecnología moderna que tenemos hoy," declaró Sarazúa. "Pero ahora sabemos hacer milagros. Te he dado el equipo, y ahora te toca a ti concebir un plan."

"En el mundo de la ficción, todo es posible. Pero ni usted ni yo somos personajes de una novela. Como le decía antes, vivimos en el mundo de todos los días, donde la vida resulta muy ordinaria y prosaica comparada con el mundo creado por los escritores de ficción."

"Me has desilusionado mucho, Andoni. Yo creía que eras un hombre de mucha imaginación. ¿Sabes cuál es la diferencia entre un científico y un tecnólogo?"

"No, no lo sé," dijo Andoni.

"El tecnólogo es como una abeja obrera que trabaja mucho, pero sin comprender lo que hace ni por qué lo hace.

Pero el verdadero científico es original. Tiene intuición y perspicacia y una agudeza que le permite conceptualizar el cuadro entero. Un científico tiene una imaginación creativa, y tiene el valor de servirse libremente de todas estas cualidades. ¿Me explico bien?"

"Sí, señor," le dijo Andoni, en tono algo hastiado. "Sin embargo, me parece que es mi deber de amigo enumerarle a usted una de las muchas razones por las cuales no se puede clonar a Jesucristo."

"Bueno, pues... adelante."

"En primer lugar," le dijo Andoni, "sería dificilísimo averiguar si es auténtica una reliquia de la cruz. Ya sé que la mayoría de ellas están bien documentadas, pero necesitamos pruebas científicas antes de seguir adelante con el proyecto de clonar a Jesucristo. Tendríamos que estar seguros de que el ADN era en efecto de Jesucristo y que no era de un ladrón cualquiera a quien crucificaron los romanos."

"Me he adelantado mucho a ti. Ya le he enviado a Peli a que me traiga un hueso de Santiago, el hermano de Jesucristo que fue su apóstol a quien luego canonizaron, y que lleva el ADN de su padre José y de su madre la Virgen María."

"San Diego era el *hermanastro* de Jesucristo más bien que su hermano," le dijo Andoni.

"Ya lo sé," repuso Sarazúa, irritado. "Era el hermanastro con vínculos consanguíneos maternos, más precisamente. En otros idiomas se usa el término *medio hermano* en casos como éstos, pero aquí los términos son intercambiables aunque no sean sinónimos. Ya sé que José no era el padre de Jesucristo. Era su padrastro, pero el hecho de que María fuera su madre debe ser suficiente para establecer la autenticidad del ADN que se encuentre en la reliquia."

"En ese caso tendríamos la prueba de que Jesucristo fue el hijo de María, pero eso ya lo sabemos."

"Yo también he pensado en eso. Le he mandado a Peli a que nos trajera el sudario de Oviedo, el pañuelo de lino que cubrió la cabeza de Jesús. Si nos encontramos con el ADN de

María en las manchas de sangre en el sudario, sabremos que el ADN en el resto de las reliquias le perteneció también a Jesús. Es el modo más preciso de probar la autenticidad, y si los resultados salen positivos, será el descubrimiento más emocionante del siglo, o más bien de todos los siglos que han pasado desde los principios de la historia de los seres humanos. Si llegamos a descifrar la secuencia del ADN de Jesucristo, ¿quién sabe adónde llegaríamos?"

"Sería un salto bastante notable, pero en fin, sí. Sería de enorme interés para el mundo entero, claro."

"Ahí vamos."

"Pero eso no quiere decir que podamos aprovecharnos de las secuencias del ADN de Jesucristo para luego clonarle. Primero el ADN probablemente no sería viable, y aunque lo fuera habría muchas brechas en la secuencias."

"Pues llénalas entonces, Andoni. Michael Crichton llenó las brechas en las secuencias del dinosauro con el ADN de una rana, si no me equivoco."

"Literatura, señor. Todo eso es pura literatura. En el mejor de los casos saldría un mesías que podría ganar una medalla de oro por el salto de longitud."

"Éste no es el momento para bromas, Andoni. Puedes llenar la brechas con mi propio ADN."

"Sí, señor. Pero hay muchos otros problemas también."

"Ya sabía que me ibas a decir eso. Bueno, cuéntamelo todo."

"En segundo lugar, la clonación es ilegal."

"No puedo comprender por qué te preocupas tanto por una cosa como la ley, cuando estamos hablando de clonar a Jesucristo, ¡por el amor de Dios! El proyecto nuestro es tan magnífico que llega mucho más allá de la ley."

A Andoni se le escapó una pequeña sonrisa al pensar que Sarazúa quería clonar a Jesucristo por el amor de Dios.

"Además," añadió Sarazúa, "la clonación del ser humano no es ilegal. Hace tiempo que las Naciones Unidas convocaron una convención internacional para prohibir la clonación reproductiva del ser humano, pero todavía no se ha ratificado. También tenemos la Convención Internacional sobre Derechos Humanos y Biomedicina, la cual prohíbe la clonación del ser humano en uno de sus protocolos, pero hasta ahora sólo ha sido ratificado esto por Grecia, España, y Portugal, y ya te puedes imaginar cómo me cae eso. España debiera aprender a no meterse en asuntos ajenos."

"Estoy de acuerdo con usted, señor."

"Muy bien. Ahora, El Congreso Sobre Biomedicina y Derechos Humanos de la Unión Europea prohíbe la clonación reproductiva del ser humano," continuó Sarazúa, "pero el Congreso no tiene poderes legales; lo que hace es ofrecer una oportunidad para que los docentes y los practicantes en Europa entren en discusiones sobre cuestiones de biomedicina y de derechos humanos. Así que por el momento no tenemos de qué preocuparnos. Pero si se ratifica el Tratado de Lisboa, entonces el Congreso en efecto tendrá el derecho de controlar los desarrollos en el campo de la biomedicina y derechos humanos. Sin embargo por ahora siguen con las discusiones nada más, y no se ha decidido nada. Espero que continúe así por una temporada muy larga. Hasta ahora no hay restricción legal contra lo que estamos haciendo en el LIO."

"Ahora comprendo por qué trabajamos en secreto," dijo Andoni. "No se trata sólo de defendernos de la competencia. También es cuestión de tomar precauciones contra la ley, porque si supieran lo que hacemos aquí en el LIO, no tardarían en ratificar el Tratado de Lisboa."

"Mira, ¿ves la foto colgada de la pared? Esa, en la que hay un alacrán encima de un disco CD. Léeme lo que pone debajo."

"*Proteger los datos*," dijo Andoni, bizqueando un poco.

"Voy a hacer copias para todos."

"Muy buena idea, señor."

Andoni sabía que su empleo le brindaba una oportunidad muy atractiva de trabajar para un aventurero que se empeñaba en dirigirle como un conquistador hacia territorios nuevos e inexplorados. Si lograba él también manejar a Sarazúa de una manera inteligente, sin que supiera que estaba manipulando así las investigaciones, era posible que conservara tanto su trabajo como su reputación en la comunidad científica.

"Bueno, ¿quedan otros obstáculos e impedimentos de los que quieras hablarme?" le preguntó Sarazúa, haciendo todo lo posible para no perder la paciencia.

"Pues sí, aún hay otro problema, señor. Si se continúa con la clonación de los organismos, sean de seres humanos o de animales o de lo que sea, los defectos intrínsecos se podrían multiplicar con los años. A la larga sería una catástrofe. Hasta se pondría en cuestión la supervivencia de la raza humana. Los seres humanos necesitan diversidad genética para mantener la salud, así que los que están emparentados por consanguineidad durante varias generaciones sufren de *degeneraciones,* o sea que tienen los genes dañados. Siempre ha sido un problema la reproducción de los seres humanos y también de los animales que están relacionados entre sí, pero la clonación nos presenta con el peor escenario posible para el día de hoy y también para el futuro."

"Por Dios, Andoni, ¿cuándo vas a dejar de ser un hombre tan negativo? Eso no tiene nada que ver conmigo. Tengo la intención de clonar a Jesús sólo una vez y nada más que una vez, y me parece que son excelentes sus genes, así que no tienes de qué preocuparte. No me interesan los resultados negativos. Sólo quiero hablar de los resultados positivos."

"Pero ¿quién decide cuáles son negativos y cuáles son positivos? Por ejemplo, ¿cree usted que hacemos bien en empeñarnos a clonar a Jesucristo?"

"No empieces con los temas éticos y filosóficos, Andoni. A mí no me importa nada que sea bueno o malo clonar a los seres humanos. Lo que yo sí quiero saber es si se puede lograr o no. Yo ya sé que podemos hacerlo empleando los mismos métodos que usaron los escoceses cuando clonaron a Dolly, pero quiero que me digas si podemos hacerlo empleando el método jurásico, como decíamos antes. ¿Tú qué piensas?"

"Hombre, pues ya que tenemos la secuencia del genoma humano ahora, en teoría sería posible crear un ser humano usando las secuencias incompletas de la muestra, insertando secuencias del genoma conocido en las partes necesarias."

"Excelente," dijo Sarazúa, con gran entusiasmo.

"También tenemos acceso a mujeres que están dispuestas a donar los óvulos y gestar al crío."

"Bueno, excelente."

"Pero le aviso que la llamada clonación a la jurásica es mucho más problemática que la clonación a la Dolly. Aún si lográramos clonar a Jesucristo, y se trata aquí de un sí colosal, sólo tendríamos un gemelo suyo. No sería el verdadero Jesucristo en ningún sentido de la palabra. No sería más que un pobre hombre que llevaría algunos genes suyos, pero no todos. Hemos encontrado una cantidad muy considerable de degradación incluso en el pedazo de madera barnizada."

"¿Qué más da? ¿Quién lo va a saber? En cuanto al resto del mundo, aquella persona será el clon de Jesucristo, y se acabó. Nadie sabrá la diferencia."

"Pues queda la cuestión de la diferencia entre la crianza y la naturaleza, señor. O sea, el ADN es más que nada el patrón biológico que determina las características físicas, pero no tenemos pruebas científicas que expliquen quiénes somos aparte de lo físico."

"Empiezo a perder la paciencia, Andoni," gritó Sarazúa, ya completamente exasperado. "Cuando me hagan falta tus opiniones sobre la ética y la metafísica, te las pediré. Mientras tanto, no me hables de ellas. ¿Está claro?"

"Clarísimo, señor. Pero nos quedamos con el mismo problema de siempre, y es que hasta ahora nadie ha logrado emplear el método jurásico para clonar ni una hormiga en la vida real. Eso sólo pasa en las novelas o en el cine, como decía antes. Que yo sepa, nadie ha empleado tampoco el método Dolly para clonar seres humanos, aunque eso sí sería posible usando la tecnología que desarrollaron en el Instituto Roslin en Escocia."

"Las cosas que me expones no las veo como problemas, Andoni. Al contrario, me animo muchísimo cuando me dices que nadie ha logrado hacer ni una cosa ni la otra en toda la historia del mundo. Eso te abre el camino para ser el primero en lograr esas cosas tú mismo. ¡Piensa en lo que significaría para ti si fueras el primero en modificar y transferir la tecnología del método jurásico a la clonación del primer ser humano! Eso te cambiaría toda la vida. Tu nombre aparecería en todos los libros de historia. ¡Serías el hombre más famoso que jamás haya existido!"

"Famoso o tal vez infame," dijo Andoni. "Y ¿qué pasaría si nos enfrentáramos con un fracaso total? ¿Qué pasaría si yo creara otro miserable como Frankenstein? Entonces, ¿cómo me sentiría yo?"

"Ya, ya. Y ¿qué pasaría si murieras mañana sin lograr nada en absoluto? En cuanto a Frankenstein, existe sólo en las novelas, como me dijiste tú mismo. Pero en la vida real terminaríamos con él antes de nacer, y se acabó la historia."

"No me parece una solución, doctor. Sería nada menos que un homicidio, y yo no se lo permitiría a usted."

"¿Tú crees que puedes impedirme *a mí* que lo haga? Me haces mucha gracia, Andoni. Bueno, nos hemos desviado un poco de la pista, ¿no te parece? Yo no tengo tiempo para ocuparme de tus dudas tan pesimistas antes de que tú pongas a prueba mi hipótesis. Para eso son hipótesis, nunca se sabe adónde van a llegar."

"Es cierto, pero no me perdonaría nunca si acabara por hacerle daño a alguien durante el proceso, o por matar a alguien antes de nacer. ¿Puede usted imaginarse lo que sería matar a Jesucristo?"

"Ya se ha hecho antes."

Andoni le miró fijamente, horrorizado.

"¿Cuántas veces tendrá que morirse?" le preguntó.

No le contestó Sarazúa.

Llega un momento en la vida cuando nos enfrentamos a las grandes preguntas de una manera tan imponente que ya no podemos ignorarlas. La insipidez del comentario descuidado de Sarazúa le cayó a Andoni como un jarro de agua fría. No se consideraba un hombre religioso, pero el poner fin al hijo de Dios le parecía inconcebible. Andoni de repente tuvo una intuición especial de lo que significa la santidad de la vida. Pero lo irónico de la situación era que fue el mismo Sarazúa quien, gracias al shock que le había ocasionado a Andoni, pudo comprender mejor lo que significaba llegar a una mala conclusión en cuestiones éticas. Hasta entonces Paskal Sarazúa le había parecido a Andoni una combinación de científico desquiciado y de empresario ambicioso, pero cuando declaró con una sangre fría tan pavorosa que *ya se había hecho antes*, se dio cuenta Andoni de que había presenciado el egoísmo de un hombre que sufría de un orgullo monstruoso. Su ambición excesiva no era sólo un pecado, sino una condición banal, justo como lo había expresado Hannah Arendt. La condición reflejaba el carácter de un hombre ordinario y arrogante como Paskal Sarazúa, un hombre que, lleno de amor propio y de una desproporcionada confianza en sí mismo, ambicionaba la oportunidad de representar el papel de Dios.

Andoni aquella mañana experimentó una especie de revelación interior. Tenía mucho sentido, pensaba, la declaración en la camiseta de Lisa. Nietzsche era en efecto el que murió, y no Dios. Andoni comprendió la inmensa tristeza que le habría estremecido a Dios al perderle, aunque fuera el más insignificante de sus hijos. También comprendió el profundo ímpetu que le inspiró a su hijo Jesús a entregar la vida para salvar a aquellos pecadores que necesitaban ser perdonados, porque no sabían lo que hacían.

Ya se ha hecho antes.

"Sí," asintió Andoni. "Todos lo hemos hecho. Todos. Una y otra vez."

"No seas tan melodramático, Andoni," le decía Sarazúa, contestando a su pregunta acerca del número de veces que se tendría que clonar a Jesucristo antes de tener éxito. "No nos va a pasar nada por el estilo."

"¿Cómo puede estar tan seguro usted? ¿Cómo es posible asegurar que no va a presentar una situación que le obligue a escoger entre la vida y la muerte?"

"No te preocupes tanto, Andoni. Aquí en el LIO ya hemos clonado seres humanos usando el método Dolly."

"¿Cómo? ¿Qué me dice usted?" exclamó Andoni, sin dar crédito a lo que estaba oyendo. "¿Ya han emprendido la clonación reproductiva de un ser humano?"

"¡Pues claro! ¿Tú qué pensabas? ¿Te creíste de verdad que te pediría yo que dieras el salto al método jurásico antes de que hubiéramos perfeccionado el método Dolly?"

"¿Usted ha empleado el método Dolly, señor? ¿Con los seres humanos?"

"Eso ya te lo he dicho. Pero permíteme adivinar lo que me vas a decir ahora. Va a ser algo muy negativo, ¿a que sí? Pues cuéntamelo, anda."

"Bien, en primer lugar, los científicos del Instituto Roslin perdieron innumerables fetos antes de clonar a Dolly."

"Ya lo sé, Andoni. Continúa."

"O sea, ¿usted no perdió ningún feto mientras emprendía la clonación humana de tipo Dolly?"

"No es asunto tuyo, Andoni."

"Pero si usted ha encontrado una manera de no perderlos, debemos comunicarla a la comunidad científica."

"Es mía la decisión. Tú, ocúpate de lo tuyo. ¿De qué más cosas negativas me quieres hablar ahora?"

"Pues otro problema es que Dolly murió muy joven, posiblemente como consecuencia de la edad de la materia genética de la célula madre que transfirieron por fusión a un ovocito enucleado."

"No comprendo. ¿Por qué murió joven Dolly?"

"La oveja donadora ya tenía cuatro años de edad, así que se quitaron cuatro años a la vida de Dolly."

"¿Me estás diciendo que si empleamos el método jurásico para clonar un ser humano de hace dos mil años, vamos a acabar con una persona de dos mil años de edad al nacer?"

"Es una manera de decirlo, señor."

"¿Y qué hacemos, entonces?"

"Para expresarlo en términos muy sencillos, todas las células vivientes tienen lo que podrían llamarse conmutadores que pueden o encenderse o apagarse, como lo que usted tiene en casa para conectar y desconectar las luces, por ejemplo. Pues las células se apagan cuando llega el momento de su muerte, en cierto modo. Así que aún si tuviéramos una célula que hubiera sido bien conservada durante dos mil años, sería imposible que se encendiera."

"Pues al trabajo, Andoni. No me digas que no se puede hacer. Busca una manera de hacer que los conmutadores enciendan a las células."

"Me pide usted que cure el cáncer."

"¿Cómo? ¿De qué estás hablando? Explícamelo."

"El cáncer es eso en el fondo. Ocurre cuando una célula dañada se enciende y no sabe apagarse en el momento que debiera. O sea, no pueden dejar de multiplicarse. A pesar de todas las investigaciones científicas que se han hecho, todavía no hemos aprendido cómo se apagan las células, ni mucho menos cómo se encienden."

"Pues busca tú la solución, Andoni. Ya ha llegado el momento de que nos dediquemos al experimento jurásico. Por eso te contraté. Te escogí a ti porque eras el chico más inteligente de la clase, y Sor Mikele es una de las maestras más dotadas que jamás he conocido. Yo te mandé a una de las mejores universidades que hay para tu curso de postgraduado, y ahora quiero reclamar las fichas. Quiero ver unos buenos resultados, que hace mucho tiempo que los espero. Ahora tenemos que saltar del método Dolly al método jurásico. ¿Estás preparado para lanzarte a la aventura más grande de tu vida?"

"Supongo que sí, señor."

"¿Supones que sí? ¿Qué quieres decir con eso? Deberías ponerte de rodillas para expresar tu profunda gratitud. ¿A cuántos jóvenes crees que les han ofrecido una oportunidad como la tuya? ¿Eh? Te ofrezco la oportunidad de lograr algo que nunca se ha emprendido en la historia del mundo, y me dices que *supones* que estás preparado para ello. Te he facilitado la mejor educación posible, y te he proporcionado todo lo que necesitas en cuanto a equipo tecnológico y científico para que lleves a cabo el trabajo, incluso a ayudantes muy preparados. Si no te apetece el trabajo, puedo ofrecérselo a otro."

"Me gustaría dedicarme a estas investigaciones, se lo aseguro. Nadie puede sentirse más entusiasmado que yo en leer el ADN de Jesucristo. Le agradezco muchísimo la oportunidad."

"Entonces pórtate como si fueras una persona agradecida, Andoni. Yo esperaba que tuvieras las ganas y el valentía de afrontar cualquier cosa que se te presentara, si quieres saber la verdad. Pero en vez de eso te veo sentado delante de mí con un rostro carente de expresión y una actitud poco enérgica y muy negativa. ¿Qué te ha pasado? ¿Dónde está aquel joven científico tan ambicioso con el que tuve esa conversación en el Yale Club hace poco?"

"Es que no me daba cuenta cuando me ofreció usted el trabajo aquel día que me iba a pedir que clonara a Jesucristo, señor. Una cosa es leer el ADN, y otra muy distinta intentar clonar a Jesucristo. Me parece un trabajo imposible, y probablemente un trabajo que no se debiera emprender."

"Pon los ojos en la meta, Andoni."

Sarazúa se levantó abruptamente y abrió la puerta para indicarle que se había terminado la conversación.

Andoni salió de la oficina, muy ofendido de que su jefe le tratara con tan poco respeto. Ahora que estaba firmado el contrato, el Dr Sarazúa empezaba a revelarle su verdadera personalidad. Andoni se preguntaba cómo sería trabajar para esa nueva versión del empresario que le había cortejado con tanto donaire durante su entrevista con él en Nueva York. No le gustaba nada la idea de ponerse de rodillas ante ese hombre que se consideraba su maestro. Por primera vez en su vida, Andoni anhelaba conocer al verdadero Maestro.

CAPÍTULO QUINCE

Dentro de la barraca de alumbramiento de las ovejas situada en el sótano del LIO, la gente corría por todos lados, ocupándose de la crisis más reciente. Esta vez no se trataba de una oveja sino de una jovencita muy hermosa – Carmen estaba a punto de parir. Le asistía uno de los veterinarios con la ayuda de Marko, que parecía muy nervioso para un hombre que no era el marido. En aquel momento la llevaban precipitadamente al quirófano improvisado donde los veterinarios efectuaban sus procedimientos quirúrgicos.

A nadie que no trabajara en el LIO se le hubiera ocurrido que Carmen diera a luz en un quirófano veterinario anexo a una barraca para las ovejas, ni mucho menos que Marko hubiera asistido al parto. Más tarde eso llegó a ser la fuente de muchos chismes por parte de los mayagorreños. La mayoría de las mujeres del pueblo daban a luz en casa, así que no era de extrañarse que Carmen, soltera y pariendo a su tercer hijo, fuera el tema de mucha especulación.

A pesar del montón de chismes, los aldeanos no tenían ni idea de lo que pasaba en su pueblo. La mayoría de ellos sabía que los científicos y los tecnólogos del LIO se dedicaban a unas investigaciones de nivel altísimo, y algunos de ellos hasta se habían enterado de la clonación de la oveja Dolly. Otros habían concluido que a Andoni Chiriboga se le había retenido para investigar la clonación de tipo Dolly para mejorar la raza ovina Manech. Pero a nadie se le había ocurrido que Carmen estaba metida en los trabajos secretos que se desarrollaban tras los muros que abrigaban el LIO.

Los chismosos de la aldea conocían personalmente a Carmen, y todos sabían que carecía de instrucción científica. Daban por hecho que sus visitas casi diarias al LIO tenían algo que ver con el tipo de servicios que se suele proporcionar a los hombres que viven aislados. Doña Pascua no dejaba de reforzar sus conclusiones erróneas.

Mientras tanto, en la sala de partos, todos los que asistían al alumbramiento dieron voces de alegría cuando Carmen dio a luz a un bebé sano y bellísimo. Todos, es decir, menos Marko y la misma Carmen.

"No te preocupes," le dijo Marko en voz temblorosa a Carmen, quien había palidecido al ver al bebé. "Yo me ocupo de todo, tranquila."

Se quedaron muy perplejos los auxiliares médicos al oír los comentarios tan nerviosos de los dos.

"Está bien, Marko. No hay de qué preocuparse," dijo uno.

"Es perfecta la cría," dijo otro. "No tiene ningún defecto."

Marko intentaba sonreír, pero se le veía por la cara que estaba muerto de miedo.

"Procura levantarte cuanto antes," le dijo a Carmen en voz baja. "Sigue el plan."

"De acuerdo," susurró. "Haré lo que me has pedido."

Carmen recogió a la niña y se puso a rezar el Ave María.

"*Agur Maria, grazias betea, Jauna da zugaz...*"

"¿Así se llama? ¿María?" le preguntó un auxiliar.

"Sí," repuso Carmen. "Así es. Se llama María."

Cuando el veterinario que había asistido el parto llamó a Paskal Sarazúa para decirle que Carmen acababa de dar a luz a una niña muy sana, Sarazúa se puso por las nubes.

"¿Qué me ha dicho usted?" gritó como un trueno. "¿Dice usted que parió una *hembra*? ¿Me está diciendo que el bebé es una *nescatxa*? ¿Qué ha pasado aquí?"

"Lo siento mucho, señor," repuso el veterinario, "pero es una hembra, no cabe duda de ello."

"¡La zorra de esa mujer!" declaró con rabia. "No es más que una puta sinvergüenza."

Sarazúa salió de su oficina, andando a grandes zancadas por el pasillo, con muchas ganas de estrangular a la nueva madre que con tanta cara dura había incumplido así las condiciones de su contrato. Se encaminó con rapidez hacia la sala de partos anexa a la barraca de las ovejas, pero al llegar allí vio que la habían dejado abandonada. Se le ocurrió que podían haber llevado a Carmen a la sala de recuperación, pero tampoco estaba allí.

"¿Dónde diablos está Carmen?" gritó, bastante alto para que todos le oyeran. Como no le contestó nadie, fue corriendo de una sala a otra, abriendo las puertas sin llamar antes y preguntando por Carmen muy enfurecido. Cuando no la encontró en ninguna parte, llamó al jefe de seguridad.

"Etxemendi," chilló por el móvil, "ha desaparecido Carmen. Cierre el LIO. No deje salir a nadie hasta que se lo diga yo, ¿me comprende?"

"Sí, señor. En seguida me ocupo de ello. ¿Dónde estaba antes de desaparecer?"

"En la sala de partos. Dio a luz y luego se marchó tan pronto como pudo. Quiero que la busques cuanto antes."

"¿Se puede saber si el bebé se ha quedado con ella?"

"Tiene que estar con ella, pues no lo veo en ninguna parte."

"Eso nos ayudará, señor. Una mujer no puede ir muy lejos si acaba de parir y si tiene el bebé en los brazos."

"Pues dese prisa," dijo Sarazúa. "Ha desaparecido Marko también. O la está buscando él, o bien la está acompañando. Sea como sea, quiero que los busque y que me traiga a los dos en seguida."

"Sí, señor, pero tenemos un problema de personal. Ya les pedí a los guardas que busquen a Peli. Ahora me dice usted que busquen también a Marko y a Carmen. ¿Qué prefiere?"

"Si usted no tiene el personal para llevar a cabo la tarea, pues designe a otros que le ayuden. Pida apoyo a cuantos quiera, con tal que tengan buenas calificaciones. En cuanto a los fugitivos, todos son de máxima importancia."

"Sí, señor. Tengo algunos contactos en los cuales puedo confiar. Me pondré en contacto con ellos. A propósito, ¿puedo utilizar el helicóptero para transportarlos aquí tan pronto como sea posible?"

"Sí, sí. No tiene que pedirme permiso. Ya sabe que tengo un acuerdo tácito con los directores de la Aviación Civil. Más tarde me pondré en contacto con ellos."

"Sí, señor. Y otra pregunta más. ¿Qué pasa con Manolo and Josetxu? ¿Están con su madre?"

"No lo sé. Averígüelo usted."

Al terminarse la conversación con Sarazúa, Etxemendi cogió el móvil y mandó a los guardas que cerraran el edificio, cambiando el conmutador de cerraduras al modo nocturno. Resonaron los pasillos con el ruido de las puertas que se cerraban automáticamente; sonido muy grato a los oídos de Etxemendi. Aún si resultara que Carmen estaba con Marko, él estaría pensando que estaban puestas las cerraduras de día que se abrían fácilmente con su tarjeta. Pero las cerraduras de noche no se abrían sin que Etxemendi lo hiciera en persona desde su oficina, así que tendría a los fugitivos atrapados como ratones.

Etxemendi había incumplido las reglas de la *División de Seguridad y Salud en el Trabajo* cuando instaló el sistema de cerraduras que se cerraban automáticamente durante la noche, mientras él no estaba de servicio. Le hubiera gustado ver la cara de Marko en el momento de descubrir que se habían activado las cerraduras electrónicas de noche ya durante el día. Pero más que nada estaba muy contento de que el Dr Sarazúa hubiera consentido en dejarle invitar a dos compañeros suyos para que cooperaran en el esfuerzo de localizar a los fugitivos, estuvieran donde estuvieran.

Paskal Sarazúa, mientras tanto, estaba sentado en su oficina preguntándose cómo habría podido desaparecer así esa mujer que le había traicionado tan vilmente. La habrían ayudado, pero ¿quién? o ¿quiénes? Y ¿por qué se le había escapado a todos el hecho de que Carmen iba a dar luz a una *niña*? ¿Por qué no le hicieron una ecografía durante el embarazo para averiguar el sexo del feto?

Sarazúa se puso a andar dando vueltas como lo hacía siempre cuando no podía más con sus múltiples problemas y dificultades. ¿Estaban chalados, los que trabajaban en el LIO? Le abandonaban todos; primero Peli, luego Carmen con sus hijos, y ahora Marko. ¿De dónde habían sacado la idea de que tenían derecho a tratarle así?

Mientras Sarazúa miraba por la ventana a las montañas, se emocionó mucho al ponerse a pensar en Manolo and Josetxu. Eran suyos en un sentido que la gente no comprendería jamás, porque no tenía la intención de confiarlo nunca a nadie. Pero le agradaba saber que pasara lo que pasara, le pertenecían a él, sólo a él, hasta la última molécula. Tuvo el gran honor de ser la primera persona del mundo en experimentar una vivencia de una proporción tan extraordinaria. Había implantado con su propio ADN un óvulo enucleado de Carmen, y ella lo había llevado en el claustro materno igual lo había hecho Dolly con su cordera. Había creado a Manolo y a Josetxu a su propia imagen, y su amor por ellos era de lo más profundo que hubiese sentido en toda su vida. Se preocupaba mucho por la salud de ellos, y se sentía desconsolado al pensar que pudiera concluir su vida antes de lo esperado. Si fuera posible, de buena gana moriría por ellos.

Ahora que estaban extraviados, existía la posibilidad de que no les volviera a ver en toda la vida. Le había encargado a Zigor Etxemendi la tarea de encontrarlos, pero ¿podía tener confianza en él? Le había dado permiso para pedir ayuda a dos compañeros suyos, personas desconocidas que no tenían ningún interés en el bienestar ni de Manolo ni de Josetxu. Para Etxemendi y sus dos auxiliares, sus hijos no eran más que conceptos abstractos.

El Dr Paskal Sarazúa de repente se sintió abrumado por un profundo sentido de soledad; algo parecido al desamparo total y completo. Su vida estaba tan llena de secretos que no tenía a nadie a quien acudir. En el fondo todo lo hacía por los vascos, pero ellos no sabían nada de los proyectos que él tenía planeados para hacer de ellos una nación de ciudadanos libres, encabezada por un hombre que sería lo más cercano al mismo Jesucristo que haya visto el mundo en dos mil años. Sería un verdadero segundo advenimiento terrestre. Por desgracia él, Paskal Sarazúa, no estaría presente para ayudarle cuando llegara a ser un adulto, pero por lo menos le había abierto el camino. Sus propios clones, sus queridos hijos Manolo y Josetxu, serían regente y mentor respectivamente del único hombre en la historia del mundo que sabría acaudillar a todos hacia un nuevo paraíso para el beneficio del mundo entero.

Pero ¿llegaría a presenciar el cumplimiento de sus planes? No se le había ocurrido que un día empezaría a sentirse viejo, ni que sus planes, elaborados con tanto cuidado durante el curso de una vida entera, pudieran en un momento dado caer como las fichas del dominó. Después de llevar tantos años pensando en Jesucristo, se preguntó por fin si no sería tal vez una buena idea mandarle un pequeño mensaje en forma de oración. Pero si Jesús era en efecto un ser sensible y vivía de veras en un sentido u otro que no llegaba a comprender él, entonces ¿para qué servía clonarle? Por otra parte, si no vivía y no se daba cuenta de que existíamos, ¿para qué rezar? En seguida se le ocurrió a Sarazúa que si no vivía sería difícil amarle. No es fácil amar a un concepto, por muy cautivador que fuese. El amor reclama, entre otras cosas, una relación humana, y para el Dr Sarazúa, el empresario tan independiente a quien no le gustaba pedir ayuda a nadie, las relaciones humanas nunca habían figurado en esas ecuaciones.

Ahora, sin embargo, las cosas empezaban a ponérsele algo comprometidas e inseguras. Se sentía viejo, despreciado, poco valorado, y malquerido. Como ocurre a muchos otros hombres fuertes y ambiciosos, a Sarazúa le resultaba difícil rebajarse hasta el extremo de ponerse literalmente a rezar. Pero la debilidad del momento le hizo juntar unas cuantas palabras que dirigió tentativamente hacia el cielo.

"Si estás allí, Dios, mándame por favor una señal."

Pasó un rato mirando por las ventanas que daban al oeste, esperando ver un rayo u oír tal vez un trueno, o quizá algo aun más inesperado y más sorprendente, pero no vio más que el sol de poniente, acurrucado cómodamente en un profundo silencio, donde se encontraba, sin decir nada, el Dios que buscaba con tanto afán. Paskal Sarazúa dio un suspiro y abrió la puerta de su oficina, esperando avistar si no a Dios, por lo menos quizás a otro ser humano.

En aquel momento apareció Lisa con paso alegre por el pasillo rumbo a la cafetería para comerse un bocadillo y tomar una taza de café. Estaba muy contenta con su trabajo y con la vida en general. Sus investigaciones iban bien y le daba un sentido de satisfacción y de bienestar saber que había logrado algo positivo, aun cuando más tarde tuviera que revisar o borrar frases o párrafos que no convencieran al profesor que dirigía su tesis.

"Buenas tardes, Dr Sarazúa," le dijo al verle merodeando por el pasillo fuera de su oficina.

"Buenas tardes, Señorita Maxwell," repuso el Dr Sarazúa. Le daban envidia su juventud, su actitud alegre y su paso ligero al dirigirse hacia él por el pasillo. ¿Qué había hecho ella para tener un ademán tan jovial y tan despreocupado frente a la vida? Tenía que ser la juventud, o la falta de experiencia, o un caso de buena suerte inmerecida, pensó con amargura.

Al verla más de cerca, notó que llevaba una camiseta verde con letras blancas en la parte delantera. ¿No era la Señorita Maxwell ya un poquito mayor para llevar ese estilo de ropa? Entonces leyó el mensaje.

Dios ha muerto – Nietzsche.

Se le heló la sangre al leerlo. Era la señal de Dios que le había pedido. La realidad no era más que un agujero negro. Ya no le quedaba esperanza y tampoco tenía por qué seguir viviendo. De repente se le ocurrió que si realmente Dios había muerto, sería imposible que le mandara una señal. Entonces, ¿se le abría una ventanilla de esperanza?

Mientras Lisa continuaba en dirección a la cafetería, Sarazúa leyó el mensaje en el reverso de su camiseta: *Nietzsche ha muerto – Dios*. El mensaje le encolerizó. ¡Dios se estaba riendo de él! Dios estaba vivo y encantado de recordarle que él, Paskal Sarazúa, iba a morir igual que Friedrich Nietzsche y todo los demás. Pero por otra parte, se esto fuera así, ¿para qué crear a tantos seres humanos? ¿Sólo por el placer de vernos morir a todos? ¿A Dios no le importábamos nada? Aún él, Paskal Sarazúa, se preocupaba muchísimo por sus jóvenes clones y por sus vidas prematuramente acortadas, echándose la culpa por todo lo que sufrían en el presente y por lo que pudieran sufrir en el futuro. Le importaban mucho, y si pudiera hacerlo se aseguraría de que nunca se murieran. Si le fuera posible, les quitaría el aguijonazo de la muerte. Le pediría a Andoni que se entregara aún con más dedicación a buscar la manera de "encender" esas células de las cuales le habló antes. Anhelaba regalarles a Manolo y a Josetxu una vida eterna, para que así pudieran saborear la verdadera felicidad.

Entonces se le ocurrió otra cosa. ¿Qué pasaría si los niños vivieran para siempre, pero no en el cielo sino en un infierno dentro de algún agujero negro donde no cupiera nada más que la desesperanza? ¿Quién les consolaría? ¿Quién les limpiaría las lágrimas de los ojos? ¿No sería mejor que se murieran? Tal vez debiera animar a Andoni a que se dedicara a encontrar una manera de prolongar indefinidamente la vida aquí en la tierra para que nadie acabara en el infierno.

Se acordaba de una novela de ciencia ficción donde se le alargaba la vida a un personaje trasplantando su cerebro a un clon de sí mismo para que pudiera conservar sus propios recuerdos en vez de ser un gemelo meramente físico de sí mismo, sin saber quién había sido en una existencia previa. Pero aunque eso en teoría se podría hacer, Paskal Sarazúa ya sabía que llevaba algunas desventajas muy importantes. ¿No fue Hobbes quien dijo que la vida de un hombre en su estado natural es solitaria, pobre, fea, bruta, y corta? Pues, ¿para qué serviría una vida que fuera solitaria, pobre, fea, bruta, y *larga?* Paskal Sarazúa tuvo que concluir que lo mejor sería que tuviéramos el buen sentido de no nacer, como ya lo había dicho Calderón y muchos otros.

Pero todos hemos nacido, pensó Sarazúa. Aquí estamos, y no hay más remedio que aceptarlo. ¿Qué hacer, entonces? Se necesita un übermensch; un hombre dotado de previsión, inteligencia, determinación, valor e integridad que ayudara a la gente a crear un nuevo mundo en el cual existieran libertad y justicia para todos. La meta sería eliminar los problemas que hacen que la vida sea solitaria, mala, fea, bruta, y corta.

Si existía Dios, pensaba Sarazúa, se sentiría orgulloso de él y de sus propósitos. Le diría a Carmen que la perdonaba por haber huido del LIO. La dejaría cuidar a los niños en casa porque ellos, igual que todos los niños, necesitaban a su madre. Hasta se mostraría tolerante con Marko para que los niños se criaran en una casa normal, con un padre y una madre que los hicieran felices.

Mientras tanto Carmen y Marko corrían directamente hacia la puerta de escape que daba al bosque cerca del sendero pedregoso que conducía al pueblo. Era la misma puerta con cerradura electrónica por donde los guardas de vigilancia habían empujado a Lisa cuando la encontraron "merodeando" por fuera del edificio, buscando la puerta de entrada. La salida de emergencia funcionaba de una manera independiente de las otras puertas que ahora estaban cerradas por el sistema controlado por Etxemendi, así que Marko pudo abrirla con su tarjeta magnética. Al abrirse un poco más de un metro, Carmen apretó a María en los brazos, y los tres salieron del edificio.

Carmen y Marko no podían sospechar que Sarazúa ahora les miraba con cierta compasión, pero ellos daban por hecho que Sarazúa jamás les perdonaría por haber concebido una hija propia. Sus amigos en la sala de partos del LIO ya les habían contado cómo había reaccionado Sarazúa al oír la noticia, de modo que hacían todo lo posible para evitarle. Atravesaron el bosque y fueron directamente al convento donde se reunieron con Sor Mikele, que ya estaba con Manolo y Josetxu. Marko se quedó con los niños en la oficina de Sor Mikele mientras ésta acompañó a Carmen y al bebé a la celda de Teresa, donde por fin madre e hija podrían descansar un poco.

Cuando abrió Sor Mikele la puerta de la celda de Teresa se detuvo asustada en el umbral. Allí, dormido en la segunda cama, estaba Peli.

"¡Peli!" exclamó, asombrada. "¿Qué haces aquí tú?"

Peli se despertó y parpadeó, confuso. Al darse cuenta de que era Sor Mikele quien le hablaba, saltó de la cama y la miró perplejo y apenado.

"Sor Mikele, tiene usted que creerme. No hemos hecho nada malo. Es que yo no tenía dónde esconderme."

"No te preocupes, hijo. Me alegro que estés de vuelta y que no te haya pasado nada. ¿Por qué tardaste tanto?"

"Porque alguien me disparó después de que robara un hueso de Santiago en la catedral."

"¿Cómo? ¿Te dispararon? ¿Dónde? A ver, enséñame."

"Aquí mismo, Madre," le dijo, señalándose el pecho.

"¡Dios mío, Peli! ¿Está limpio?"

"Sí, está limpio. Teresa me lo ha curado."

"Bueno, pues, ¿estás fuera del peligro ahora?"

"No lo sé, Madre. El guarda en Santiago de Compostela sabe que todavía vivo, y también sabe que soy de Mayagorry. No creo que tarde mucho en venir aquí a buscarme. Y luego hubo alguien en Oviedo…"

"No tienes que explicármelo con todo detalle, Peli. Quiero que descanses, y luego ya me lo contarás todo. Me alegro mucho de que hayas vuelto. Puedes quedarte aquí, pero no en la celda de Teresa. Eso no puede ser."

"Comprendo, Madre," dijo Peli, muy agradecido de que ella le ayudara. "Dígame dónde quiere que me quede."

"Hay una celda vacía al lado de ésta," dijo Sor Mikele. "Puedes quedarte en ella hasta que estés fuera de peligro."

"Muchísimas gracias, Madre."

"Carmen, tú puedes quedarte aquí en la celda de Teresa, en la segunda cama. Teresa te dará sábanas limpias. A Teresa la liberaré de sus quehaceres y la mandaré aquí para que se ocupe de ti. Tengo a Marko y a los niños en mi oficina, pero será más seguro que bajen aquí por si acaso aparecen personas inoportunas. Marko y los niños pueden quedarse en la celda de al lado con Peli. Hay cuatro camitas allí dentro."

En vez de ir directamente a la cafetería, Lisa decidió desviarse de la ruta para dirigirse al laboratorio de Andoni a ver si tenía tiempo de comer con ella. Lo encontró con los otros técnicos en el laboratorio hablando muy angustiado de la situación de Carmen. Las noticias en lo concerniente a la pequeña María habían llegado hasta los rincones más remotos del LIO, y todos tenían su propia manera de interpretar la reacción violenta de Sarazúa al oír las noticias del nacimiento de la niña. Lisa se acercó a Andoni y le tocó en el brazo para llamarle la atención.

"¿Qué pasa?" le preguntó. "¿Por qué tanto escándalo?"

"Se trata de Carmen," le dijo Andoni. "Ha dado a luz a una niña, y Sarazúa se ha puesto por las nubes. Carmen y Marko se han escapado con el bebé, y nadie sabe cómo lo han logrado ni adónde han ido."

"¡Vaya!" exclamó Lisa. "No sabía nada. Acabo de hablar con Sarazúa, y me parecía estar perfectamente normal. Vamos, normal. En su caso no sé muy bien lo que es eso. En fin, ¿le pasó algo malo a la niña? ¿Está enferma, o qué?"

"No, no es eso," repuso Andoni. "Estaba furioso porque resultó que el bebé no era chico, sino chica."

"¡Vaya! Un machista, ¿eh?"

"No, no es eso tampoco. Escucha Lisa, lo siento mucho, pero no quiero enredarte en todo esto."

"Bueno, pues nada," dijo Lisa, un poco desilusionada. "Mira, voy a la cafetería ahora. ¿Quieres que te traiga algo?"

"No, gracias. Ya tengo café y un bocadillo aquí."

"¿Hasta qué hora trabajarás hoy?"

"Todavía no lo sé. Me es difícil adelantar en el trabajo sin la ayuda de Marko. Me cuesta mucho analizar el pedacito de madera sin tenerle a mi lado. Y ¿tú qué haces?"

"Pues después de comer me iré a Mayagorry a ver si encuentro a Carmen."

"Muy buena idea. ¿Quieres cenar conmigo en la taberna?"

"Sí, me apetece mucho. ¿Te espero en la mesa de siempre si no está ocupada?"

"Vale. Con un poco de suerte sacaré unas secuencias legibles esta vez. Te lo contaré todo luego en la taberna."

Lisa sonrió y agitó la mano. En la cafetería compró un bocadillo de gambas, cebolla, pimiento y mayonesa. Luego saludó a Zigor Etxemendi al pasar por delante de su oficina. Le extrañaba que para dejarla salir tuviera que abrir la puerta usando el sistema de noche cuando todavía era de día.

De repente se interrumpió la tranquilidad de la tarde por un helicóptero que se acercaba ruidosamente al LIO. Etxemendi estaba esperando en la pista para dar la bienvenida a sus auxiliares: un señor alto y calvo, acompañado de una mujer baja y morena, que en aquel momento bajaban del helicóptero.

CAPÍTULO DIECISÉIS

S or Mikele no podía creerse que estaba ofreciendo un puerto seguro a nada menos que seis fugitivos aquella noche. El convento tenía fama de ser un lugar donde se rezaba y se practicaba la contemplación, pero en vez de eso, con todas las idas y venidas, parecía más bien a la estación de Abando en Bilbao que un convento sobrio y tranquilo donde las monjas y las novicias podían dedicarse sin interrupciones a las cosas del espíritu.

Sor Mikele empezaba a sentirse un poco agobiada por toda la confusión. En primer lugar tenía a Carmen y a la recién nacida alojadas en la celda de Teresa en el sótano. Y como si fuera poco Peli, Marko, y los dos niños estaban en la celda de al lado. Entonces justo al terminarse las oraciones, llegó Lisa Maxwell, que quería contarle una historia asombrosa de cómo al Dr Paskal Sarazúa se le había ocurrido que los vascos eran no sólo los descendientes directos de Adán y de Eva, sino que también por llevar el factor Rh negativo (que indicaba que carecían de la proteína que se descubrió primero en los monos Rhesus y luego en todos los monos) tenía la prueba incontrovertible de que ellos, los vascos, formaban una raza aparte que en modo ninguno descendía de los monos, como en el caso de la gente menos afortunada que llevaba el factor Rh positivo.

A Sor Mikele le parecía una idea absurda que no sólo era imposible de averiguar, sino que era un concepto francamente peligroso que la hacía pensar en los fantasías que incubaba una tras otra Hitler cuando despotricaba contra las llamadas razas inferiores y otros temas por el estilo. Decidió hacerle una visita a Sarazúa lo antes posible para ver si podía convencerle de lo disparatadas que eran sus teorías.

Justo en el momento cuando Sor Mikele y Lisa hablaban de los acontecimientos más recientes de la vida de los jóvenes fugitivos, alguien llamó a la puerta principal y Teresa fue a abrirla. Allí estaba Lorenzo Montevecchio, cigarrillo en mano, preguntando por Sor Mikele.

"Usted siempre está en todas partes al mismo tiempo, ¿no es así, Señorita Maxwell?" Montevecchio le dijo a Lisa cuando Teresa le hubo acompañado a la oficina de Sor Mikele. "Siempre nos encontramos en los momentos más inesperados," añadió, con una cortesía forzada.

"¿Cómo puedo ayudarle, Dr Montevecchio?" le preguntó Sor Mikele, echando un vistazo de desaprobación al cigarrillo.

"Llevo muchísimo tiempo buscando a Carmen y a sus hijos," les explicó. "He ido a su casa, pero no había nadie. También los he buscado por todo el LIO, pero nada. Me dijeron allí que había dado a luz esta mañana a una niña, y luego desaparecieron. Esperaba encontrarlos aquí."

"¡Una cría! Pero, ¡qué maravilla!" exclamó Sor Mikele, dando la impresión de que todavía no había oído las noticias.

"No está nada bien que la madre ande por ahí por la noche cuando debiera estar en la cama descansando," declaró Montevecchio. "No me explico por qué no se quedó en el LIO donde la hubieran atendido como es debido. Se hubiera encontrado mucho más cómoda allí que en su casa o en cualquier otro lugar del pueblo."

"No tengo ni idea de por qué se habrá marchado del LIO," dijo Sor Mikele. "A mí no me dijo nada."

"Tengo que examinar a la cría cuanto antes," dijo el Dr Montevecchio, dejando caer unas cenizas en el suelo. "Estoy muy preocupado por los niños también."

"¿Los niños? ¿Por qué? le preguntó Sor Mikele.

Montevecchio vacilaba, echando a Lisa un vistazo.

"Ya me voy," dijo Lisa, recogiendo la mochila.

"No, quédate," dijo Sor Mikele. "Tenemos que hablar."

"Me alegro de que usted haya encontrado la correa de la mochila, y que ya la haya arreglado, Señorita Maxwell," le dijo el Dr Montevecchio, con una sonrisa falsa. "El arreglo es admirable. Ni siquiera se nota."

"Vayamos a los niños, Doctor," dijo Sor Mikele. "Decía usted que estaba preocupado por ellos."

"Como ya sabe usted, Sor Mikele, padecen de artritis, lo cual no es nada común en los niños de su edad. Pero lo que de verdad me preocupa es que tienen también progeria."

"¿Progeria?" repitió Sor Mikele. "¿Qué es eso?"

"Una condición genética que da lugar al envejecimiento prematuro. Necesito examinar a los niños para comprobar el diagnóstico. También es menester que hable con Carmen acerca del tratamiento médico."

A Lisa le parecía muy extraño que el Dr Montevecchio opinara que Manolo y Josetxu padecieran de progeria. De estudiante en la Universidad de California una vez había encontrado un podcast de aspecto muy profesional en el website de la Clínica Mayo, y aquellos pacientes no se parecían en nada a los niños de Carmen. Lisa no se explicaba cómo podía llegar a una conclusión tan obviamente errónea un hombre que había estudiado en la facultad de medicina de una de las mejores universidades de Suiza.

"¿Sabe usted dónde están los niños, Sor Mikele?" insistió Montevecchio. "Necesito hablar con Carmen cuanto antes."

Sor Mikele se vió en un apuro muy desagradable, pues era necesario hacerle creer a Montevecchio que desconocía el paradero de los niños sin mentirle directamente.

"Tendrán que aparecer en alguna parte antes o después," opinó Sor Mikele.

"Tal vez," repuso Montevecchio, mirándola de cerca para averiguar si ocultaba algo. "Entonces, ¿usted no ha visto a Carmen?"

"¿Está usted seguro de que no está todavía en el LIO?" le preguntó Sor Mikele. "No es posible que haya ido andando desde el LIO hasta el pueblo nada más haber parido."

"He hablado con Paskal Sarazúa," repuso Montevecchio, apagando el cigarrillo en un tiesto de violetas. "A ordenado a Zigor Etxemendi a que cerrara el edificio, pero por lo visto no han encontrado a Carmen en ninguna parte."

"Y ¿cómo es posible que se haya escapado sin que nadie la viera?" le preguntó Sor Mikele.

"No tengo ni idea," dijo Montevecchio. "Me imagino que Zigor Etxemendi se hace la misma pregunta."

"Pero tiene que haber una explicación muy sencilla," dijo Sor Mikele. "A lo mejor está todavía en el edificio, sin que la hayan encontrado. O tal vez algún ayudante la haya llevado a un cuarto donde poder descansar. Es tan grande el edificio que es muy fácil que se haya desorientado sin que nadie se diera cuenta."

"Si usted ve a Carmen o a alguno de sus hijos, póngase en contacto conmigo, por favor," dijo Montevecchio. "Sigo en el Palomar," añadió, dirigiédole una mirada significante a Lisa.

"Salude de mi parte a Doña Pascua," dijo Lisa, sonriendo amistosamente.

Montevecchio la miró tan prolongada y fijamente que Lisa se puso muy nerviosa. ¿Sospechaba algo? ¿Sabía más de lo que ella creía? ¿Tenía ganas de continuar con lo que estaba haciendo con ella cuando le interrumpió Doña Pascua aquella noche? ¿Quería vengarse de ella?

"Me divierte usted, Señorita Maxwell," dijo por fin.

Lisa le miró confusa, preguntándose en qué sentido le divertía.

"Veo que es aficionada a Federico Nietzsche," observó, indicando con el mentón la camiseta que llevaba.

"Claro," dijo, muy aliviada. "Siempre llevo esta camiseta cuando estoy trabajando. Es muy cómoda, y…"

"Me parece absurda la frase de Nietzsche," interrumpió. "Eso no hay quien se lo trague. Dios no puede haber muerto si nunca ha existido."

"¿Quién dice que nunca ha existido?"

"Los adultos, Señorita Maxwell. Los que han abandonado los ideales de la juventud."

"Le acompaño a la puerta de entrada," le dijo Sor Mikele.

"No se moleste usted. Puedo arreglármelas."

Montevecchio extendió la mano a Sor Mikele, saludó a Lisa con la cabeza, y se despidió abruptamente de ellas.

"Siéntate Lisa," dijo Sor Mikele, cerrando la puerta después que él saliera. "¿Te puedes quedar un rato? Tengo mucho de qué hablar contigo."

"Sí, ya lo creo," dijo Lisa. Luego me juntaré con Andoni en la taberna, pero me puedo quedar un rato."

Después de saludar al hombre alto y calvo y a la mujer baja y morena recién llegados en el helicóptero, Zigor Etxemendi les acompañó en seguida a su oficina cerca de la entrada del LIO.

"Han llegado los ayudantes," les dijo a los guardas que le esperaban. "He designado un guarda a cada uno," les dijo. "Creo que estaréis muy satisfechos con ellos. Yo mismo les entrené," añadió, con una sonrisita orgullosa.

"Gracias, Zigor," dijo el hombre calvo. "Siempre es bueno mirar las cosas bajo otra perspectiva. A lo mejor nos fijamos en algún detalle que tenga un significado inesperado."

"Tenemos que echar un vistazo a todo el edificio," dijo la mujer con un tono autoritario que indicaba a los demás que era ella la que mandaba.

"Como quieras," repuso Etxemendi.

"Empecemos con el laboratorio," dijo ella.

"Me parecía que a vosotros os gustaría conocer primero al Dr Paskal Sarazúa. Espera con impaciencia saludaros."

"Sarazúa puede esperar," dijo la mujer, irritada. "Quieres que encontremos a los fugitivos, ¿verdad?"

"Sí, por supuesto," repuso Etxemendi.

"Pues yo tengo mi propia manera de hacer las cosas. Nos acompañarás ahora al laboratorio."

Los guardas de Zigor se miraron de soslayo mientras se dirigían al laboratorio.

* * *

Cuando empezó a hervir el agua, Sor Mikele hizo una tetera de té y se sentó al lado de Lisa en el sofá.

"No nos queda mucho tiempo," dijo, "así que me gustaría ir directamente al grano, si no te importa."

"Claro," repuso Lisa, sorbiendo el té aromático.

"Hace tiempo que me preocupa mucho lo que pasa en el LIO. Es posible que me deje llevar por una imaginación algo desenfrenada, y por eso cuento contigo para ponerme en la buena pista."

"Haré lo que pueda," le aseguró Lisa, notando que Sor Mikele se sentía muy ansiosa. No era nada típico de ella este estado de ánimo.

"Te resumo brevemente lo que me preocupa, y después te lo explicaré todo punto por punto."

"Vale," dijo Lisa, colocando su taza en la mesita.

"Primero, me duele mucho la situación de Carmen. Ella no quiso decirme nada en absoluto acerca del padre de sus hijos. Se mostró muy desconfiada cuando insistí, entonces me pareció que el padre debía ser un hombre adinerado y que ella quería proteger su buen nombre. Pero la verdad es que no existe tal hombre en Mayagorry, y de no ser así Doña Pascua le hubiera quitado la máscara hace mucho. Así que por fin se me ocurrió que los científicos que trabajan en el LIO estaban haciendo unos experimentos genéticos en ella, sirviéndose de ella como madre de alquiler, hecho por cierto que no quiso admitir ella, pero tampoco lo negó. Luego cuando oí hablar de la serie de robos de reliquias, empecé a preguntarme si podría haber alguna conexión entre las dos cosas. Entonces cuando Teresa me informó que habían robado nuestra propia reliquia, de verdad me puse a pensarlo bien. Según dice la leyenda con respecto a esa reliquia, Santiago, el hermanastro de Jesucristo, decidió barnizar el pedazo de madera para que se conservase. Así que si existe el ADN en alguna de las reliquias de nuestro Señor, es probable que fuera en esa. ¿Me sigues bien?"

"Sí, muy bien. Creo que sé adónde va con eso, pero…"

"Pues déjame contártelo todo primero, antes de decirme nada. No insistiré en los detalles. Basta con decirte que llegó a mis oídos que fue Peli quien robó las reliquias además de la nuestra también, y durante un tiempo la guardaba él. Pero luego iba de persona en persona, desde Peli hasta Carmen, y quedó por fin a tu cargo. ¿Es cierto, no?"

"Sí," dijo Lisa, cabizbaja. "Lo siento, pero sí, es verdad."

"¿A quién se lo diste?"

"No quiero ser descortés, pero no se lo puedo decir."

"Que sí me lo puedes decir," insistió Sor Mikele en voz firme. "Me lo puedes decir, y me lo tienes que decir."

"Pero lo que pasa es que he firmado un contrato con el Dr Sarazúa en el cual prometo no decir nada a nadie de lo que se hace en el LIO. Tengo que cumplir con el contrato que he firmado, o si no sería una infracción muy grave de la ley. Sería un delito por lo menos, o tal vez un crimen, no sé."

"Déjame seguir, pues, para que comprendas la gravedad de la situación. Si es verdad que el Dr Sarazúa está intentando clonar a Jesucristo, es extremadamente urgente que pare en seguida. Es absurdo que un hombre, que cualquier hombre, piense que tiene el derecho de hacer lo que le dé la gana simplemente porque está en posesión de un contrato legal que le protege contra toda interferencia u obstrucción. Es más. Es como si el mismo Satanás nos dijera que tiene el derecho a obligarnos a pecar porque tiene un contrato que le permite robarnos el libre albedrío. ¡Qué disparate! Un contrato escrito por él mismo. ¿Tiene sentido eso?"

"Pero no es así, Sor Mikele. Satanás no tiene nada que ver con todo eso. No veo cómo…"

"Perdona la interrupción, hija, pero Satanás sí que tiene mucho que ver con eso. Está *muy* metido en eso. Si en el LIO lograran resucitar a Jesús, su muerte en la cruz sería anulada, y se echaría a perder la salvación que se ofrece ahora a todos los seres humanos."

"Pero escúcheme un momento. Aún si encontraran el ADN en la reliquia barnizada, y aún si lograran crear un clon, no resucitarían a Jesucristo. Lo que tendrían sería el *gemelo* de Jesús, o sea, un individuo que se parecería físicamente a él, pero que sería en realidad una persona completamente distinta, con su propia personalidad y su propia alma y todo."

"Puede que sea verdad, hija, pero ¿cuántas personas van a comprender lo que me acabas de decir? Hace una temporada el Dr Montevecchio se preguntaba cómo podía estar muerto Dios si nunca había existido. Pues es que Dios ha existido desde siempre, y es por eso mismo por lo que no puede estar muerto. El escrito que llevas en la espalda de tu camiseta insiste en que Dios está vivo, y lo dice de una manera muy sutil. Ojalá pudiera expresarme con esa misma sutileza. Así se expresa la verdad desde una doble perspectiva, más profunda."

"Yo creo que la verdad se sostiene por sí misma, a pesar de todas las maneras diferentes que hay para expresarla."

"De eso no sé nada," le dijo Sor Mikele. "Pero tengo otra pregunta, entonces, que es semejante a la que nos ha hecho Montevecchio. Él quería saber cómo podría estar muerto Dios si nunca había existido. Pues yo te pregunto cómo se puede resucitar a Jesucristo si ya vive."

"¿Cómo que ya vive?"

"Dios le resucitó en la tumba. ¿No has oído hablar de la resurrección?"

"Ah, claro. Ya veo. A veces me olvido de lo que quiere decir esa palabra. Se nos hace tan familiar que se nos olvida que vive hoy entre nosotros. No sé exactamente en qué sentido vive, pero supongo que quiere decir que vive en los corazones de los que tienen fe en él."

"La fe. Ésta es la palabra exacta," asintió Sor Mikele.

"Pues hay quienes dicen que creen en las hadas, pero eso no quiere decir que existan, por mucha fe que tengan ellos."

"Tienes razón. Pero no hablamos de las hadas. Hablamos de Dios, el que creó el universo y a nosotros también. Como comprenderás, la creación de Dios sobrepasa por mucho la invención de un novelista, por muy imaginativo que sea éste. Y además, si no fuéramos verdaderos seres humanos, tal vez no existiríamos más que en los pensamientos de los ángeles. Pero aquí estamos, y no somos ni pensamientos ni sueños ni hadas. Somos reales, somos todos tangibles y vivimos, aunque no sabemos por qué existen las moléculas orgánicas.

"Tiene usted razón."

"Pues Dios tiene un plan para el universo, y no creo que incluya una parodia ni de la vida ni de la muerte de su Hijo único. Así que tenemos que irnos directamente al LIO para prohibirles que clonen a Jesucristo."

"No se preocupe, Sor Mikele. Andoni no hace nada esta noche. Tardará mucho en hacerlo, si es que logra hacerlo."

"Ah, entonces es Andoni."

Lisa se cubrió la boca con la mano. "No se lo dije yo a propósito. Firmé un contrato..."

"Pero como te dije antes, eso no te obliga a mezclarte en una aberración tan insólita como ésta. Que hagan un gemelo o que hagan un monstruo, o aunque hagan el Diablo mismo, todo es igual. Es una abominación, y acabará en un desastre inconcebible. Es un juego vicioso y atroz lo que juegan allá en el LIO."

"Comprendo cómo podría ser un sacrilegio jugar con el ADN de Jesucristo, pero no veo muy bien por qué sería algo maléfico. ¿Está usted segura que se trata de maldad?"

"Mira, Sarazúa no va a resucitar al verdadero Jesucristo, ya me lo has dicho antes. Pero va a utilizar su ADN para dar la impresión de haber tenido éxito. Quiere controlar a Jesús para formar un mundo que le guste."

"¿Le parece maléfico el querer mejorar al mundo?"

"Eso no es más que una excusa. Lo que llama un mundo mejorado no es nada más que el mundo tal como quisiera que lo fuera él. Sin lanzarse a experimentos espeluznantes, hay muchos líderes mundiales que han intentado cambiar al mundo, y ya sabes lo que ha sucedido como resultado."

"¿Pero a usted le parece que es malo el idealismo? Sería horrible si fuera verdad que la vida no tiene sentido y que todos nacemos sólo para luego morir en la miseria. Pero si en efecto resultara verdad todo eso, entonces haría falta que tuvieramos mucho valor para enfrentarnos a ello."

"La soberbia siempre ha sido el pecado más grande de todos. La gente que siente rabia contra Dios durante la noche oscura del alma, esa gente no es tan valerosa como orgullosa. Lucifer era soberbio también. Lo echaron del cielo cuando insistió en que sabía mejor que Dios cómo se debía gobernar el universo."

"Lucifer..." repitió Lisa con una cara pensativa. "Eso quiere decir en latín, *El que sostiene la luz.*"

"Siempre la lingüista," dijo Sor Mikele, con una sonrisa. "Pero, ¿no lo ves tú? Lucifer quería reemplazar a Dios. No hay soberbia más grande que esa. De todos modos, tendrás que persuadir a Andoni para que se aparte del proyecto de clonar a Jesucristo, aunque sólo quiera secuenciar su ADN. Él y el Dr Sarazúa corren el peligro de querer jugar el papel de Dios también, igual que Lucifer."

"Pero ¿está segura de que sea soberbia y no idealismo lo que les anima a seguir?"

Sor Mikele dio un suspiro y se puso a pensar.

"Si sólo fuera curiosidad científica," dijo por fin, "podrían muy fácilmente clonar a otro líder de gran categoría. ¿Por qué tiene que ser Jesucristo en particular?"

"Será por la fama mundial implícita en la figura de Jesús, y por su divinidad también. Son esos factores los que transfieren al clonador el poder y la credibilidad que busca. O por lo menos así lo piensa él."

"Esto es precisamente lo que te estoy diciendo yo."

"Ya se hace tarde," dijo Lisa, mirándose el reloj. "Lo siento, pero tengo que irme ahora, que me espera Andoni en la taberna. ¿Quiere usted cenar con nosotros?"

"Gracias Lisa, pero otro día tal vez," dijo Sor Mikele, sacando de su pequeño frigorífico un montón de bocadillos.

"Voy a bajar a hacerles una visita a los jóvenes que me esperan en la celda de Teresa, y en seguida después me voy al LIO para hablar con Paskal Sarazúa. A ver si le hago cambiar de opinión."

"¿Cree usted que le hará caso?"

"Espero que sí. Me hacía mucho caso cuando era mi alumno en la escuela, y ahora espero que siga escuchándome. Mientras tanto, vete a la taberna y haz lo que puedas con Andoni. Yo sé que te respeta mucho."

"Me queda todavía un poco de tiempo antes de tener que que ir a la taberna. ¿Le gustaría que les llevara yo los bocadillos a los chicos que esperan abajo?"

"Sí, por favor, Lisa. Muy amable. Diles a todos que rezo por ellos, y que no tardaré mucho en volver."

Después de despedirse de Sor Mikele, Lisa bajó con los bocadillos y se los entregó al pequeño grupo de amigos hambrientos que los esperaban en la celda de Teresa, y que los recibieron muy agradecidos. No tardaron mucho en dar buena cuenta de ellos mientras escuchaban la historia de las aventuras de Peli en el Camino de Santiago durante su nueva carrera como ladrón. Mientras contaba su historia, Peli añadía algunos elementos adornados, contento de ver cómo se le iluminaban los ojos a Teresa al oír los detalles emocionantes.

"Ahora sólo me queda buscar la manera de entregarle a Andoni el sudario y el hueso de Santiago," dijo Peli cuando hubo terminado el relato de sus hazañas.

"No lo pienses más," dijo Lisa. "Voy a cenar esta noche con Andoni en la taberna. Me junto con él en diez minutos."

"¡Fantástico!" exclamó Peli, muy contento de deshacerse de ellos. "No quiero que me den otro tiro."

"Eso sería el colmo," declaró Teresa.

"A propósito, Lisa," le dijo Carmen, "¿Le diste a Andoni la reliquia barnizada?"

"Sí, misión cumplida," contestó Lisa. "Lleva el día entero trabajando en ella, pero no puedo decirte nada más que eso."

"No te preocupes, no quiero saber nada," dijo Carmen. "Pero me alegro de que esté en sus manos. Es un gran alivio para mí, y te lo agradezco mucho, Lisa."

"Siento no poder estar a su lado para ayudarle en la tarea," dijo Marko. "Dile por favor que pienso en él, Lisa."

"Vale. Así lo haré."

"Cógelo pues," le dijo Peli, entregándole a Lisa una bolsa de terciopelo rojo con el sudario y la reliquia dentro.

"Los guardaré con mucho cuidado," le prometió Lisa, cogiendo la bolsa con respeto. "Por desgracia voy a tener que ponerlos en la mochila," añadió, afligida por no tener un bolso más adecuado que la mochila donde guardarlos.

Cuando Lisa se preparaba para marcharse, notó de repente que estaba Carmen mirando por la ventana con la misma cara de temor que le había notado cuando se conocieron en las calles de Mayagorry.

"¡Carmen!" exclamó Lisa. "¿Qué te pasa, mujer?"

"¿Ves aquel hombre?" dijo Carmen, con voz temblorosa. "Ese hombre alto y calvo que pasa por allí, es el mismo que me estaba siguiendo durante el tiempo en que yo guardaba la reliquia. Es el mismo que vi el día en que nos conocimos."

Lisa fue corriendo a la ventana para echar una mirada, pero ya había desaparecido por la esquina del convento.

CAPÍTULO DIECISIETE

Doña Pascua estaba a punto de apagar las luces de la entrada del Palomar. Esperaba con impaciencia el momento de tumbarse en el sofá para ver su programa favorito en el canal *TV Vasca*, cuando de repente llamaron a la puerta.

"¡Por Dios, qué lata!" gruñó la anciana. "¿Quién vendrá a estas horas? ¡Qué fastidio!" Le irritaba mucho que viniera gente a molestarla después de un largo día de trabajo agotador, y sobre todo cuando le dolían todas las articulaciones del cuerpo. Además, no había oído decir que hubieran llegado extranjeros al pueblo aquel día, y si no sabía de llegadas imprevistas, es que no las había habido.

No obstante los golpes en la puerta de entrada se volvieron cada vez más insistentes. A Doña Pascua le hubiera gustado ignorarlos, pero al mismo tiempo no quería perder la oportunidad de alquilar la suite nupcial, puesto que era la única habitación que quedaba libre aquella noche. No tardaron en vencerla tanto la avaricia como la curiosidad, así que se fue cojeando hacia la puerta de entrada a ver quién estaba allí.

Al abrir la puerta se encontró frente a frente con dos siluetas fuertemente enmarcadas por el sol poniente. La figura más baja de las dos le dio un empujón a Doña Pascua y fue directamente a la recepción, dejando a la figura más alta la responsabilidad de ocuparse de las maletas. Doña Pascua, cegada por la puesta del sol, no pudo discernir quiénes eran, pero no dejaba de gritarles a esas dos arrogantes siluetas.

"¿Cómo se atreven ustedes a entrar en mi posada y luego portarse como si fueran los dueños?" les preguntó con voz chillona. "Que se aparten para que yo pueda llegar a la recepción. Y pongan esas maletas en el rincón."

"Si quieres alquilarnos un cuarto, tendrás que cambiar ese tono de voz," le dijo la más baja de los dos.

Doña Pascua se quedó tan pasmada por ese comentario tan grosero y el uso del tuteo por parte de una mujer mucho más joven que ella que por una vez en su vida no sabía qué decir. La silueta baja se aprovechó del inesperado silencio para seguir acosando de malas maneras a la propietaria.

"Y tampoco vamos a quedarnos aquí a no ser que nos alquiles la mejor habitación de la casa," dijo con autoridad.

Mientras los ojos de Pascua se acostumbraban a la luz del sol poniente, poco a poco se le hacía obvio que la silueta que hablaba en aquel momento era una mujer, a pesar de su voz ronca. Parecía además una mujer muy atractiva. Tenía unos veinte años, de pelo corto y negro y con una mirada insolente. Su compañero era un hombre alto y calvo, y bien vestido como ella. Daba la impresión de ser un hombre muy satisfecho de sí mismo, precisamente el tipo de persona con el cual Doña Pascua no tenía paciencia alguna. Pero no tenía tiempo para pensar más en ello porque la mujer ya estaba pidiendo el registro con su voz desagradable y autoritaria.

A Doña Pascua le hubiera gustado mucho echarlos a la calle, pero vio que tenían aspecto de poder permitirse el lujo de pasar la noche en los mejores alojamientos, de modo que dominó su indignación y les lanzó una sonrisa desdentada.

"Tendrán que quedarse en la suite nupcial," le dijo a la mujer, mientras que al hombre lo miraba con desaprobación. "Es la única habitación que me queda esta noche."

"Está bien," repuso en seguida la mujer, sin consultar a su compañero. "¿Dónde firmo?"

"Aquí mismo," dijo Doña Pascua, indicándole la línea punteada. "¿Puedo ofrecerles un poco de jerez? Es de lo mejor que hay, de Jerez de la Frontera."

"Gracias," repuso el hombre. "Me tomaré un traguito."
Pascua le dio una copa, y a la mujer le ofreció otra.

La mujer se tomó el jerez de un trago, mientras Pascua la miraba atónita. A lo mejor esa gente era más ruda de lo que había pensado. La mujer dejó su copa en el escritorio y firmó el registro, mientras el hombre sorbía el jerez que le quedaba. La mujer le entregó la pluma, y él también firmó. Doña Pascua cogió el registro y examinó con atención las firmas.

"¿Qué es eso?" les preguntó de repente. "¿Pero eso qué es?" les preguntó otra vez, renunciando a sus esfuerzos por aparentar ser encantadora. "Usted puso Marta *Vandenberg* y Pierre *Piedmont*. ¿Eso qué quiere decir?"

"¿De qué hablas ahora?" le preguntó la Vandenberg.

"Ustedes tienen que estar casados si quieren quedarse en la suite nupcial. Eso debe quedar perfectamente claro."

"¿Pero qué te hace pensar que no estamos casados?" le preguntó la mujer, las manos puestas en las caderas.

"Ustedes tienen que poner el nombre completo al firmar el registro," dijo Doña Pascua, en un tono soberbio. "Hágalo ahora mismo, o doy marcha atrás en mi oferta. Queda mucho espacio en la línea punteada para escribir el apellido de casados. Para decirlo bien claro, usted tiene que firmar *Marta Vandenberg de Piedmont,* o no es legal, digo yo."

"Jamás he oído una cosa tan ridícula," declaró la llamada Señora de Piedmont.

"Haz lo que te pide, Marta," dijo Piedmont. "No podemos perder el tiempo con esta bruja."

"¿Esta *bruja?*" repitió Pascua, los ojos como ascuas.

Marta agarró la pluma y firmó su nombre.

"Jamás me olvidaré de esto," declaró Marta con rabia, saliendo del Palomar sin mirar hacia atrás para averiguar si la seguía su leal marido.

Lisa estaba muy nerviosa al salir de la celda de Teresa con el sudario y el hueso de San Diego. Aquí estaba ella, una humilde estudiante graduada de la Universidad de California, lanzándose a una noche oscura por un sendero pedregoso hacia un pueblo escondido en algún lugar de los Pirineos, cargada con dos reliquias de las más sagradas del planeta entero metidas en la mochila.

Dio un respingo cuando de repente oyó el ulular de un búho escondido en las ramas de un árbol cercano a ella. El sonido fúnebre del pájaro la hizo pensar en el folclore de la Edad Media que asociaba a los búhos con la muerte inminente.

Pero siguió adelante, sabiendo que era menester que cumpliera sin tardar la misión de entregar las reliquias al joven científico que la esperaba en la taberna.

La imagen de Andoni, un hombre tan serio y tan práctico, la ayudó a olvidar sus pensamientos tenebrosos. Aunque los búhos eran símbolos de la perdición en tiempos medievales, también representaban la ayuda y la sabiduría para los griegos en su mitología. Teniendo en cuenta todo eso, Lisa apartó sus lúgubres pensamientos y aceleró el paso, pensando que si se daba prisa llegaría tal vez a la taberna de una sola pieza.

"Por fin llegaste, Lisa," le dijo Andoni, levantándose al verla acercarse a la mesa. "¿No te habrá pasado nada malo?"

"No, se ha arreglado todo muy bien," le dijo, colocando la mochila debajo de la silla. "Siento haber llegado tarde."

"No te preocupes. Toma, me queda un poco de estofado de carne con verduras. ¿Te apetece?"

"Gracias. Voy a probarlo."

"Pues venga, cuéntamelo todo. ¿Qué pasa? ¿Dónde has estado?"

"He estado en la celda de Teresa con Marko y Carmen."

"¡No me digas! ¿Los has encontrado tú?"

"Sí, y están con ellos los niños y la cría también. Y es más… Peli está también con ellos."

"¿Peli? ¿No es el bedel del convento?"

"En efecto. Hacía tiempo que había desaparecido, y la pobre Teresa se volvía loca. Son amigos desde niños los dos, ¿sabes? Total, está de vuelta ahora, contento pero rendido.

Resulta que fue él quien robaba las reliquias en las catedrales a lo largo del Camino de Santiago."

"¡No me digas! El *bedelito* del convento, ¿me vas a decir que es el ladrón del cual hablaban en la radio y en la tele? ¿Le busca la policía?"

"No. Nada de eso," dijo Lisa. "La policía está buscando al ladrón, claro, pero no saben que es Peli, que yo sepa."

"Entonces, ¿está bien, dices?"

"Pues sí, hasta cierto punto. Pero le disparó un guarda en la Catedral de Santiago. La bala le dió en el esternón, pero no le hizo nada, dice él."

"¿Cómo que no le hizo nada una bala en el esternón?"

"Parece que le resbaló a lo largo del hueso, pero sin penetrarlo. Claro, la dirección de la bala era oblicua, pero también parece que los vascos tienen el esternón muy duro."

"¿Ah, sí? Nunca me he fijado."

"Y hay más. Robó el sudario del Catedral de Oviedo."

"¡Dios mío! Era Peli, pues."

"Sí, y me ha confiado el hueso y el sudario a mí para que te los entregara a ti."

"¡Vaya, Lisa! Y, ¿dónde están ahora?"

"En la mochila, debajo de mi silla."

"¡Brillante! Los tienes escondidos a plena vista. Cada día se ponen más interesantes las investigaciones. Ahora puedo comparar las secuencias del ADN de una reliquia de Jesús con el de un pariente sanguíneo suyo ya verificado. Me alegra muchísimo tener un nuevo punto de referencia. Es la mejor manera de establecer la autenticidad de las reliquias."

Entre bocado y bocado, Lisa le contó a Andoni todo lo que había pasado en la oficina de Sor Mikele, empezando con la visita de Montevecchio y terminando con la charla que tuvo con ella sobre el tema de clonar a Jesucristo.

"¿*Cómo?* ¿Le hablaste de eso? Y el contrato que tenemos con Sarazúa, ¿se te ha olvidado?"

"Espérate. Llegó a esta conclusión por sí misma. Cuando supo que fue Sarazúa quien le había mandado a Peli a robar las reliquias, sabía que iban a analizar su ADN, porque ya se dedican al análisis del ADN en el LIO. Y conociendo a Sarazúa, concluyó que no se quedaría satisfecho con sólo leer las secuencia; sabía que querría clonarlas en algo tangible."

"Pero, ¿cómo sabía lo que es la clonación? No se sabía nada de eso cuando nos enseñaba ciencias en la escuela."

"Sarazúa le contó un día lo de la oveja Dolly, y notó lo muy emocionado que estaba. No le resultó difícil comprender que a Sarazúa le interesaba muchísimo la clonación, y estaba bastante segura que no era sólo la clonación ovina la que le interesaba. No se clona una oveja de una sagrada reliquia. Se clona el Pastor."

"En efecto," declaró Andoni, echando una carcajada. "Siempre muy lista, nuestra Sor Mikele."

"Tienes mucha razón, porque además de eso, también se puso a rumiar sobre el caso de Carmen. Los niños son muy rubios, claro, pero Carmen tiene el pelo negro, entonces ella se preguntaba por qué. No sabe nada de genética, pero por lo menos sabe igual que todo el mundo que dominan los genes para el pelo negro. Entonces concluyó que empleaban a Carmen como madre de alquiler."

"A las monjas no se les escapa nada."

"Es cierto," comentó Lisa. "Entonces Sor Mikele quiso hablar con Carmen sobre el asunto, pero Carmen se puso muy nerviosa y prefirió guardar silencio. Al verla así, Sor Mikele se dio cuenta de que estaba en la buena pista."

"No tiene un pelo de tonta, Sor Mikele."

"Pues siguió la pista, paso por paso, hasta llegar a unas conclusiones muy lógicas. Empleaba el método científico."

"Era muy buena profesora de ciencias cuando yo asistía a sus clases en la escuela. Ahora dime, ¿qué piensa ella del proyecto de clonar a Jesucristo?"

"Está francamente horrorizada por la idea. Se puso por las nubes. Se dirige ahora mismo hacia el LIO para hablar con Paskal Sarazúa. Va a decirle que abandone el proyecto."

"¿Cree que es un sacrilegio clonar a Jesucristo, o una cosa irreverente, o algo por el estilo? ¿Es ese el problema?"

"Cree que es mucho peor que esto. Dice que sería una especie de burla de la muerte de Jesucristo en la cruz. Dice que murió para salvarnos de la sentencia de muerte, y que sería una necedad de primera categoría que rechazáramos el regalo inestimable que nos ofrece a todos."

"Pero nos moriremos todos. No hay nadie en toda la historia del mundo que no se haya muerto."

"Ya, pero parece que si aceptamos la fianza que pagó Jesucristo por nosotros cuando ofreció su propia vida como sacrificio, entonces tenemos la oportunidad de vivir otra vez. O sea, ahora estamos en libertad bajo fianza."

"¿Bajo fianza? ¿Qué fianza?"

"La fianza que se tiene que pagar a las autoridades para que nos liberen de la cárcel."

"¿La cárcel? ¿Qué cárcel?"

"El mundo en que vivimos. Puesto que todos vamos a morir, más vale que lo digas bien claro: todos hemos sido condenados a muerte, sin excepción. O podrías ponerlo así: vivimos todos en el corredor de la muerte."

"Entonces ¿la muerte de Jesús es lo que cuesta la fianza?"

"Así me lo explicó Sor Mikele."

"No sé. A mí me parece un cuento de hadas."

"Más vale aceptar la fianza que rechazarla, digo yo. ¿No te sentirías muy estúpido si resultara que todo era verdad?"

"Yo no soy asesino, vamos. No hay por qué llevarme al corredor de la muerte. No lo merezco."

"Es verdad que no eres asesino," asintió Lisa. "Pero según Sor Mikele, para ir al cielo no se trata sólo de ser bueno. Lo importante es admitir que necesitamos ayuda, y luego tener la fe necesaria para creer en la ayuda que se nos ofrece."

"A mí no me hacen falta muletas," dijo Andoni.

"Espera un momento. Pongamos que fueras un nadador a larga distancia profesional, y quisieras probar a todos que eras un nadador de primera categoría, y para lograr eso te inscribieras en una carrera de natación con la esperanza de ganar el trofeo como el mejor nadador del mundo. ¿Vale?"

"Sí, sí. Continúa," dijo Andoni, frunciendo el ceño.

"Entonces te habías inscrito en una carrera de natación cuyo trayecto te llevaba desde California hasta Hawai, y al principio todo te iba muy bien. Los barcos de vigilancia seguían a los nadadores, y los barcos de navegación les ayudaban para que no se perdieran. Pero finalmente los nadadores estaban tan rendidos que tuvieron que ser rescatados por los barcos de seguridad, que los llevaron hasta Hawái, dónde todos pudieron gozar de un lúau. Todos menos tú, claro, porque tú estabas tan seguro de que podías llegar nadando hasta Hawái sin que nadie te ayudara. Cuando los barcos intentaron rescatarte, les hiciste señales de que se fueran, así que tuvieron que dejarte para que acabaras la carrera solo."

En aquel momento llegó el camarero con sus bebidas, así que se callaron un momento hasta que se fue. Se avergonzaban de que les oyeran hablar de religión en un lugar tan público como la taberna.

"No me cuentes cómo se acaba," le dijo Andoni, cuando estuvieron solos. "A ver si lo adivino. Me ahogué, ¿verdad? No llegué ni de lejos a Hawái."

"Pues eso. No llegaste."

"Pues eso ¿de quién es la culpa? Yo le echo la culpa al juez por colocar demasiado alto el listón. Es imposible nadar desde California hasta Hawai."

"Claro. ¿Qué te hizo creer que ibas a poderlo hacer tú?"

"Bueno, ya entiendo. Nadie es capaz de ir nadando hasta Hawai, y nadie puede ir volando hasta el cielo tampoco, a no ser que confiese que es demasiado débil para llegar solo y sin ayuda, y que sea bastante humilde para hacer barcostop."

"Pues lo has captado muy bien."

"Pero sigo sin comprender por qué Dios nos pide lo imposible. ¿Se está burlando de nosotros?"

"No nos pide hacer lo imposible. En cuanto a Hawái, es verdad que está muy lejos, pero Dios no nos pide que vayamos nadando hasta Hawái. Somos nosotros los que queremos hacer lo imposible, porque así podemos jactarnos de nuestra fuerza y de nuestro valor. Cuando estamos al punto de ahogarnos, Dios a veces nos manda barcos para salvarnos la vida. Pero si no queremos aceptar ayuda alguna, no es justo que le echemos la culpa a Dios. Nos ha obsequiado con el libre albedrío, pero se le rompe el corazón cuando hacemos tonterías. No quiere que se ahogue nadie."

"Deberías haberte hecho profesora de religión," dijo Andoni.

"No es para tanto. Ya he oído el relato de esa historia."

"Pues no está mal el cuento. Tendré que meditar sobre él algún día cuando tenga tiempo."

"Mientras tanto Sor Mikele va a intentar contarle a Paskal Sarazúa una historia que le dé en qué pensar un poco."

"Que tenga suerte," dijo Andoni, con una risa irónica. "Nadie podrá convencerle a él que abandone sus sueños."

"Claro que no. Imagínate, si logra clonar a Jesucristo será el hombre más famoso del mundo. No va a volver la espalda a una oportunidad como ésa. Pero el proyecto suyo es aún más difícil que ir nadando hasta Hawái, porque no hay barcos para ayudarle a clonar a Jesucristo."

"Si es que existen esos barcos," declaró Andoni.

"Pregúntaselo a Sor Mikele."

"¿Por qué no a Nietzsche?"

"Porque está muerto, ¿no te acuerdas?"

"Jaque mate."

En aquel momento aparecieron en la puerta de la taberna un hombre alto y calvo y una mujer baja y morena. El hombre llevaba un traje gris con una camisa a rayas azules, y la mujer llevaba un vestido de cóctel de color negro. Se detuvieron en la puerta un momento mientras buscaban una mesa. Había mucha gente en la taberna a esas horas, y la única mesa libre era la que estaba al lado de Andoni y Lisa. La mujer se dirigió rápidamente a la mesa libre y se sentó al lado de Andoni, y el hombre se apalancó en la silla junto a Lisa. Debían de haber estado discutiendo, pensó Lisa, porque ambos tenían cara de resentidos.

"Esa jerez que nos dio la bruja esa, era el peor jerez que he tomado en toda la vida," decía la mujer. "Sabía a bencina."

"No te escandalices, Marta. Es una pérdida de tiempo."

"Cuando necesite tus consejos, Pierre, te los pediré."

"Buenas tardes," dijo el camarero, acercándose a la mesa. "Me llamo Eduardo, para servirles. ¿Puedo ofrecerles algo para tomar?

"Para mí una botella de Bizkaiko Txakolina enfriada," dijo Marta.

"Muy bien, señorita. ¿Y usted, señor?"

"No necesitamos una botella entera, Marta," dijo Pierre. "No tenemos tiempo para tomarlo todo."

"No te metas conmigo," le dijo, irritada. "Dile a Eduardo lo que quieres tú, y basta."

Lisa miró de soslayo a Andoni, como para decirle que iba a ser muy difícil llevar una conversación tranquila al lado de esa mujer tan irritable.

"Una botella para los dos," le dijo Pierre al camarero.

"¡Ni hablar! No la comparto con nadie," declaró Marta.

"Entonces lo mismo que mi vecino de al lado."

"Muy bien, señor. Es un Rioja blanco exquisito."

Al marcharse Eduardo, Pierre se volvió hacia Andoni.

"No tenía la intención de molestaros ni a ti y ni a tu mujer. Perdona la intrusión."

"No pasa nada. Que disfrutes del Rioja."

"Al camarero le gustaba mucho."

"Es un vino blanco con aroma y sabor muy ligero. Se usa la uva de Viura, que tiene una calidad cítrica y mineral, equilibrado por una sugerencia de roble."

"Lo espero con impaciencia," dijo Pierre.

"Va muy bien con el jamón serrano, o bien las tapas de camarones con azafrán."

"Pediré lo que me has sugerido cuando vuelva Eduardo."

"Vosotros podéis pasar el resto de la noche analizando las tapas y el vino si queréis," dijo Marta, con cara irritada. "En cuanto a mí, me voy al servicio."

Al levantarse tropezó contra la silla de Lisa, derramando su bebida en la mesa.

"Ten cuidado, Marta," le dijo Pierre. "Vas muy de prisa."

"Perdona," le dijo Marta a Lisa. "Si veo a Eduardo le diré que se ocupe de eso."

"No te preocupes," repuso Lisa, pero Marta, que ya se dirigía con paso firme hacia el servicio, no la oyó.

"Por favor, perdonad a mi mujer," dijo Pierre. "No se siente muy bien hoy. Hace tiempo que viajamos, y ya sabéis lo que pasa cuando se come mucho fuera. No se puede uno fiar de la condición sanitaria de las cocinas."

"Ya comprendo," dijo Andoni. "Lo mismo me pasa a mí cuando estoy de viaje."

"¿Ah, sí? ¿Viajas mucho?"

"Algo. He visitado a la mayoría de los países de Europa, pero eso no significa mucho."

"Ah. Pues yo en Francia he disfrutado de unas vendimias excelentes. Pero fíjate, en Nueva York ha brotado un poco de competencia en los últimos años. El año pasado cuando estuve allí me ofrecieron un Domaine Rimbert Travers de Marceau del año 2007. Era menos intenso y menos complejo que un Borgoña, pero era un vino de gran calidad."

"Pues ya era hora, ¿eh?" dijo Andoni con un guiño.

Unos diez minutos más tarde Pierre echó un vistazo a su reloj y se puso de pie.

"Estoy un poco preocupado por mi mujer," les dijo. "Voy al servicio a ver si la encuentro. Perdonadme, por favor."

"¿Quieres que vaya yo?" le preguntó Lisa.

"No, gracias, no. No te molestes. Le pediré a una de las camareras que entre al servicio de señoras a ver si está."

Pasaron unos veinte minutos, pero no volvieron ni Pierre ni Marta. Las tapas y el Rioja se quedaron sin probar.

"Pues ya hemos terminado," dijo Andoni. "¿Nos vamos?"

"Sí, vámonos," repuso Lisa. "Estoy segura que Marta puede defenderse muy bien sin que la ayudemos nosotros. Que se ocupe de ella su marido. ¿Cómo se llamaba?"

"Pierre, ¿no?"

"Sí, eso es. Pierre."

Lisa se agachó para recoger la mochila.

"Oye, Andoni, ¿has túvisto mi mochila? Estaba debajo de mi silla. ¿La tienes tú?"

"No. No la he visto."

"Pero, ¿dónde puede estar, entonces? Ya no está debajo de mi silla."

"¿Cómo? ¿Cómo puede ser?"

"No está dónde la puse, te lo aseguro."

"¡Nos han robado!" exclamó Andoni, espantado.

"*¿Cómo?*"

"Sí, te apuesto mil euros a que te robó la mochila Marta. Tropezó con tu silla justo antes de irse al retrete, y luego Pierre se puso a hablar con nosotros para que ella tuviera tiempo de escaparse. Yo hubiera debido darme cuenta de lo que pasaba. ¿Cómo he podido haber sido tan torpe?"

"Pues en lugar de hablar de ellos, ¡vamos a buscarles!"

Andoni sacó su cartera y dejó en la mesa un billete de cincuenta euros. Lisa, mientras tanto, ya había llegado a la puerta de entrada. Andoni agarró su chaqueta y la siguió.

CAPÍTULO DIECIOCHO

Lisa y Andoni abrieron con un fuerte empujón la puerta de la taberna y salieron corriendo. Miraron por todos lados, pero Pierre y Marta ya habían desaparecido. Andoni se acercó a los tres jóvenes que estaban charlando al otro lado de la calle.

"¿Hace mucho que estáis aquí?" les preguntó.

"Desde que dejó de llover," repuso uno de ellos.

"¿Habéis visto a un señor alto y calvo salir de la taberna?"

"No."

"Y ¿una mujer baja y morena? Tenía en la mano una mochila rosada. ¿La habéis visto?"

"No. Lo siento," contestó otro.

"Vámonos, Andoni," le dijo Lisa con prisas, cogiéndole por el brazo. "Vamos al Palomar a preguntarle a Doña Pascua si sabe algo de ellos. Se habrán quedado allí."

"Buen plan," dijo Andoni mientras corrían a galope hacia el Palomar.

Doña Pascua acababa de apagar el programa que había estado viendo en la TV Vasca. Se sentía muy contenta de que el asesino por fin hubiera caído en manos de la policía gracias al análisis de su ADN. Le encantaban los programas en los que los criminales acababan maniatados y boca abajo en la calle, como era debido.

Se sobresaltó cuando llamaron a la puerta.

"¿Otro más?" gruñó, levantándose con dificultad. "Ya no me quedan habitaciones para esta noche. ¡Que se vayan ya!"

Se puso el chal alrededor de los hombros y fue a la puerta. Lisa y Andoni estaban fuera, con aspecto muy agitado.

"Doña Pascua, ¿hay aquí unos huéspedes nuevos esta noche?" le preguntó Lisa.

"¿A usted qué le importa?" contestó, intentando cerrar la puerta sin dejarlos entrar. Tuvo el descaro Andoni de obstruir la puerta con el pie.

"Queremos hacerle un par de preguntas, nada más," le explicó Andoni.

"¡Aparte el pie!" dijo Doña Pascua, muy indignada.

"Buscamos a un hombre y una mujer, pero no conozco los apellidos," le dijo Lisa. "Se llaman Pierre y Marta."

"¿Son amigos suyos?" le preguntó a Lisa.

"No, acabamos de conocerlos."

"Más vale que no sean amigos suyos," dijo Pascua. "A mí no me parece que están casados. Tienen los apellidos distintos, y las tarjetas no indican que ella tenga el mismo apellido que el hombre. Ella se llama *Vandenberg*, y él, *Piedmont*."

"Entonces se alojan aquí, ¿verdad?" le preguntó Andoni.

"Sí. Les alquilé la suite nupcial. Se cambiaron de ropa y se vistieron para cenar. El vestido de ella era pequeñísimo. Parecía una puta."

"Doña Pascua, piénselo bien, por favor," le dijo Andoni, muy serio. "¿Le dijeron por qué estaban aquí en Mayagorry? ¿Sabe usted dónde pueden estar ahora?"

"No se lo diría aunque lo supiera," les dijo, con las manos puestas en las caderas. "¿Por quién me toma usted? ¿Una chismosa común y corriente?"

"Marta Vandenberg me ha robado la mochila," le dijo Lisa. "Por eso la buscamos."

"¿La mochila rosada?" le preguntó Doña Pascua.

"Sí, ¡esa misma!" exclamó Lisa, con mucha esperanza.

"¡Qué barbaridad! No pegaba nada con el vestido de cóctel que llevaba."

"Necesito esa mochila, Doña Pascua. Es muy importante. Le daré una recompensa si me la puede rescatar."

"¿Una recompensa? Bueno," le dijo Pascua, con un guiño de complicidad. "Déjeme pensarlo un ratito. Encontraré una manera de hacerlo."

Mientras caminaban hacia el LIO, Lisa y Andoni hablaban de la mochila extraviada.

"Hay algunas cosas que todavía no llego a comprender," decía Lisa.

"¿Por ejemplo?"

"Pues a mí me parece que tenían planeado de antemano ese robo," opinó Lisa. "¿Notaste cómo se levantó Marta para irse al baño y luego tropezó con mi silla para distraerme mientras me robó la mochila? Y ¿viste la manera en que Pierre hablaba y volvía a hablar del vino de la Rioja para que Marta tuviera bastante tiempo para escaparse? Debían saber muy bien lo que había en la mochila."

"¿Cómo habrán podido saberlo?

"Andoni, escúchame," le dijo Lisa de repente. "Creo que se habrán encontrado con Peli. No sabía nadie lo que yo tenía en la mochila salvo él. Ah, y Carmen también. Ven, tenemos que ir en seguida al convento. Habrán estado ahí Pierre y Marta, y los habrán encontrado en el sótano. Los habrán obligado a contárselo todo a ellos. Carmen estaba con la cría en la celda de Teresa, y Peli y Marko y los niños estaban en la celda de al lado."

"¡Vámonos, pues!" exclamó Andoni, corriendo hacia el convento a toda velocidad.

Al llegar allí llamaron con fuertes golpes a la puerta de entrada. Cuando no llegó nadie, llamaron más fuerte aun, pidiendo ayuda a gritos. Finalmente apareció una monja muy avanzada de edad, de cara dormilona y despistada.

"¿Qué os pasa?" les preguntó, después de escudriñarlos por la mirilla para averiguar quién o quiénes hacían tanto ruido a esas horas de la noche. La monja reconoció a Andoni de cuando había sido alumno en la escuela del convento, y a Lisa la había visto en sus visitas previas al convento.

"Muy buenas noches, Sor Ángela," le saludó Andoni, reconociéndola a ella también. "Sentimos haberla despertado tan tarde por la noche, pero creemos que nuestros amigos en las celdas de abajo pueden estar en peligro, tal vez en grave peligro o hasta en peligro mortal."

"¿Cómo que peligro mortal? ¿Qué les pasa?"

"Puede ser que alguien haya entrado aquí a la fuerza."

"¿A la fuerza? Pero ¿quién? Y ¿cómo?"

"Si pudiéramos entrar, Sor Ángela, se lo contaríamos todo," le dijo Lisa. "Pero primero, si usted nos permite, quisiéramos bajar al sótano para investigar lo que puede haber pasado."

"Bueno, pues," repuso Sor Ángela, dejándoles pasar. Lisa y Andoni bajaron las escaleras de dos en dos, y se lanzaron por el pasillo hasta llegar a la celda de Teresa. Llamaron muy fuerte a la puerta, y luego en seguida la abrieron sin esperar a que les dejaran pasar.

Allí dentro del cuarto, sentados en el suelo muy cerca los unos de los otros, estaban Carmen y los dos niños con Teresa, Peli, y Marko, todos ellos amordazados y atados a la cama. María estaba dormida en su cuna, sin darse cuenta de nada. Andoni se puso en seguida a quitarles la cinta adhesiva de la cara con mucho cuidado, y Lisa les cortó las ataduras con unas tijeras que tenía Teresa.

Manolo and Josetxu se pusieron a lloriquear, frotándose las muñecas mientras les cogían en brazos Carmen y Marko, haciendo todo lo posible para consolarles.

En aquel momento apareció por fin Sor Ángela, después de haber bajado muy lentamente las escaleras.

"Pues allí están todos muy contentos," les dijo sonriente, mirándoles a todos desde la puerta abierta. "Todo está bien, ¿verdad?"

"Ahora sí. Gracias, Sor Ángela," repuso Lisa.

"Bueno, pues ¿por qué tanta bulla?" les preguntó.

"Es que tenemos mucha hambre," repuso Josetxu.

"Dios mío, no me había dado cuenta de la hora," dijo Sor Ángela, tranquilizada. "Yo puedo encargarme de eso. Ahora voy a la cocina para buscarles pan con chorizo. Con un poco de suerte os traeré pollo frío también. ¿Vale?"

"Sí, gracias, Sor Ángela," dijeron los dos niños a la vez.

"¿Podría traernos leche caliente?" le preguntó Manolo.

"¿Con azúcar, por favor?" añadió Josetxu.

"Pues ya lo creo, tesoros," les dijo Sor Angela, con una sonrisa compasiva. "Dios mío, ¡las crisis que pueden ocurrir en una noche!" dijo, meneando la cabeza mientras salía de la celda para cumplir su recado. "Los niños corrían el riesgo de morirse de hambre. Todo es un peligro mortal cuando se es jovencito."

Suprimía una sonrisa mientras andaba con lentitud por el pasillo, rumbo a la cocina.

"Ahora contadnos todo lo que ha pasado," dijo Andoni, colocando a Josetxu en sus rodillas. Carmen amamantaba a María, y Manolo estaba sentado a su lado.

"Bueno pues," dijo Teresa, "oímos un ruido tremendo al lanzarse alguien contra la puerta cerrada, y luego de repente se rompió la cerradura y apareció en el cuarto una mujer baja y morena que llevaba una pistola con la que nos amenazó. Luego apareció un hombre alto y calvo, que tenía de rehenes a Marko y a Peli, a quienes habían capturado en la celda vecina. La mujer seguía amenazándonos con la pistola mientras nos preguntaba dónde estaban el hueso y el sudario, y le dijimos que se los habíamos entregado a un amigo."

"El tío calvo era el mismo que me estaba siguiendo el día en qué nos conocimos," le dijo Carmen a Lisa. "Hace tiempo que me acecha."

"Total," dijo Marko, "nos obligaron a punta de pistola a que les dijéramos dónde estaban las reliquias."

"Ahora comprendo cómo sabían que las llevaba yo en la mochila," dijo Lisa, contenta de que se hubiera aclarado el misterio. "Pero lo que no acabo de comprender es cómo sabían en primer lugar que teníamos escondidas las reliquias."

"Es mi culpa," les dijo Peli. "El tío calvo es el mismo que me agarró mientras yo robaba el hueso de San Diego del osario en la Catedral de Santiago. El me obligó a decirle de dónde era yo y para quién trabajaba."

"¿Por qué no dijiste nada antes?" le preguntó Marko. "Hubieras podido por lo menos avisarnos."

"No quise decir nada mientras estaban ellos aquí. Temía que se pusiera furioso el tío calvo si os revelara su identidad, y que luego nos matara para sellarnos la boca de una vez para siempre."

"Hiciste bien Peli," le aseguró Teresa.

"De todos modos," continuó Peli, "yo tengo la culpa de todo. Si yo no me hubiera decidido a robar las reliquias para el Dr Sarazúa, no habría pasado nada."

"No te eches la culpa, Peli," le dijo Andoni. "Necesitamos ahora que nos ayudes a descubrir lo que significa todo eso. La policía querrá saber el nombre del tío que te atacó en Santiago, y mucho más también."

"Todo lo que sé es que se llama Piedmont. Aquella noche allí en Santiago llamó a un amigo suyo con el móvil, y fue entonces cuando se identificó."

"Piedmont…" murmuró Andoni. "Doña Pascua nos contó que sus nuevos huéspedes se llaman Pierre Piedmont y Marta Vandenberg."

"Debemos llamar a la policía," sugirió Carmen. "Aquí no estamos a salvo."

"Pero no están en la comisería a estas horas de la noche," le dijo Teresa. "Sor Mikele intentó llamarles una vez muy tarde, y no respondieron."

"Más vale que llamemos a Etxemendi," dijo Andoni. "Estará despierto ahora, y podrá ocuparse de nosotros."

"¡No!" exclamó Lisa de repente. "¡No llames a Zigor Etxemendi! ¡Si él está relacionado con los otros!"

"¿Cómo que está relacionado con ellos?" le preguntó Andoni. "¿De qué estás hablando?"

"¡Los apellidos! ¡Todos los apellidos llevan el nombre de una montaña!"

"¿Una montaña?" repitió Andoni.

"Sí. Puede ser que sólo sea la paranoia de una lingüista muy suspicaz, pero creo que es más que una coincidencia. Yo creo que todos trabajan juntos, bajo nombres falsificados. Piedmont quiere decir *pie de la montaña* en francés, y luego Vandenberg quiere decir simplemente *de la montaña* en holandés. Entonces Montevecchio quiere decir *montaña vieja* en italiano, y Etxemendi quiere decir *casa de la montaña* en la lengua vasca. Así que están todos ligados, y claro, no podemos pedirle ayuda alguna a Zigor Etxemendi."

"Lisa, ¡no cabe duda de que todo lo has descifrado muy bien!" le dijo Carmen.

"Creo que sé de qué se trata todo eso," dijo Andoni. "Me acuerdo ahora que me hablaba Sarazúa el otro día de Pierre Piedmont. Por eso me sonaba el nombre. Sarazúa odia a ese hombre. Parece que Piedmont y su círculo de amigos creen que descienden de Jesucristo. Si no me equivoco se llaman los *Illuminati,* o por lo menos forman parte de ese grupo."

"Los iluminados," dijo Lisa, en voz pensativa. "Qué risa. Me hacen pensar en lo que me decía Sor Mikele acerca de Lucifer, cuyo nombre quiere decir *el que lleva la luz.* Todos son miembros de la misma pandilla, y están unidos bajo la bandera de la soberbia. Eso, y el deseo de dominar al mundo entero es lo que les une."

"Jesucristo no se casó nunca," declaró Teresa. "¿Cómo es posible que tuviera descendientes?"

"Por lo visto esos tíos insisten en que Jesucristo se casó con María Magdalena, o por lo menos que tuvo un hijo con ella," dijo Andoni, "pero no sé en qué se basa la idea de que son ellos mismos los descendientes. Si alguno de ellos tuviera la prueba de eso, ya lo hubieran pregonado antes."

"Entonces, ¿por qué permanecen en el anonimato?" preguntó Carmen. "Nunca van a hacerse famosos en una aldea como la nuestra. Y ¿por qué me siguen a mí?"

"Se habrán dado cuenta de lo que hace Sarazúa igual que se dio cuenta de ello Sor Mikele," dijo Lisa. "Ella sabía que se ocupaba de la clonación ovina, y también sabía que Peli había robado las reliquias, así que concluyó que probablemente le interesaba la idea de clonar a Jesucristo. A mí me parece que te estaban acechando, Carmen, porque les hubiera gustado agarrar a los niños, puesto que sospechaban sin duda que era muy posible que fueran clones de Jesucristo. Son demasiado rubios para ser hijos tuyos. Pero no hubiera sido fácil que se escaparan con ellos porque claro, corrían el riesgo de que les agarrara la policía, o de llamar mucho la atención."

"¿Podemos dejar el tema de mis hijos y hablar en cambio de la seguridad, por favor?" les preguntó Carmen.

"No te preocupes, Carmen," le dijo Marko. "Ya pescaron las reliquias, y ahora sin duda están buscando la manera más adecuada de escaparse con ellas cuanto antes."

"Tienes razón, Marko," dijo Andoni. "Se han apoderado del hueso y del sudario. ¿Qué más quieren? Ojalá tuviéramos nosotros mismos esas reliquias."

"Pero es que ya las tenemos," dijo Peli.

Todos se volvieron hacia él y le miraron boquiabiertos.

"¿Cómo?" dijo Andoni. "¿Te he oído bien?"

"Como había muchos huesos en el osario de la Catedral de Santiago de Compostela, decidí quedarme con tres," les dijo Peli. "No quise coger más de tres por si se daban cuenta."

"¿Es verdad lo que dices, Peli?" le preguntó Andoni, que no se atrevía a creer lo que estaba oyendo.

"Claro que sí," repuso Peli, con una sonrisa. "Lo tengo guardado ahí abajo, en el cajón."

"¿Lo?" repitió Lisa. "¿No acabas de decir que te quedaste con tres huesos?"

"Sí, pero ahora no me queda más que uno. Cuando me amenazó con una pistola Pierre Piedmont en la Catedral de Santiago, tuve que devolverle uno. El segundo te lo entregué a ti, Lisa, y ése lo pusiste tú en la mochila, y es el que robaron los... ¿cómo se llaman?"

"Los Illuminati," le dijo Lisa.

"Eso," repuso Peli.

Mientras tanto Teresa abrió el cajón en cuestión y sacó el tercer hueso, agitándolo en el aire triunfalmente..

"¡Mira, mira!" dijo con mucho entusiasmo. "¡Aquí está!"

"Pero sigo sin entenderlo bien," dijo Lisa. "Peli, tú dices que todavía quedan muchos huesos en el osario de Santiago, así que ¿por qué se vio obligado Pierre Piedmont a venir aquí a rescatar el que robaste tú? El tendrá la oportunidad de coger otros, ya que el osario de Santiago está a su cargo."

"O puede ser que sea un hombre muy religioso," notó Marko, con una sonrisa irónica.

"O quiere clonar él mismo a Jesúcristo," dijo Peli.

"O bien quiere a toda costa impedirnos a nosotros que lo hagamos," les sugirió Andoni.

"Estoy de acuerdo con Andoni," dijo Marko. "No quiere que nosotros nos adelantemos a él."

"Los llamados *Illuminati,* es decir, los que vinieron aquí a Mayagorry y que tienen apellidos con nombres de montañas, se escaparon con el sudario cuando le robaron la mochila a Lisa," dijo Andoni, muy desilusionado. "Es una verdadera lástima. Es una reliquia documentada y auténtica, y si hubiera podido secuenciar el ADN que pudiera encontrarse en ella, me hubiera quedado con la prueba que buscaba."

"Pues no te preocupes más por eso," dijo Peli. "Corté un pequeño pedazo como muestra con las tijeras de Teresa, y me lo guardé antes de colocar el sudario en la mochila de Lisa. El pedazo que corté tenía una mancha de sangre, así que será una buena muestra para ti, Andoni."

"Eres muy perspicaz, Peli," dijo Andoni, maravillado de la previsión que había demostrado. "Ahora nos quedamos con un hueso, y un pedazo del sudario, y la reliquia barnizada. No nos falta nada más. Mañana nos ponemos a trabajar."

Después de disfrutar un rato del momento, Lisa le preguntó a Andoni si existía una manera de probar que los *Illuminati* no descienden directamente de Jesucristo.

"No tenemos que clonarlo a Jesucristo para establecer la prueba," dijo Andoni. "No nos hace falta más que obtener unas muestras de saliva o unas células de la mejilla de esa gente que se identifica con los apellidos que contienen la palabra *montaña*. Al secuenciar el ADN de las tres reliquias, podemos comparar los resultados con los de las muestras de la saliva, y eso será suficiente para probar o para refutar la autenticidad de las pretensiones de los *Illuminati*."

"¿Cómo se pueden obtener las muestras de la saliva?" les preguntó Carmen.

"Cuando estábamos sentados al lado de Marta y Pierre en la taberna, Andoni, ¿no se quejaron del jerez que les sirvió Doña Pascua?"

"Tienes razón," le dijo Andoni, muy contento de que se hubiera acordado de la conversación. "A lo mejor podrías ir al Palomar mañana por la mañana a ver si todavía están las copas en la recepción. Sería estupendo que Pascua se hubiera sentido cansada y se hubiera a la cama sin lavarlas. No veo otra alternativa para conseguir saliva esos dos."

"Me extrañaría mucho, pero igual hay un poco de suerte y las copas están en el mismo sitio donde las dejaron ellos."

"Ojalá," dijo Andoni.

"Yo mañana podría tomar un café con Zigor Etxemendi," dijo Marko. "Estoy seguro que le gustaría mucho que yo después le lavara la taza."

"Y yo me ocupo del caso de Lorenzo Montevecchio," dijo Carmen. "Recuerdo aplastó la colilla de su cigarrillo entre las violetas en la oficina de Sor Mikele."

"Cuidado, Carmen," le dijo Peli con un guiño. "Acabarás siendo ladrón, ¿sabes? igual que yo."

"¿Ladrones?" dijo Sor Mikele, desde a la puerta.

"¡Sor Mikele!" gritaron los niños, abrazándola.

"Una mujer nos amenazó con una pistola, y un hombre nos ató con cuerdas que nos hacían mal," le contó Manolo.

"Sí, y nos pusieron en los labios cinta de pegar, y nos hizo mucho daño cuando nos lo quitó el tío Andoni," se quejó Josetxu.

Los otros le explicaron todo lo mejor que pudieron, intentando no interrumpirse unos a otros. Les escuchaba Sor Mikele con una expresión entre asustada y furiosa.

"¡Qué poca vergüenza!" exclamó indignada, cuando acabaron las explicaciones. "No debía haberlos dejado solos."

"Adónde fue usted, Sor Mikele?" le preguntó Carmen.

"Me fui al LIO para hablar con el Dr Sarazúa. Quise decirle lo que pensaba de su plan de clonar a Jesucristo."

"¡No me diga!" exclamó Andoni. "Se habrá puesto por las nubes cuando le habló de ese tema. Él nunca discute eso con nadie. ¿Le preguntó a usted cómo se enteró del proyecto de clonar a Jesucristo? ¿Quería saber quién se lo había dicho?"

"Sí, pero le expliqué que todo lo había descubierto yo misma. El Dr Sarazúa estaba muy preocupado a pesar de todo, porque le ocurrió decir nada menos que si yo lo había podido descifrar, también lo podría hacer cualquiera."

"Es un comentario bastante ofensivo," comentó Lisa.

"Eso es lo de menos," dijo Sor Mikele. "Lo que más me preocupa es el proyecto mismo. Tuve que recordarle al Dr Sarazúa que Jesucristo murió para liberarnos de nuestros pecados. Pero naturalmente no quería escucharme. Me ofreció todas las excusas corrientes, empezando con la noción de que el pecado es un concepto ante-diluviano y muy perjudicial, y que hoy la psiquiatría moderna nos enseña a forjar una auto-estima vigorosa y sana."

"¿Qué pensaba Sarazúa entonces del pecado *original*?" le preguntó Carmen.

"Pues esa idea la descartó sin vacilar, diciendo que no somos responsables de los errores de Adán y Eva. También mencionó que su diálogo con la serpiente no pudo haber tenido lugar, porque todo el mundo, hasta los niños de la edad de Josetxu, sabe muy bien que las serpientes no saben hablar. Quise decirle que Dios no había cambiado a Satanás en una serpiente hasta *después* de la famosa conversación con Eva. Me hubiera gustado explicarle que Dios castigó a la serpiente haciendo visible a su verdadera naturaleza, pero ya sabía que sería inútil ofrecerle explicaciones. Por muy interesantes que sean los argumentos teológicos y metafísicos, es raro que abran la puerta al paraíso."

"Entonces ¿qué decidió hacer usted después de hablar con Paskal Sarazúa, Sor Mikele?" le preguntó Teresa.

"He venido aquí para averiguar cómo estabais vosotros. El plan de Dios va a desarrollarse tal y como lo quiere Él, por mucho que el Dr Sarazúa quisiera que no fuese así."

"Entonces, ¿por qué fue usted hasta el LIO para razonar con él, si ya sabía que probablemente no querría escucharle?" le preguntó Carmen.

"Dios quiere que todos tengamos la oportunidad de saber lo que dice la Biblia," repuso Sor Mikele. "Además, ¿cómo puede la gente comprenderla si no se la explica nadie?"

"Pero no quiso escucharle a usted," insistió Carmen.

"Dios desea que todo el mundo oiga su palabra," dijo Sor Mikele, "incluso el Dr Sarazúa, aunque no le interese."

"Es irónico que piensen los *Illuminati* que son ellos los únicos hijos de Dios, puesto que creen que descienden de Jesucristo," dijo Lisa, con una risita irónica.

"¿Que descienden de Jesucristo?" preguntó Sor Ángela, trayendo una bandeja con bocadillos de chorizo, pollo frío, y una jarra de leche caliente con azúcar. "Nadie puede pretender que desciende de Jesucristo. Era un soltero."

"Yo creí que todos éramos hijos de Dios," dijo Josetxu. "¿No descendemos de su Hijo también?"

"Si descendemos de su Hijo, entonces somos los *nietos* de Dios," dijo Manolo, con toda la autoridad del hermano mayor.

"¿Podríamos hablar ahora de la vigilancia del convento, Sor Mikele, por favor?" le preguntó Carmen. "¡Esa gente es peligrosa!"

"No tienes que preocuparte, Carmen," le dijo Sor Mikele. "Ya se han marchado los tres: Lorenzo Montevecchio, Pierre Piedmont, y Marta Vandenberg. Parece que han encontrado lo que buscaban."

"Entonces ya no veré nunca más mi mochila," dijo Lisa.

"¡Cuánto lo siento!" dijo Sor Mikele. "Pero por lo menos estáis fuera del peligro. Cuando salía yo del LIO les vi en el helipuerto, dónde se despedían de Zigor Etxemendi."

"Tenías razón," dijo Andoni. "Todos los que tienen un apellido con nombre de montaña están asociados. Etxemendi habrá hecho las gestiones necesarias para que el helicóptero les lleve a casa, o al aeropuerto, o adonde sea."

"¿Con nombre montaña?" le preguntó Sor Mikele. "¿Es eso lo que acabas de decir? ¿Nombre de *montaña?*"

"Luego se lo explico, Sor Mikele," le prometió Lisa. "Tendremos que reunirnos todos para una pequeña sesión de lingüística. Ah, y antes de que se me olvide, ¿está todavía la colilla del cigarrillo que dejó Montevecchio en la maceta de las violetas?"

"La he tirado a la basura," le dijo Sor Mikele. "¿Por qué?"

"No te preocupes, Lisa," le dijo Carmen. "Te traigo una de su cenicero en el LIO."

En aquel momento se oyó un ruido tremendo en el cielo ennegrecido que cubría la aldea. Los tres conspiradores se dirigían a sus casas respectivas en Santiago de Compostela, Oviedo, y Ticino.

A Zigor Etxemendi le hubiera gustado acompañarles para luego conocer al grupo de los *Illuminati* que pertenecían a la *Orden de la Montaña.* Además, no estaba nada satisfecho con el tipo de trabajo que le habían encargado los dirigentes de la Orden mientras estaba en el LIO. ¿Por qué tenían los otros miembros de la organización tareas tan interesantes y sueldos tan envidiables, cuando él tenía que pasar la mayor parte del tiempo sentado en su oficina, leyendo revistas pasadas de fecha o vigilando los pasillos? A lo largo de tantos años aburridos que había pasado en su oficina, sólo había disfrutado de una distracción que de verdad valería la pena, y fue cuando tuvo a su lado a Lisa Maxwell, esa fabulosa mujer californiana que fue su prisionera durante casi dos horas seguidas mientras él se divertía con ella.

"Ahí van," comentó Marko, mirando con alivio las luces parpardeantes del helicóptero mientras desaparecía en el aire. "¡Ya era hora!"

"¿No temes que clonen a Jesucristo usando las reliquias que llevaba en mi mochila?" le preguntó Lisa a Andoni.

"No, ni pensarlo," dijo Andoni. "No pueden hacerlo ellos mismos, y les resultará muy difícil encontrar una empresa tan apartada como ésta en ninguna parte del mundo. Tardarán años en alcanzarnos. No tienen la menor idea de lo que ha logrado Paskal Sarazúa en el LIO. No es ni más ni menos que un milagro. Es una lástima que no sepa nadie lo que ha logrado, y que no se aprecie lo que haya llevado a cabo en su vida."

"Es el precio del anonimato," dijo Marko.

"Todavía le queda tiempo para asombrar al mundo," Lisa observó. "Cada día se acerca más a ello, ¿verdad, Andoni?"

"Pronto lo sabremos. *Muy* pronto."

"Mamá," dijo Manolo, mirando a Carmen. "¿Crees que mañana podrías teñirme el pelo?"

"¿Cómo que teñirte el pelo? Pero, ¿por qué, hijo mío?"

"No quiero tener el pelo rubio," dijo. "Yo quiero ser moreno como tú, Mamá, para que todos sepan que soy tu hijo," añadió, mirándola tristemente con sus grandes ojos azules.

CAPÍTULO DIECINUEVE

Paskal Sarazúa se entusiasmó mucho cuando Andoni le dijo que por fin estaban en su poder las tres reliquias que con tanta impaciencia esperaban reunir. En seguida se pondría a secuenciarlas con la ayuda de Marko.

"¿Con cuál empezarás?" le preguntó Sarazúa.

"¿Tiene mucha importancia?"

"Supongo que no. Pero ¡date prisa! Mientras tanto vuelvo a mi oficina," añadió en un tono un poco dolorido, igual que un niño pequeño a quien no le permiten ayudar a desenvolver los regalos de los Reyes Magos.

"Le mantendré informado los resultados cuanto antes."

Sarazúa era un hombre relativamente joven, teniendo en cuenta lo que había logrado en la vida. Andaba por los sesenta y tantos años, y ya era un billonario encargado de la empresa biotécnica más importante del mundo en cuanto a las investigaciones en genética molecular y cuantitativa. El mundo, sin embargo, no sabía nada de sus logros. Siempre le sacaba de quicio el pensar en ello, pero se consolaba con la idea de que cuando llegara el momento de revelar sus logros a la comunidad internacional, todo su incansable trabajo y su genial y creativo cerebro se valorarían y se estimarían como era debido. Le recibirían con gran respeto como líder del nuevo gobierno mundial que sabría implantar un programa sostenible de paz y de prosperidad en las naciones por primera vez en la historia.

Dios, si existía, sabría apreciar la ironía de la condición humana, pensaba Sarazúa, y sin duda disfrutaría de un sentido de humor muy sutil. Dios siempre escogía a la gente menos esperada para ser sus héroes. Él mismo, se decía Sarazúa, era de una zona de los Pirineos casi desconocida, y de una aldea de cuyo nombre nadie se acordaba. Pero llegaría el día en que Google tendría que actualizarse día y noche para mantenerse al dia de los informes electrizantes que a cada minuto le agobiarían.

Paskal Sarazúa tenía unas ganas irreprimibles de celebrar los resultados que pronto le brindarían las tres reliquias, aunque tuviera que hacerlo solo. Se sirvió una copa de Chivas Regal de 21 años, un whisky, a su parecer, imprescindible para las celebraciones.

"Brindo por el triunfo irremediable de la clonación de Jesucristo, Hijo único de Dios, que traerá a este desdichado mundo la paz y la seguridad que todos esperamos desde siempre," dijo Paskal Sarazúa en voz alta, con una sonrisa de profunda satisfacción.

Mientras saboreaba el whisky se fijó de repente en la foto de Manolo y Josetxu que tenía en su escritorio. Eran tan guapos esos niños, pensaba; alegres e inocentes, animados y siempre sonrientes, contentos de sentarse en sus rodillas para que les leyera algún libro lleno de fotos en color.

Se parecían tanto a él cuando tenía la edad de ellos, se dijo, mientras cogía la foto entre las manos y la contemplaba cariñosamente. Se preguntó si él le había proporcionado tanta satisfacción a su madre como la que le habían ofrecido a él esos niños. Ella ya se había muerto, así que no había manera de saberlo. Pero lo que sí sabía era que quería a Manolo y a Josetxu de todo corazón. Haría todo lo posible para hacer que el mundo fuera un lugar donde se pudiera gozar de la paz y de la seguridad universal.

En aquel momento le dió un ataque de ardor de esófago, así que decidió rectificar la situación con un vaso de agua con bicarbonato antes de ponerse todavía peor. Se arrepintió de haber tomado un whisky antes de la hora de la comida, pero había sido la mejor manera de celebrar el futuro éxito del proyecto tan extraordinario que iba a emprender en el LIO.

"El Laboratorio de Investigaciones Ovinas," se dijo en voz pensativa mientras se echaba en el sofá para dormir la siesta. "Qué nombre más tonto. Tendré que pensar en algo que suene más importante... algo que evoque la admiración y la veneración. Mañana lo pensaré."

Aquéllos fueron los últimos pensamientos del Dr Paskal Sarazúa. Murió durante la siesta que echaba en la sede de una corporación ignorada por todos; llevado a su descanso final en las alas del anonimato en que siempre insistía pero que a la vez resentía amargamente.

Hay quienes pudieran pensar que éste fue un desenlace muy triste para un hombre idealista y enérgico que se había esforzado tanto por ofrecer a sus compatriotas y al resto del mundo una combinación de dignidad y de libertad, pero en realidad no sabe nadie cómo se hubiera terminado la comedia. La verdad es que aun si todos sus sueños se hubieran materializado de una manera satisfactoria, podría haber resultado que su visión gloriosa para el futuro de la humanidad fuera debatida, diseccionada, y analizada por los académicos y por los historiadores durante muchos años hasta que no quedara más que una parte muy pequeña del sueño original. A veces es preferible que se nos rescate de nuestros sueños antes de que se cumplan.

Lisa Maxwell llegó al Palomar justo en el momento en que Doña Pascua estaba abriendo el mesón. Esperaba que todavía no hubiera lavado las copas en las cuales había servido el jerez al famoso matrimonio que ocuparon la suite nupcial. Las copas representaban la mejor posibilidad de investigar el ADN de Pierre Piedmont y de Marta Vandenberg.

"¿Usted qué hace aquí a estas horas?" Doña Pascua le preguntó a Lisa, al encontrarse con ella en la recepción. "La veo con más frecuencia ahora que cuando estaba aquí como huésped."

"¿Se acuerda usted del jerez que les ofreció anoche a Marta Vandenberg y a Pierre Piedmont?"

"Usted no estaba aquí anoche. ¿Cómo sabe lo que pasó?" le preguntó Pascua, con extrañeza.

"Estaban en la taberna anoche, sentados en la mesa al lado de nosotros, y hablaban del jerez entre ellos. Decían que usted conocía muy bien los vinos fortificados."

"Era un jerez excelente, de Jerez de la Frontera."

"Pues, ¿se acuerda de las copas en que les sirvió el jerez?"

"¿Cómo no iba a acordarme?" le dijo Pascua, las manos puestas en las caderas. "¿Por qué me lo pregunta usted?"

"¿Dónde las tiene ahora?"

"En la estantería, claro. ¿Qué esperaba usted?"

"Ya las habrá lavado usted entonces," le dijo Lisa.

"Claro que las he lavado," repuso Pascua, ya muy irritada. "¿A quién representa usted, al Inspector de Sanidad?"

"Luego se lo explico," le dijo Lisa, dirigiéndose hacia la puerta. "Se lo prometo."

Una vez en el LIO, Lisa se hizo una tostada y una taza de café y se sentó en la mesita cerca de la ventana. Estaba muy frustrada de que Doña Pascua hubiera lavado ya las copas, pero a lo mejor Carmen le podría dar por lo menos una colilla de un cigarrillo de Lorenzo Montevecchio. Sería magnífico desenmascarar a los *Illuminati* ya de una vez para siempre.

Mientras contemplaba la vista de las montañas y de los prados donde apacentaban las ovejas, se puso a pensar en todo lo que le debía a Paskal Sarazúa. No le había dado las gracias como hubiera debido hacerlo por su generosidad y por los muchos beneficios que le había aportado, sin que él le diera la impresión de esperar algo de su parte. Es verdad que de vez en cuando se comportaba como un viejo gruñón, pero cuando se es el consejero delegado de una empresa de la magnitud de la suya, hay que ser estricto a veces simplemente para ganar y guardar el respeto de los empleados.

Era un dictador, pensaba Lisa, de eso no cabía duda, pero era un dictador benévolo. Decidió ir a verle a su oficina un poco más tarde, para animarle y también para darle las gracias. Le admiraba sobre todo por la tenacidad que tenía y por su manera de intentar alcanzar las estrellas a pesar de todos los obstáculos. En su vida habría sufrido muchos momentos de desánimo, y tenía que haber sido muy difícil para él.

Después de pasar la mañana haciendo sus investigaciones, Lisa se dirigió hacia el laboratorio donde trabajaba Andoni. Al llegar allí se encontró con varios técnicos y con dos o tres especialistas en bioinformática que miraban la pantalla donde se veían las secuencias del ADN de las tres reliquias. Fueron traducidas por los ordenadores en una sucesión de letras que representaban la estructura primaria de las bases químicas de las células, abreviadas con las letras A por adenina, C por citosina, G por guanina, and T por timina. Unos tres millardos bases se ordenaban a lo largo de los cromosomas en un orden especial que representaba un patrón único para el individuo en cuestión.

Los técnicos miraban en silencio las letras que iban a todo correr por la pantalla principal. Los ordenadores tardaron menos de una hora en indicar las numerosas correspondencias en las secuencias del ADN en las tres reliquias. Por primera vez en la historia, se revelaba el patrón genético del Hijo de Dios.

Fue un momento sagrado, y el ambiente estaba cargado de emoción. Nadie quería ser el primero en hablar, pero los testigos que compartían ese momento tan inspirador tenían la impresión de que se debía decir algo para inmortalizar el sublime acontecimiento. Cada uno buscaba palabras exactas para conmemorar la ocasión –palabras que permanecieran para siempre en las almas de la raza humana– pero no se les ocurrió nada, y guardaron silencio.

Fue Marko quien se decidió a romper el silencio. Inclinó la cabeza y se puso a rezar el PadreNuestro, porque le pareció conveniente hacer uso de las mismas palabras que empleó Jesucristo al enseñarles a sus discípulos la manera en que debían dirigirse a Dios. Los otros juntaron sus voces con la suya, rezando en tonos dóciles y respetuosos.

Se ha dicho alguna vez que en la trinchera no hay ateos, pero los que estaban aquel día delante de la pantalla también se dieron cuenta de que tampoco hay ateos en las situaciones donde aparece el dedo de Dios desde lo alto para luego unirse con el dedo extendido de la raza humana.

"No estamos solos," dijo Andoni en tono muy grave.

"Gracias a Dios," murmuró Lisa.

"El universo está en buenas manos," añadió otro.

Los amigos estaban pensativos, cada uno a su estilo.

"¡Ay, Dios mío!" exclamó de repente Lisa, quebrantando la tranquilidad del momento. "¡Se nos ha olvidado avisar a Paskal Sarazúa!"

"Ahora le llamo," dijo Andoni, sacando el móvil. Marcó el número, escuchó durante un rato, pero no contestó nadie.

"¿Qué pasa? ¿No te contesta?" le preguntó Marko.

"No sé," repuso Andoni, muy perplejo. "Me extraña eso. Está encendido el móvil, pero no contesta."

"A lo mejor está ocupado en el baño o algo así," sugirió uno de los técnicos.

"Quizá haya salido y se le haya olvidado llevar el móvil."

"Me extraña que no haya venido aquí para averiguar qué tal van las cosas en el laboratorio esta mañana," dijo Lisa.

"A lo mejor ya está en camino," dijo otro.

"Marko, vete a su oficina a ver si está, ¿quieres?" le pidió Andoni. "Dile que venga aquí en seguida, por favor."

"Ahora voy," le dijo Marko, saliendo del laboratorio a toda prisa.

"No habrá pensado el Dr Sarazúa que aparecerían tan pronto las primeras secuencias," dijo un técnico.

"Es muy probable," repuso Andoni. "De todos modos, mientras le esperamos voy a echar una mirada más minuciosa a los cromosomas en las tres reliquias. ¿Qué te parece, Lisa? ¿Te gustaría echar un vistazo a unos cromosomas a través de la lente de un microscopio electrónico?"

"Me encantaría hacerlo," dijo Lisa, muy entusiasmada.

Lorenzo Montevecchio iba acompañado de Pierre Piedmont y de Marta Vandenberg, sentados los tres en el helicóptero del LIO con rumbo a Sondika, el aeropuerto de Bilbao. Desde allí tomaría Montevecchio un vuelo a Ginebra, y los otros irían como siempre a Oviedo y a Santiago de Compostela.

"Dejé a Doña Pascua en ridículo," dijo Montevecchio, muy satisfecho de sí mismo. "Entró en mi cuarto sin que lo supiera yo y me robó la mochila de Lisa, pero a mí no me dejó en ridículo. Ella tiene la mochila, pero yo me he quedado con las reliquias, porque tuve la sensatez de sacarlas de la mochila antes de que me la robara esa bruja."

"Pues fui yo quien os explicó el mejor método para clonar a Jesucristo," les recordó Pierre Piedmont. "Yo os dije que no se puede clonarle reconstruyendo las secuencias de las reliquias tal como lo hicieron en la novela, *Jurassic Park.* Es mil veces más fácil usar las células vivas tal como lo hicieron cuando clonaron a la oveja Dolly."

"Esa idea fue mía," dijo Marta Vandenberg, hablando con voz autoritaria. "Vosotros queríais secuestrar a los niños, pero yo te convencí a ti, Lorenzo, de que fueras el pediatra de los niños para que pudieras recoger unas muestras de sangre."

"Fue una idea estúpida," repuso Lorenzo. "Ni siquiera sabías que no hay ADN en las células rojas."

"Pues claro, porque se encuentra en las células *blancas*, ¡incompetente! Nos serán muy útiles esas muestras de sangre."

"Bueno, pero me dijiste tú misma que es mejor el pelo, así que hice de peluquero, se lo corté, y luego lo recogí todo del suelo," le dijo Montevecchio, triunfante.

"No debes hacerte pasar ni por médico ni por científico, Lorenzo. Debiste haber hecho una peluca con el pelo que recogiste del suelo. A Pierre le hubiera sentado muy bien."

"¿De qué estás hablando?" le preguntó Montevecchio. "Todos saben que el pelo contiene mucho ADN."

"Hay ADN en los folículos pilosos, torpe, y no en el tallo del cabello. Fui yo quien tuvo la idea de guardar el pelo de los peines. Se les caía a montones."

"Pues fuiste tú quien me convenció de que me pasara por médico," le dijo Montevecchio, en voz huraña.

"Claro, porque eso te dio la oportunidad de recoger de los niños muchas muestras médicas, y lo hiciste bien en los pocos casos en que escuchaste las instrucciones que te había dado yo. Pero no hubieras pasado por médico si yo no te hubiera obligado a aprender de memoria el guión."

"Me tomas por un inepto, Marta, pero no te olvides que fui yo quien mencionó la progeria. Esa idea fue mía."

"Sí, y por poco nos desenmascaras a todos. Esa mujer estadounidense sabía que los niños no padecían de progeria. Además, ¿tenía progeria Jesucristo? Yo creía que era perfecto. ¿Cómo pueden los niños ser clones suyos si tienen progeria?"

"Pues fíjate, también Jesucristo murió muy joven," dijo sin convicción.

"¿Estás loco? ¿Qué tiene que ver eso con la progeria? No tienes ni idea de lo muy estúpido que suenas. Por poco tus locuras nos hacen caer en manos de los del LIO. ¡Bonito papel de médico! Ni siquiera has conseguido dejar de fumar."

"Bueno, ya basta de peleas," dijo Piedmont, sacándole a Montevecchio del aprieto. "Todos somos miembros del mismo equipo. Ahora no nos queda más que buscar un laboratorio donde sepan clonar las muestras de los niños al estilo de la oveja Dolly, y ganamos la partida. A propósito, Lorenzo, ¿encontraste algún lugar oportuno para nuestro trabajo?"

"Tengo una cita con el Departamento de Biotecnología de La Universidad de Ginebra."

"Pues pídeles que revisen todos los cromosomas y todos los genes también," le dijo Piedmont. "No sería conveniente que nos acabáramos con unos clonitos imperfectos."

"Yo no sabía que tuviéramos la intención de quedarnos con más de un clon de Jesucristo," dijo Marta.

"¿Para qué conformarnos con sólo uno?" dijo Piedmont, frotándose las manos. "Debiéramos fabricar tan pronto como nos sea posible los clones de Jesucristo antes de que nos tome la delantera Sarazúa."

"No me habías consultado la parte de que fueran muchos los clones que planeábamos utilizar," dijo Montevecchio.

"A mí tampoco me suena bien todo eso," añadió Marta.

"Pues a lo mejor vosotros no sois los adecuados para la tarea que tenemos por delante," dijo Piedmont. "Me hace falta gente previsora, visionarios como yo que sepan llegar a la meta. Tenemos que darnos prisa, siempre mucha prisa, porque si frenamos o moderamos la velocidad, vienen los perros a destrozarnos. Una vez que la competencia huele una buena idea, se acelera la acción y se acabó. Desde entonces es cuestión de cortar los gastos, rebajar los precios, y bajar la calidad del producto simplemente para continuar el negocio."

"No se puede bajar la calidad de Jesucristo," dijo Marta.

"Quizá eres tú, Pierre, el socio que no sea adecuado para nosotros," declaró Montevecchio.

"No estoy preparada ahora para retirarme del negocio," dijo Marta. "Pero quiero saber cuántos clones quieres crear, Pierre. ¿Una docena? ¿Un centenar? ¿Cuántos?"

"Piensa en grande, Marta, no en pequeño. ¿Cuántas veces te lo tengo que decir?" le dijo Piedmont. "En cuanto a mí, no me pongo límites. Debería haber en cada hogar un clon de Jesucristo, y las ganancias serían para nosotros, los verdaderos descendientes de Jesús y de María Magdalena. Sacaríamos una patente de Jesucristo, como las empresas que sacan patentes de las semillas. Entonces seríamos los dueños legales, y *La Orden de la Montaña* tendría dominio sobre el mundo."

"¿Le pondremos una marca registrada?" preguntó Marta.

"Claro. Así nos protegeremos contra las imitaciones."

"¡Jesucristo®! Me encanta la idea de Jesucristo, marca registrada," dijo Montevecchio, con muchísimo entusiasmo. "Tendremos los derechos exclusivos durante veinte años o más. Me apetece mucho la idea de reinar desde las cimas de las montañas. Hace dos mil años que deambulamos por ahí, pero ahora tenemos un plan que saldrá bien y que nos hará triunfar. Podéis contar conmigo."

"Bravo, Montevecchio," dijo Piedmont. "Me alegro de que estés de acuerdo conmigo. ¿Y tú, Marta? ¿Qué dices?"

"Puedes contar conmigo también."

"Fantástico. Pronto estaremos a cargo de un ejército de soldados perfectos que estarán a nuestras órdenes," declaró Piedmont, regodeándose. "Soy como Paskal Sarazúa cuando se trata de los negocios. Mis empleados tienen que aspirar a la excelencia, sobre todo cuando sus esfuerzos aumentan mis bolsillos," añadió con sarcasmo.

"¿Quién ha dicho que vas a estar encargado de la *Orden* tú solo?" le preguntó Montevecchio en tono agresivo.

"Nadie," repuso Piedmont amablemente. Era un hombre que sabía distinguir entre los conflictos importantes y los que no valían la pena.

"Hablando de Sarazúa," dijo Marta, "se morirá de rabia cuando sepa que hemos clonado a sus clones."

"Es mucho más fácil clonar a un clon que empezar desde cero. Pero desde ahora en adelante ya no tendremos que ver la insufrible cara del Dr Paskal Sarazúa. Se acabó."

No se les ocurrió ni por un instante que si lograbn crear unos clones de los especímenes recogidos por Montevecchio, tendrían que ver la insufrible cara del Dr Paskal Sarazúa para el resto de la vida; o por lo menos hasta terminarse la patente.

CAPÍTULO VEINTE

Andoni ya llevaba tanto tiempo mirando por la lente del microscopio electrónico, que Lisa empezaba a creer que se le había olvidado su promesa. Le había dicho antes que la dejaría echar un vistazo a unos cromosomas en las muestras tomadas de las tres reliquias, pero tal vez más valía que no los mirara, pensaba ella. Le parecía que quizá ya se había familiarizado demasiado con el patrón del Hijo de Dios.

"No me gusta decirte eso," dijo Andoni por fin, "pero nos enfrentamos aquí con unos problemas muy graves. Me parece que nos hemos precipitado un poco en celebrar los resultados esperados."

"¿Por qué?" repuso Lisa. "¿Qué pasa?"

"Pues, para decírtelo sin rodeos, las células del sudario y de la reliquia barnizada no se parecen a las células en el hueso de San Diego."

"Pero, ¿cómo es posible? A fin de cuentas tienen que tener algo en común. Diego y Jesús eran hermanastros."

"Sí, claro. Tienen en común algunas secuencias de ADN que heredaron de su madre, María."

"Bueno. Pues ¿cuál es el problema?"

"El problema proviene del número de cromosomas que hay en la doble hélice. Como ya sabes, hay 46 cromosomas en cada célula del genoma humano. Bueno, pues había 46 en todas las células que encontré en el hueso de Santiago, como era de esperar…"

"Te sigo," dijo Lisa.

Andoni dio un suspiro profundo antes de continuar.

"Pero descubrí que sólo había *veintitrés* cromosomas en las células en el sudario y en la reliquia barnizada, y esas son las reliquias que le pertenecen específicamente a Jesucristo."

"¿Me estás diciendo que la mitad de los cromosomas han desaparecido de todas las células de Jesús?" le preguntó Lisa. "¿Cómo puede ser?"

"No tengo la más mínima idea. Al principio pensé que pudieran ser espermatozoides, puesto que los espermatozoides sólo tienen 23 cromosomas, pero se veía claramente que no lo eran."

"Pues entonces, ¿qué eran?"

"Francamente, no lo sé. No acabo de explicármelo. Como te dije antes, todas las células en las muestras sacadas de las reliquias de Jesucristo llevan exactamente 23 cromosomas."

"Es muy extraño eso. ¿Me dejas echar un vistazo? Me gustaría ver un cromosoma para formar una idea de lo que me estás diciendo."

"Sí, anda," le dijo Andoni, apartándose para que lo viera bien claro.

"¿Qué es eso que estoy viendo aquí?"

"Te tengo enfocada en un cromosoma X y otro Y, sacados del hueso de San Diego."

"¿El cromosoma X es el grande?"

"Eso es. Parece que tiene las piernas cerradas, pero es un X de todas formas. Y al lado de ése hay una especie de mancha o gota pequeña y gruesa. ¿La ves? Es el Y."

"Total, los cromosomas de San Diego son normales."

"No sé si son normales sin examinar los genes que llevan dentro, pero lo importante es que sea correcto el número de los cromosomas. El cromosoma X que viste es el que le transmitió su madre, María, y el cromosoma Y se lo dio su padre, José."

"Es increíble," murmuró Lisa. "Casi no puedo creer que estoy viendo los cromosomas que llevaban José y María."

"Es increíble en efecto. Pero lo que me deja pasmado es el misterio de los 23 cromosomas en el sudario y en la reliquia barnizada – las dos reliquias que son sin duda alguna del mismo Jesucristo. Me deja sin saber qué decir."

"Pero no se debe olvidar que Jesucristo era único, y ahora tenemos la prueba. No me extraña que no se pareciera a su hermanastro, ni a ningún otro ser humano."

"Bueno, pero un hombre no es hombre sin el cromosoma Y," le dijo Andoni. "Sabemos que el sudario y la reliquia barnizada son ambos de Jesucristo, así que no tiene sentido. También sabemos que la reliquia barnizada no puede ser la de una mujer, porque los romanos no crucificaban a las mujeres, que sepa yo. Así que tenemos dos problemas. Hay células que sólo tienen 23 cromosomas, y a esas mismas células les falta el cromosoma Y. Esta situación es única en la historia del mundo."

"Entonces, ¿qué pasa aquí? ¿Cómo es posible que en el genoma de Jesucristo no haya ningún cromosoma Y?"

"La verdad es que no te lo puedo decir," dijo Andoni, rascándose la cabeza. "Todos los hombres en la faz de la tierra tienen un cromosoma X de su madre y un cromosoma Y de su padre en todas las células del cuerpo."

"Pues ¿qué debiera deducir yo de todo eso? Si le falta a Jesucristo el cromosoma Y, ¿me estás diciendo que era en realidad una mujer?"

"Tal vez haya gente a quien le gustaría creer eso, pero de todos modos no me lo explico," dijo Andoni.

"Se me ocurre una posible explicación," repuso Lisa, algo insegura.

"Dímela."

"Pues, si tenía Jesucristo sólo un conjunto de cromosomas por parte de su madre, entonces el otro conjunto, el que lleva el cromosoma Y, tiene que ser del Espíritu Santo, según dice la Biblia. ¿Te acuerdas? Dice en alguna parte que Jesucristo fue concebido por el Espíritu Santo. Por eso ha desaparecido o ya no existe el otro conjunto de 23 cromosomas."

Los dos se miraron fijamente durante unos momentos.

"No se me ocurre otra explicación," dijo por fin Andoni.

"¿Adónde habrán ido a parar, los 23 que desaparecieron?" le preguntó Lisa. "Es decir, ¿físicamente dónde están?"

"Ni idea," repuso Andoni. "No conocemos esa materia física, ni tampoco la comprendemos. Ni siquiera sé describirla, puesto que no la puedo ver ni analizar al microscopio. Será materia espiritual. ¿Qué sé yo?"

"Materia espiritual... ¿no es una contradicción eso?"

"Sí," asintió Andoni, "pero por eso mismo me suena bien en el caso de Jesucristo. Ese conjunto de los 23 cromosomas del Padre, puede ser que se haya ido con Jesucristo al cielo durante la Resurrección."

"Puede ser," dijo Lisa. "Y también puede ser que se reunieran los dos conjuntos de cromosomas después para formar un genoma completo en su cuerpo resucitado."

"Pero ¿no dicen que Jesucristo era totalmente Dios y a la vez totalmente humano? Nunca he oído decir que fuera mitad Dios y mitad humano."

"Tienes razón," le dijo Lisa. "Era en efecto totalmente Dios y totalmente humano, según dice la Biblia. No es que su lado izquierdo fuera humano y el otro lado, divino."

"Si hay una cosa que he aprendido como científico, es que somos infinitamente complejos. O sea, todos somos completamente humanos, claro, pero al mismo tiempo somos también completamente distintos de todos los otros humanos que viven en la tierra. Es cuestión de complejidad, en el fondo. Eso lo comprenden muy bien los fotógrafos, porque el conjunto se parece a una foto que tenga muchísimos píxeles formados de los colores primarios. Pero a cierta distancia no se ven los píxeles en la gama completa de colores distintos. Y así somos nosotros. Digo yo, vamos."

"Me gusta la analogía, Andoni. A nadie se le ocurre hablar de una foto como si fuera una tercera parte roja, otra azul, y otra amarilla con un poco de negro, aunque sea verdad cuando se mira la foto a través de la lente de un microscopio. Pero cuando se mira a través de la lente del ojo humano, es otra cosa. Se transforman los píxeles individuales en un conjunto bello, en una obra de arte, y para nosotros es una especie de milagro."

"Precisamente," dijo Andoni. "Y a mí me gusta también la analogía tuya, porque explica tal vez adónde habrá ido a parar el segundo conjunto de cromosomas. Como los píxeles, nos parece que han desparecido, pero en realidad no han ido a ninguna parte. Es que no podemos verlos con los ojos, y lo llamamos un milagro, porque a una mitad de los cromosomas la tenemos que mirar a través del microscopio, pero a la otra mitad desde otra perspectiva. Son como los píxeles, como dices tú. No han desaparecido… es que no se ven con los ojos físicos."

"Muy bien dicho, Andoni. Todo eso me indica que es verdad que no fue José el padre de Jesucristo, sino que fue el Espíritu Santo."

"Y ahora tenemos la prueba científica de la divinidad de Jesucristo," comentó Andoni.

"Me parece que hubiera preferido que creyéramos en Él sin la necesidad de pruebas científicas," observó Lisa.

"Hubiera sido mejor que fuera así. Pero no olvides que Jesucristo perdonó a Santo Tomás. Hay quienes necesitamos pruebas y milagros para poder creer en lo increíble, así que Dios nos mandó el Milagro de los Veintitrés Cromosomas."

"Somos testigos de un milagro," exclamó Lisa. "¿Te das cuenta de lo que quiere decir eso?"

"Es maravilloso, ¿verdad?"

"Tienes razón. Es en efecto una verdadera maravilla. La palabra *milagro* deriva de la palabra latina *mirari,* la cual quiere decir *mirar con sorpresa.*"

"Me gusta reflexionar sobre los orígenes de las palabras."

"Y yo me emociono contemplando bajo el microscopio electrónico el patrón del Hijo de Dios," repuso Lisa.

"Debería avisar en seguida a Sarazúa. Tiene derecho a ser el primero en oír las noticias."

"Así es. Estará ahora mismo con Marko, ando las secuencias de ADN mientras pasen a través de la pantalla."

"Va a ser difícil comunicarle las noticias," dijo Andoni. "Se pondrá por las nubes cuando le diga que no se puede clonar a Jesucristo."

"¿Sería posible duplicar los 23 cromosomas que ya tienes, fusionándolos para quedarte con un conjunto de 46?"

"En teoría es posible, tal vez con una sacudida eléctrica. Pero pongamos que fuera posible hacerlo, aun así lograríamos una gemela idéntica a su madre María. Acuérdate que los 23 cromosomas que ahora tenemos son todos de María."

"Claro, claro," dijo Lisa. "Pero entonces el clon sería *la tía* de Jesús, y no su madre."

"Tienes razón," repuso Andoni. "Pero dime, ¿qué le voy a decir a Paskal Sarazúa? No quiero ser el portador de las malas noticias."

"En realidad no son malas las noticias. Tendrás que explicarle que Dios nunca quiso que clonaras a Jesucristo, por eso no te dejó hacerlo, y punto final. Si todo lo que dice Sor Mikele es verdad, Jesucristo murió para que viviéramos."

"Estoy tan acostumbrado a creer que la vida eterna no es más que un cuento de hadas que sigue siendo difícil para mí creerlo todo," le confesó Andoni.

"Comprendo lo que estás diciendo," dijo Lisa. "Todos nos hemos tragado los argumentos en contra de la vida eterna."

"Va a ser difícil tener que decirle al Dr Sarazúa que no se puede clonar a Jesucristo," dijo Andoni. "Desde su punto de vista será una desilusión amarguísima, pero por otra parte es maravilloso saber que es verdad lo que dice la Biblia de la Resurrección. No hay otra manera de explicar el milagro que hemos presenciado. Tiene una transcendencia inimaginable para toda la humanidad."

Cuando llegaron al laboratorio, encontraron a los técnicos reunidos y hablando todos a la vez. Nadie miraba la pantalla desde donde destellaban las secuencias del ADN de la madre de Jesús. En cambio todos hablaban con Marko, lanzándole preguntas como disparos de ametralladora.

"Dejadme hablar," les decía Marko, levantando la mano. "Como os decía, encontré a Sarazúa tumbado boca arriba en el sofá –echando una siesta, pensaba yo– pero cuando me acerqué a él, me di cuenta de que ya no respiraba."

"¿Intentaste reanimarle?" le preguntó un técnico.

"Sí, claro. Hice todo lo que pude. Le di muchos golpes en el pecho y le hice la resucitación boca a boca, pero no hubo reacción alguna. Luego al cogerle la mano sentí que empezaba a notarse cierta rigidez. Entonces volví aquí para deciros que el Dr Paskal Sarazúa murió esta mañana; quizás hace una hora, o tal vez dos. Tenemos que llamar a un médico para redactar el certificado de defunción."

"¿Dónde está el Dr Montevecchio?" preguntó alguien.

"Se marchó en el helicóptero anoche," repuso Marko.

"Lástima," dijo un técnico. "El Dr Sarazúa estaba a punto de ver los resultados definitivos del trabajo de toda una vida."

"Es una tragedia," declaró otro técnico.

"Quizá sea mejor así," dijo Andoni, intentando encontrar las palabras adecuadas para ayudarles a enfrentar la realidad. Le parecía que había llegado el momento de explicarles que no era posible clonar a Jesucristo, pero decidió aplazarlo para otro día, cuando se presentara la ocasión propicia. Por el momento era mejor concentrarse en su jefe.

"Es mejor en el sentido de que Sarazúa murió sin llegar a tener la certeza del éxito o del fracaso de sus investigaciones," continuó Andoni, buscando otro enfoque, "es que el Dr Paskal Sarazúa era un hombre muy dedicado, muy entregado a su trabajo. Se preocupaba mucho por el bienestar y por la dignidad de sus compatriotas, y luchaba por conseguir para ellos el respeto y la libertad que merecían. El impulso que le inspiraba más que nada en su trabajo era el ardiente deseo de levantar a su patria para mejorar al mundo como consecuencia de sus esfuerzos. Le echaré mucho de menos."

"Muy bien dicho, Andoni," le dijo Marko, mientras se pusieron a aplaudirle los científicos y los técnicos. "Todos estamos de acuerdo contigo. Le echaremos de menos también, pero continuaremos trabajando como a él le hubiera gustado."

Paskal Sarazúa entregó y donó su fortuna entera al Dr Andoni Chiriboga, a condición de que continuara el proyecto de clonar a Jesucristo, a falta de lo cual se le autorizaba a buscar todo apoyo equiparable para contribuir al mejoramiento de la humanidad en cualquier modo que le pareciera oportuno. La segunda condición se trataba de una declaración jurada de tutela legal por la cual le pidió a Andoni que se ocupara de la salud y del bienestar de Manolo y Josetxu, y que les ofreciera la mejor instrucción posible.

El trabajo de Andoni avanzaba con rapidez y con mucho ímpetu, sobre todo con respecto a las investigaciones de las causas y curas de las enfermedades genéticas en los cultivos, las ovejas, y los seres humanos, con el consiguiente beneficio general para todos. El sistema diseñado por Andoni y por sus colegas aportó unos beneficios sustanciales y tangibles a todas las partes del País Vasco, incluso a Mayagorry.

En un nivel personal, Andoni fue estremecido por un anhelo de trascendencia que seguía echando raíces desde el momento en que había presenciado el milagro de los 23 cromosomas. Decidió hacerle una visita a Sor Mikele para preguntarle algunas cosas muy básicas acerca de Jesucristo; temas que trataban de quién era, y por qué vino aquí para vivir entre nosotros, y por qué tuvo que morir para salvarnos, y cómo nos dio la vida eterna por medio de su muerte. Sor Mikele invitó a Andoni a que trajera a Lisa, Marko, y Carmen para la próxima visita, y luego se juntaron también Peli y Teresa con el pequeño grupo.

Discutieron entre ellos los mismos temas que había discutido Andoni con Sor Mikele antes, además de muchos otros que les intrigaban. A los seis amigos les encantaban estas preguntas tan fundamentales, sobre todo porque Sor Mikele era muy buena maestra y sabía presentar los temas de una manera atractiva e interesante, con alusiones frescas y a veces hasta inspiradoras que les estimulaban mucho a lanzarse a nuevas exploraciones de la Biblia.

Al final del verano Lisa volvió a la Universidad de California para hacer unas investigaciones y para defender también la tesis doctoral. No se le olvidó tampoco que tenía que pagar la deuda que tenía con su padre. Después de lograr esas metas hizo una visita a su padre antes de volver a Mayagorry, y a acurrucarse entre los brazos de Andoni, desbordante de vida y entusiasmo.

"¿Por qué has tardado tanto?" le dijo Andoni, riéndose de placer al ver otra vez a su querida Lisa.

"Es que había mucho que hacer."

"¿Lo tienes todo arreglado ahora?"

"Sí," repuso Lisa, lamentando un poco haber pasado tanto tiempo fuera de Mayagorry.

"Lisa… ya sabes de sobra mis sentimientos por ti, y lo que me gustaría vivir contigo. ¿Qué me dices si te pido que nos casemos y te vengas a vivir conmigo a mi suite en el LIO?" le dijo Andoni. "Podemos disfrutar tanto con nuestras investigaciones y discutiendo y especulando sobre los desafíos que surjan. Por las tardes podríamos ir a la taberna a tomar algún vinito o cerveza y alguna de tus tapas favoritas. Y para la cena…"

"Sí, Andoni, continúa. Y después ¿cómo pasaremos las noches?"

"Haremos docenas de pequeños Chiribogas."

"¿Docenas? ¿Has dicho *docenas* de pequeños Chiribogas? No me vas a decir que tienes la intención de volver a la tarea de clonar a la gente, ¿verdad?"

"No te apures. Es una manera de hablar, nada más."

"Y ¿la compatibilidad? ¿Eres Rh negativo?"

"Claro. Soy un descendiente directo de Adán y de Eva, así que soy superior a los otros mortales."

"Lástima. Nunca llegaré yo a esas alturas. Yo no soy más que un tipo primitivo como los monos y los otros que somos

Rh positivo. Supongo que ahora tendré que rechazarte... por tu propio bien, desde luego. No podré dar a luz a más de un sólo crío, a menos que me arregle con una dosis de RhoGam."

"Pero no te olvides de que los hombres Rh negativo son completamente compatibles con las mujeres Rh positivo, así que no tienes nada de qué preocuparte. El RhoGam sólo se usa en el caso de un hombre Rh positivo que se casa con una mujer Rh negativo."

"Bueno, pues. Pero de todos modos, no estoy muy segura de que seamos compatibles tú y yo," le dijo con un guiño. "A veces te pones muy terco."

"Pero ¡mira quién habla!" exclamó Andoni. "Eres tú la que me dejaste solo cuando insististe en volver a Berkeley."

"Hubieras podido acompañarme, pero eres muy inflexible a veces. Tienes la cabeza muy dura, sabes," añadió, dándole un golpecito en el cráneo.

"¿Ah sí? No me fijé."

"¡Anda!"gritó Lisa, frotándose las manos. "¡Si tienes una cresta en el cráneo. Doña Pascua me habló de eso un día. Me dijo que se llamaba *la cresta reptiliana*, o algo por el estilo."

"No te preocupes, mujer," le dijo Andoni, muy sonriente. "No tengo la menor intención de portarme como un reptil, a menos que sea un reptil enamorado."

Asistieron a la boda de Lisa y de Andoni todos los científicos y los técnicos del LIO y todos los aldeanos de Mayagorry. Teresa estaba presente con su amigo Peli, y Marko con su mujer, Carmen, y sus cuatro hijos Manolo, Josetxu, María, y el pequeñísimo Marko Segundo. También estaba presente Sor Mikele, por supuesto, y la vieja Doña Pascua andaba de grupo en grupo enterándose de los últimos chismes.

Destacaban las ausencias de Zigor Etxemendi, que se había retirado a su casa al pie del Monte Tibidabo, y del falso Dr Lorenzo Montevecchio, que ya estaba de vuelta en Suiza armado de las muestras de saliva y de sangre extraídas de Manolo y Josetxu en el momento de sus revisiones médicas.

Pasó una cantidad de tiempo excesiva buscando inversores e intentando persuadir a las empresas suizas de biotecnología que se unieran con él para dedicarse a la clonación secreta e ilegal de los seres humanos. Pero los suizos son unas personas inteligentes y prudentes que no se dejan engañar por los charlatanes de ideas caprichosas o de actividades indiscretas. Le descartaban en seguida, tomándole por un excéntrico al cual era conveniente vigilar por si llegaba a tramar una confabulación para esquivar los estrictos mandatos judiciales suizos contra la clonación reproductiva de los seres humanos.

"Va a llegar el día en que la clonación humana sea una cosa común y corriente, quieran o no los suizos," se le oyó decir a Lorenzo Montevecchio mientras otro inversionista de capital de riesgo le enseñaba con mucha cortesía la puerta de la calle.

Carmen, mientras tanto, había logrado rescatar una de sus colillas de un cenicero en la consulta de reconocimientos, y Marko había descubierto que no había correspondencia entre el ADN de Montevecchio y las secuencias en las tres reliquias auténticas. Marko había investigado también la saliva que había dejado Zigor Etxemendi en el borde de su taza de café, y los resultados fueron los mismos.

Ahora que sabían que era imposible clonar a Jesucristo, Andoni y Lisa hablaron de ello un día con Sor Mikele en una de sus clases sobre la Biblia. La noticia les llenó de alegría a todos los miembros del pequeño grupo, y sobre todo a Sor Mikele, que no pudo resistirse a compartir las noticias con las otras residentes del convento. Más tarde Lisa diría del primer año de su estancia en los Países Vascos que allí había aprendido tres grandes verdades: Dios existe, Nietzsche ha muerto, y Doña Pascua siempre sabría desvelar hasta los secretos más ocultos que existieran en Mayagorry.

Cuando llegaron las noticias a oídos de Marta Vandenberg y de Pierre Piedmont de que Montevecchio y Etxemendi habían fracasado en el examen de los genes (del cual se sacó la prueba incontrovertible de que no descendieron del Hijo de Dios), decidieron presentarse en el LIO para asegurarse de que las secuencias de sus propias genomas correspondían a las de las tres reliquias. Sufrieron un golpe durísimo cuando se enteraron de que esas pruebas tampoco habían producido correspondencias para ellos, lo que les desautorizaba para siempre a fanfarronear de ser parientes de Jesucristo, mientras al mismo tiempo tuvieron que enfrentarse con una crisis de identidad gravísima.

Se puso tan furiosa Marta Vandenberg por la repentina pérdida de su posición político-social, que en la próxima reunión general de los *Illuminati* insistió en que todos se sometieran a las pruebas genéticas. Se sometió a voto su moción y pasó por un pequeño margen. Cuando llegaron los resultados de la prueba, todos los miembros de ese ilustrísimo grupo quedaron reducidos en un abrir y cerrar de ojos al nivel de seres humanos ordinarios. Se desvaneció para siempre la fama de los soberbios iluminados, quienes fueron llorados y recordados sólo por los fieles aficionados del *Código da Vinci*.

Otro resultado de los análisis de reliquias fue una fuente de diversión para los técnicos del LIO: se encontraron con una secuencia de ADN muy rara que no cuadraba nada bien con el resto. Después de varias pruebas se dieron cuenta por fin de que lo que tenían delante era una secuencia de una miga de la torta gallega que le gustaba a Teresa, y que se había pegado al hueso de Santiago que Peli había llevado por tanto tiempo en el bolsillo.

La boda Maxwell-Chiriboga fue celebrada por un cura ya muy avanzado de edad que se había mudado a Mayagorry desde Noruega. Fue un placer para él casar a los dos jóvenes que recientemente se habían convertido con convencimiento a la fe católica. Le parecía fuera de lo común que un científico y una académica tomaran tal decisión en una época más bien secular. Esperaba poder preguntarles luego y en más detalle cómo habían llegado a su decisión. Mientras tanto tenía que seguir ocupándose de la ceremonia nupcial que estaba a punto de comenzar.

Lisa, mientras le llegaba el momento de dirigirse hacia el altar, miraba discretamente a los invitados alrededor de ella en el prado fuera del convento donde iba a celebrarse la boda. Se le iban los ojos hacia Manolo y Josetxu, que estaban con su madre y sus hermanos menores. Tenían buen aspecto los dos; sanos y bronceados por el sol, y bastante más altos desde que había estado ella en California. Volvió la cabeza hacia Sor Mikele, su madrina de honor, y le preguntó qué tal estaban.

"Mejor que nunca," declaró con una sonrisa de profunda satisfacción. "Andoni ha hecho unos progresos excepcionales en sus investigaciones genéticas. Me dicen que ha descubierto una manera de encender los genes, aunque no tengo ni idea de lo que quiere decir eso. Total, que ya no están envejeciendo a una velocidad anormal, y todos rogamos a Dios que lleguen a ser un día unos jóvenes de provecho y bien equilibrados."

"¡Qué noticias más buenas!" exclamó Lisa. "Y allí está Carmen, al lado de Marko. Tiene una cara radiante con el crío en los brazos. Parece un clonito de su padre."

"Cállate, hija. Aquí ya no se usa esa palabra donde pueda llegar a oídos de Carmen."

"Con razón, disculpe," dijo Lisa, mordiéndose la lengua.

"Carmen ha sufrido mucho," dijo Sor Mikele. "Siempre parece ser así con las personas que encuentran la felicidad en la vida. Aprenden a dar las gracias por lo que tienen."

"Me alegro mucho por ella, y por Marko también. Hacía mucho tiempo que esperaba casarse con ella."

"En efecto. Bueno, pues me tengo que ir al altar ahora, y te espero allí. Tus damas de honor, Carmen y Teresa, me están llamando."

En honor de Lisa los músicos se pusieron a tocar *El coro de la novia* de Wagner, que se conoce en los países de habla inglesa por el título *Here Comes the Bride*. Los músicos tocaban instrumentos vascos típicos, incluyendo un acordeón, dos violines, y tres guitarras. Uno de los técnicos del LIO se había unido al grupo, tocando una flauta en miniatura en la mano izquierda y un tambor colonial en la derecha. La música tan familiar que tocaron en esos instrumentos vascos produjo un sonido muy particular que a Lisa le llenó el corazón de esperanza y de anhelo – un sonido del cual se acordaría mucho en los años venideros.

Andoni, resplandeciente en su esmoquin blanco, estaba cerca del altar mirando a Lisa con ojos húmedos mientras se acercaba a él, acompañada de su padre.

"Jamás te hubiera prestado el dinero para pasar un verano en Mayagorry si hubiera sabido que te ibas a quedar aquí para el resto de tu vida," le dijo el Sr. Maxwell, dándole un codazo cariñoso. "A propósito, ¿cómo se llama el cura que os va a casar?"

"Es el padre Fjellstad."

"Fjellstad. Es un nombre poco común ¿Qué significa?"

"Quiere decir *ciudad de la montaña* en noruego."

El padre Fjellstad no acababa de explicarse muy bien por qué le miraba Lisa con una cara tan intranquila mientras se acercaba al altar.

"Dime, Señora Chiriboga," le dijo Andoni a su mujer después de la ceremonia. "¿Adónde vamos a pasar la luna de miel? ¿Cuándo me lo vas a revelar, o vas a guardar el secreto hasta el momento de llegar allí?"

"No te lo puedo decir. Firmé un contrato que me prohíbe la divulgación de informes."

"Calla," le dijo, dándole un golpecito en el brazo. "Dime adónde vamos."

"Hawai," dijo con una sonrisa. "Vamos a Hawai."

"¿A Hawai?" repitió Andoni. "¡Vaya! Pero no me digas que me vas a pedir ahora que vaya nadando desde California hasta allá."

Los que asistieron a la boda la recordarían como un momento muy grato en el que se unieron dos linajes distintos. Comprendieron que la primera condición del testamento de Paskal Sarazúa ya se había cumplido. Jesucristo en efecto había sido clonado, porque todos sentían que estaba vivo y seguro en el corazón de cada uno; hasta en el corazón de la implacable Doña Pascua, quien se acercó a los recién casados y les dio un abrazo por primera vez en su vida.

If you enjoyed reading *Cloning Jesus,* you will also like *The Primrose Path* (Erser and Pond, 2008). This true story touches on Percy Pond, the author's grandfather and celebrated frontier photographer who documented the Klondike Gold Rush, the founding of Juneau, and the culture of the native tribes in Alaska. It also introduces Kay Harrison, the author's charismatic father, who was the Managing Director of Hollywood's Technicolor Films in Paris, London, and Rome. (English version only.)

Available at www.amazon.com. See also publisher's website at www.erserandpond.com. (English version only.)

Of Mice and Moosecalls

Reflections on life ever laughing

Sonia Jones

If you enjoyed reading *Cloning Jesus,* you will also like *Of Mice and Moose Calls* (Erser and Pond, 2008), a beguiling collection of Sonia Jones's humor columns published in *The Banner.* The topics range from warbling church mice to operatic moose calls, and from chaos on the farm to wild roosters running amok in the Dutch countryside. Described by New York Times critic Robert Coleman as having "a born teacher's eye for the well-chosen example," Sonia Jones' humorous and poignant stories are sure to move you.

Available at www.amazon.com. See also publisher's website at www.erserandpond.com. (English version only.)

If you enjoyed reading *Cloning Jesus,* you will also like *It All Began With Daisy* (Dutton/Penguin, New York, 1987), about Sonia's life on a farm in Nova Scotia, where she and her husband Gordon parlayed their Jersey cow into a multimillion dollar yogurt industry.

Available at www.amazon.com. See also publisher's website at www.erserandpond.com. (English version only.)

If you enjoyed reading *Cloning Jesus,* you will also like *Daisy and Goliath* (Erser and Pond, 2007), the sequel to *It All Began With Daisy,* which describes the vandalism of Peninsula Farm by agents of the federal government. It is an informative, intelligent, and sometimes painfully humorous inside look at the struggles of one family to run a small business in spite of the current trend toward the industrialization and the corporatization of farming.

Available at www.amazon.com. See also publisher's website at www.erserandpond.com. (English version only)

Old Testament Alive!

Sonia Harrison Jones

This is a poignant, respectfully humorous bird's eye view of the Old Testament, when people in the Scriptures come alive and talk directly to the reader. The prophet Hosea wonders why God wants him to marry a prostitute, and Satan boasts about winning people to his point of view. This fascinating book is illustrated with 170 beautiful color images created by professional photographers around the world. (English version only available at www.amazon.com)

What readers are saying:

As a pastor, I was delighted to discover such an interactive study. When we shared the Bible with our very bright int'l students, we used this book to inform our discoveries and launch us into discussions. — Rev Winston Clark, pastor

We found this book very informative and entertaining. It is one of the reasons why my wife and I became Christians. — Dr Cheng Wang, pathologist

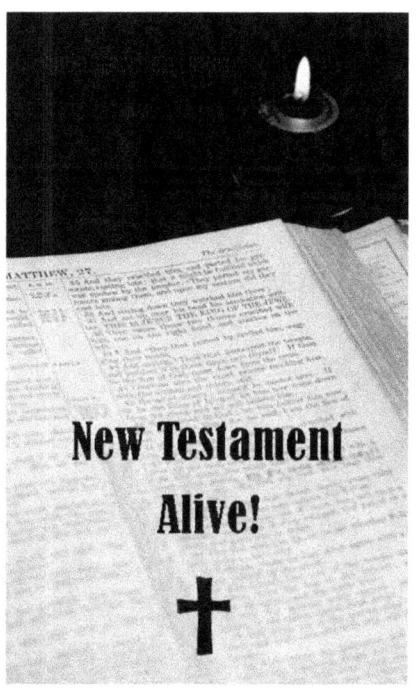

New Testament Alive!

This sequel to *Old Testament Alive!* presents an overview of the main events of the New Testament, where people come alive and talk to the reader. Lucifer returns as a cool and worldly young man who presents an ironic and cynical view of the unfolding action. Judas explains his political ambition, Peter bares his soul to you after he denies Jesus three times, and Paul plays a crucial role in introducing and explaining the new Christian faith. (English version only available at www.amazon.com or www.erserandpond.com)

What readers are saying

When we studied with Dr Jones we went back 2,000 years, when people in the Bible talked to us about their struggles and hopes and fears. The class reminded us that we are all one human family, no matter when and where we live. It was so joyful and fun to join a group of people to discuss the Christian faith. — Yiling Hu, MD, MSc, and Changjiang Li

The

YOGOURT

COOKBOOK

by Sonia Jones

If you have ever wanted to make your own yogurt at home, this is the book for you. Sonia Harrison Jones, a highly successful yogurt maker for twenty-five years, reveals her tried-and-true recipes along with instructions on how to make delicious yogurt (and what to do when you fail).

This well-loved book is a compendium of yogurt fact, yogurt lore, yogurt recipes and all you need to know to become part of the yogurt revolution. (English version only available at www.erserandpond.com; please press "contact us" button)

ABOUT THE AUTHOR

Sonia Harrison Jones was born in England, educated in the U.S., and spent the rest of her life in Canada (it isn't over yet). After receiving her PhD from Harvard in Romance Languages and Literatures, she chaired the Department of Spanish at Dalhousie University in Halifax for many years.

She and her husband bought a cow in an unguarded moment, but Daisy's bountiful milk production was too much for their little family to handle. So they began a small yogurt business which eventually became a multi-million dollar enterprise. The corporation was so successful that the feds, of course, found a way to regulate it right out of existence.

Now Sonia is well into her third career, writing books a mile a minute. She has written ten books in various genres, and is looking forward to writing many more. For further information please go to www.erserandpond.com.